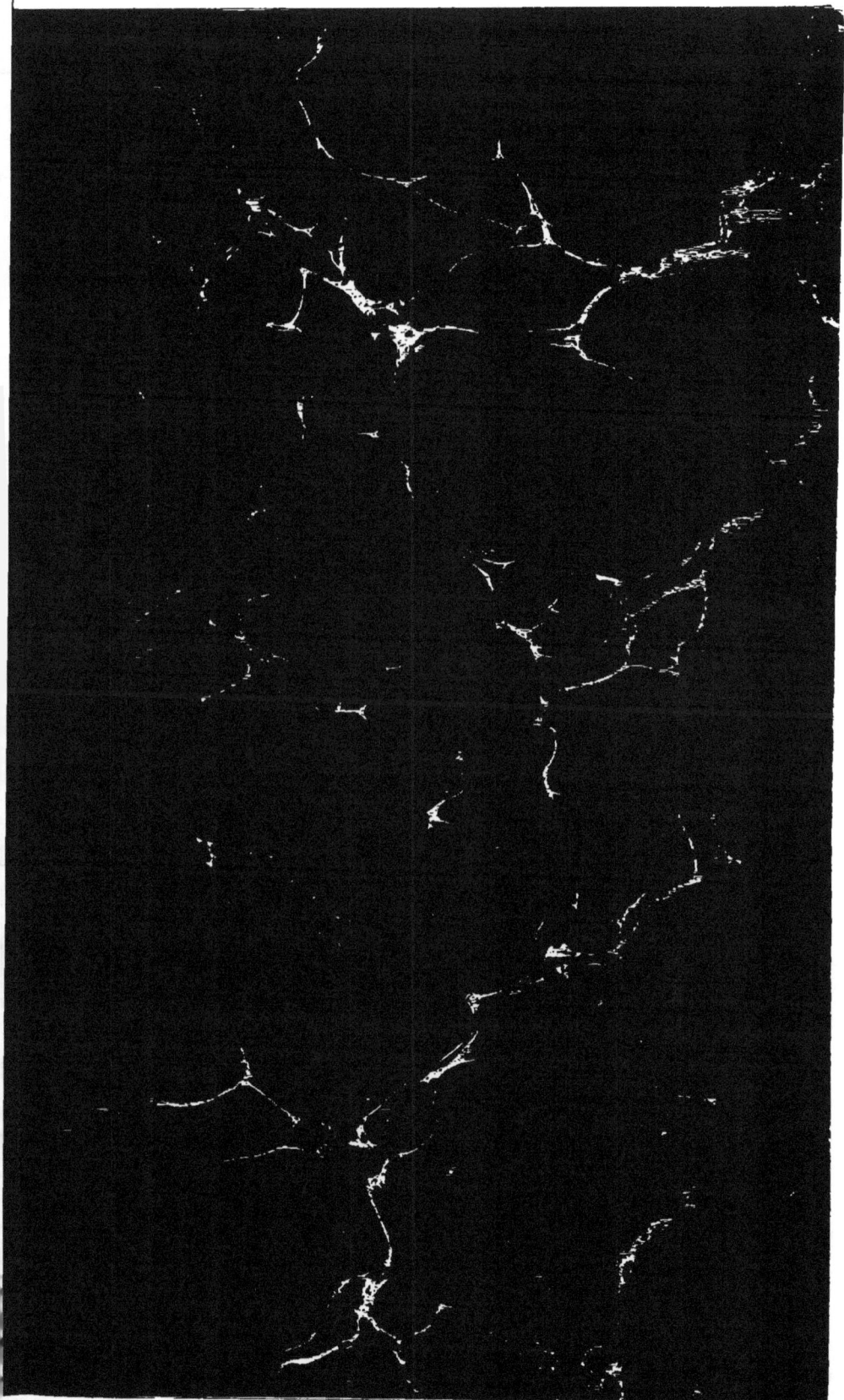

LE

DIABLE BOITEUX

A PARIS

Paris. — IMP. DE LA LIBRAIRIE NOUVELLE. — Bourdilliat, 15, rue Breda.

GALOPPE D'ONQUAIRE

LE

DIABLE BOITEUX

A PARIS

PARIS

LIBRAIRIE NOUVELLE

BOULEVARD DES ITALIENS, 15

La traduction et la reproduction sont réservées

1858

A LUDOVIC TROUËSSART

MON MEILLEUR AMI

GAGE D'AFFECTUEUX SOUVENIR

GALOPPE D'ONQUAIRE.

AVANT-PROPOS.

Joco seria.

Le titre de cet ouvrage, quelque léger qu'il soit, n'est qu'un pavillon aux joyeuses couleurs qui recouvre une sérieuse marchandise : comme le fit jadis Le Sage, sous la même étiquette, j'ai tenté de peindre un coin de l'immense toile dont le principal personnage est Paris... Paris, c'est la France, c'est le monde, et il est évident que la plume qui aurait assez de puissance pour écrire la gigantesque monographie de cette reine de la civilisation se trouverait avoir gravé l'histoire de l'humanité tout entière.

Ma plume n'a pas ce pouvoir et mon cœur ne nourrit point cette outrecuidance ; je glane et ne récolte pas, j'esquisse et n'ai pas la prétention de peindre... Si le lec-

teur a la patience, — d'autres diront le courage — de
me suivre dans ce rapide voyage à travers les bonnes et
mauvaises routes de la moderne Babylone, je désire seulement qu'il me rende cette justice de dire que, même
dans la difficile peinture de certains tableaux que je ne
pouvais supprimer de ma galerie, j'ai su rester homme
du monde sans cesser d'être homme de lettres. Remuer
le fumier, sans qu'un peu de mauvaise odeur s'élève
de sa fange, n'est pas chose aisée ; et pourtant, c'est
dans le fumier que naissent les roses... Mes roses à moi,
ce sont les utiles enseignements qui peuvent et doivent
ressortir de mon sujet, et je m'estimerai heureux si,
après m'avoir, — non pas lu, — mais seulement parcouru, mes lecteurs reconnaissent que j'ai été vrai sans
rudesse, et réel sans trop de réalisme.

LE
DIABLE BOITEUX
A PARIS

ÉTUDE PHILOSOPHIQUE.

CHAPITRE PREMIER.

Le salon de Mme la marquise de Meyran. — Les tables tournantes.
Un petit vieillard. — Le soufflet. — Le nom de l'inconnu.

C'était un vendredi et un **13**; huit ou dix personnes
seulement, oubliant que minuit avait sonné depuis
longtemps à la pendule du salon, étaient restées au
coin du feu de la vieille marquise de Meyran. Une
lampe et quelques bougies éclairaient à peine la vaste
pièce tendue de sombres tapisseries, sur lesquelles
se dressaient sévèrement d'antiques cadres ornés de

leurs immobiles portraits de famille. Les fauteuils en chêne sculpté s'étaient rapprochés du large foyer, où achevaient de brûler de gigantesques quartiers d'orme, et un silence général régnait, depuis un assez long moment, lorsque quelqu'un, se mettant à rire, s'écria :

— Alors, vous croyez qu'un objet inerte, qu'une chose sans intelligence peuvent dévoiler les secrets du passé et de l'avenir ?... Ce qui est au-dessus des forces humaines et qui rentre dans l'incompréhensible domaine de la toute-puissance divine, vous l'admettez dans l'immobilité passive de la matière ; enfin, vous croyez aux tables tournantes, cher comte de Silly ?...

— Pourquoi pas, chevalier ?... répondit celui qui était si directement interpellé... Vous croyez bien au galvanisme et à l'électricité, au magnétisme et au somnambulisme... Quand Mesmer et Volta voulurent expérimenter leurs théories, il est parfaitement historique qu'on commença par se moquer de leur système, et Galilée n'est pas le dernier novateur dont on condamnera les découvertes sans les examiner.

— Et vous dites comme lui : — *La table tourne!* répliqua une voix ironique.

— Certainement, monsieur ! fit le comte en s'adressant à un petit vieillard coquettement poudré, qui jouait avec une magnifique tabatière d'or, en balançant sa jambe croisée et laissant voir un pied fort aristocratique... Certainement ! et, du reste, vous venez d'en être témoin vous-même, et je suppose que vous admettez ce que vous voyez... Cette table de laque de Chine a-t-elle tourné, oui ou non ?

— Elle a tellement tourné, s'écria la marquise, qui, en sa qualité de maîtresse de maison, était très-fière de posséder un guéridon par l'organe duquel elle venait d'avoir une longue conversation avec Cléopâtre et Frédéric le Grand ; elle a tellement tourné, que j'ai failli en être renversée, et de plus, mes nerfs sont dans un si violent état de surexcitation, que jamais le magnétisme lui-même n'a produit cet effet sur moi !

— Et d'ailleurs, continua le vicomte, on ne peut nier l'évidence, et ce n'est pas la première fois que nous expérimentons, n'est-il pas vrai, madame la marquise ?

— Et la preuve, ajouta celle-ci, c'est qu'hier encore nous avons eu une conférence de trois quarts d'heure avec l'esprit de Montesquieu !

— Si c'était l'*Esprit des lois*, ce devait être peu récréatif, riposta le petit vieillard.

— Mais, monsieur, réclama le vicomte, la croyance aux tables tournantes est passée à l'état de chose indiscutable ; elle a des partisans à l'Institut, et tous les vrais savants s'y rallient : c'est l'émancipation du monde matériel par le monde intellectuel !

Le petit vieillard fit entendre un faible ricanement qui avait quelque chose d'étrange, et chacun le re-

garda avec une sorte d'inquiète curiosité... C'est
qu'en effet il y avait dans tout l'ensemble extérieur
de cet homme quelque chose d'extraordinaire qu'on
ne s'expliquait pas à première vue. Sa taille, bien
prise dans son exiguïté, atteignait à peine celle d'un
enfant ; sa figure, quoique creusée de rides, avait
conservé toute sa juvénile vivacité ; ses yeux, fort
noirs, brillaient comme deux charbons ardents sous
la double arcade de leurs sourcils, qu'on eût pris pour
ceux d'une jeune femme, tant il y avait de pureté et
de vigueur dans la courbe de leur dessin ; ses lèvres,
finement entr'ouvertes, laissaient briller des dents
d'un ivoire irréprochable ; sa bouche avait la fraîcheur et le sourire de l'enfance : c'était une réunion
fort étonnante de contrastes. — Quant aux cheveux,
le duvet des cygnes n'égalait pas leur étonnante blancheur, et, ce qui les rendait surtout remarquables,
c'est qu'ils étaient rejetés en arrière et noués d'un
ruban noir fort artistement tressé. A l'époque où se
passe cette scène, — en 1858, — il est probable que
notre petit vieillard était le seul homme de France
qui portât queue. Il portait, de plus, la culotte et les
bas de soie à coins rouge-feu ; des boucles d'or à
pointes de diamants scintillaient sur ses souliers d'un
vernis irréprochable ; une plaque d'ordre allemand
étoilait son habit noir largement taillé à la française,
et un ruban de commandeur tranchait sur une cravate blanche négligemment enroulée selon la mode
Régence. Il y avait aussi, chez lui, un objet qui attirait

l'attention et exerçait sur l'œil une sorte de fascination : c'était une bague qu'il portait à l'index, et dont
la pierre, tout à fait différente des pierres connues,
lançait des étincelles d'un bleu irisé tellement vif,
que la vue en était éblouie, sans pourtant pouvoir
s'en détacher, et l'on éprouvait une désagréable dé-
ception lorsqu'on s'apercevait que la main, admirablement blanche et parfaitement modelée, se termi-
nait par des ongles fort soignés, mais taillés en bec
de faucon ; cette originalité sautait aux yeux, qu'on
était tenté de détourner, comme si ces dix crochets
allaient essayer de vous les arracher.

Le petit vieillard, après avoir fait siffler son étrange
ricanement, avait plongé paisiblement le pouce et
l'index dans sa boîte d'or et il venait de humer avec
grâce une prise de tabac d'Espagne, lorsque la marquise demanda tout bas à l'oreille de son voisin :

— Comment nommez-vous donc, cher duc, ce
monsieur que vous m'avez amené ce soir ?

— Quel monsieur, marquise ?...

— Mais ce petit vieillard là-bas, qui prend du tabac
et secoue son jabot de malines.

— D'abord, marquise, je ne vous ai amené personne ; car, dans ce cas, je vous l'eusse présenté avec
nom, qualités, tenants et aboutissants ; ensuite, je ne
connais pas ce monsieur, que je vois pour la première fois, et qui ressemble furieusement à ce portrait de votre trisaïeul qui rit, là, vis-à-vis, dans son
cadre écussonné.

1.

— Mais, cher duc, vous êtes entrés ensemble, et j'ai cru, quand on vous a annoncé...

En ce moment, l'attention de la maîtresse du logis fut attirée par la voix du comte de Silly, qui, tenant à faire des prosélytes, se lançait à corps perdu dans des considérations d'une chaleureuse métaphysique. A propos de ce guéridon de laque de Chine, fort placidement campé sur son support immobile, il faisait une dépense d'érudition, se lançait dans des prodigalités de citations telles, que toute la Grèce antique, l'Inde et la Chaldée allaient y passer successivement, si le même ricanement sardonique ne fût venu l'arrêter court, à l'instant où il s'apprêtait à entamer la plus savante appréciation sur les mages du sabéisme et sur les apparitions lamaïques d'après Klaproth.

Le comte, en sa qualité de savant, était fort irascible ; car l'habitude de l'argumentation est comme l'usage du vin : tous deux montent au cerveau et finissent par enivrer celui qui en abuse. Se tournant donc vivement vers son opiniâtre interrupteur : — C'est vous, je crois, monsieur, lui dit-il avec hauteur, qui avez trouvé cet ingénieux moyen de réfutation commode ?...

— C'est moi-même, monsieur, répondit le petit homme, en massant paisiblement une nouvelle pincée de sa poudre exotique qu'il s'apprêtait à aspirer.

— Et vous pensez que le rire équivaut à des raison ?...

— Je pense même que, dans certains cas, il leur est supérieur ; car je sais toujours de quoi je ris, quand tant d'autres ignorent ce sur quoi ils raisonnent.

— C'est une insolence ! s'écria le comte en se levant de son siége avec toutes les apparences de la colère ; et il fit un pas vers l'impassible contradicteur, qui achevait méthodiquement de savourer son tabac d'Espagne. Mais, avant qu'il eût eu le temps de s'en approcher, un jeune homme à la chevelure blonde et à l'œil bleu, s'élança de l'embrasure d'une fenêtre où était assise une délicieuse jeune fille, dont le regard, tout imprégné d'une anxieuse sollicitude, semblait vouloir le retenir ; d'un bond, il s'était placé entre le comte et le vieillard ; puis, saisissant le bras du premier, qui s'était levé menaçant :

— Arrière, monsieur ! s'écria-t-il ; si vous oubliez sa vieillesse, moi je n'oublie jamais que les cheveux blancs sont une couronne à laquelle nul n'a le droit de toucher !

Un bruit sec retentit sur la joue du jeune homme : ce soufflet était-il destiné au vieillard et s'était-il égaré dans son vol imprévu ? Toujours est-il qu'un mortel outrage venait d'atteindre ce nouvel antagoniste, et qu'il fallait du sang pour le laver.

Un grand tumulte succéda à cette scène si étrangement en dehors des aristocratiques habitudes du grand monde : le duc se jetait entre les deux jeunes hommes qui se regardaient avec fureur ; les quelques

amis, qu'un pareil dénoûment prenait au dépourvu,
se précipitaient vers l'agresseur ; tous parlaient à la
fois, en s'agitant, en gesticulant ; les valets, ne sachant
ce qui se passait, avaient fait irruption de l'antichambre dans le salon ; l'épagneul favori aboyait
et jappait, prudemment retranché sur le bord de son
gabion de velours cramoisi à clous dorés ; tandis que
la marquise, en digne descendante des héros de la
croisade, s'adonnait à la plus violente attaque de
nerfs qui ait jamais sauvegardé la sensibilité d'une
maîtresse de maison dans l'embarras. Quant à la jeune
fille, debout et immobile auprès de la riche draperie
qui descendait de la fenêtre où elle était placée, elle
semblait une de ces magnifiques statues où rayonne
tout le génie de l'Athènes antique : une sorte d'enthousiasme perçait à travers sa terreur, et si l'émotion
soulevait sa poitrine, il y avait dans son œil limpide
une larme qui, perlant dans un sourire, attestait plus
d'attendrissement que de trouble.

Le petit vieillard, secouant imperturbablement son
jabot de dentelles, se leva lentement, prit au dossier
de son fauteuil une canne à pomme d'or émaillée de
rubis, et passant son bras gauche au bras du jeune
homme, se dirigea vers le canapé où la marquise continuait sa lutte nerveuse, puis la salua gravement,
comme un homme qui a approfondi les réalités de la
sensibilité féminine. C'est alors seulement qu'on put
s'apercevoir qu'il boitait de la jambe droite ; mais
avec tant d'aisance et de grâce, qu'on eût cru qu'il y

mettait de la coquetterie. Il traversa le salon, passa
près de la jeune fille, qui semblait interroger tacite-
ment le jeune homme que dirigeait le bras de cet
inconnu, lui envoya un paternel sourire et lui murmura : — Bon espoir!... La pauvre enfant, sans savoir
pourquoi, lui rendit son sourire et sentit ce qu'il
murmurait se glisser dans son cœur.... Alors, le boiteux se dirigea vers la porte, fit signe à un valet d'en
soulever la portière, puis, se retournant, salua à
droite et à gauche, montra ironiquement, du bout
de sa canne, la table de laque de Chine qui, dans le
tumulte, avait roulé sur le tapis, et sortit avec le
jeune homme en poussant un dernier ricanement
qu'interrompit à peine la voix du comte de Silly qui
criait :

— Votre heure ?... votre arme ?...

Le boiteux passa la tête sous la portière et répondit
en montrant son jeune compagnon :

— A la pointe du jour, au bois de Boulogne, à
l'épée ; j'y serai avec monsieur.

Et il disparut en envoyant un nouveau sourire à
la jeune fille, qui se prit à trembler. La marquise
bondit sur le canapé, théâtre familier de ses péripéties nerveuses ; elle se cramponna au gland de toutes
ses sonnettes, et huit laquais royalement galonnés
l'entourèrent comme un seul heiduque...

— Qui a annoncé cet homme ?... s'écria-t-elle.
Son nom ?

— C'est moi, madame la marquise, répondirent-ils

tous ensemble... Il se nomme M. le baron Asmodée.

— Le diable de nom !... fit le duc.

— Dites plutôt le nom du Diable ! cria la marquise en se rejetant sur le refuge naturel de toutes ses émotions officielles.

— C'est le nom du DIABLE BOITEUX! fit observer un des amis présents.

— Et il boite aussi!... crièrent tous les assistants.

CHAPITRE II.

Où le baron Asmodée raconte à Gaston sa propre histoire.

— Monsieur, dit le petit vieillard au jeune homme qui, sans se rendre compte de l'irrésistible attraction qui l'enchaînait à cet inconnu, l'avait suivi jusqu'à sa voiture ; monsieur, je ne vous remercie pas d'une action qui a toutes les apparences du dévouement ; mais je vous félicite d'avoir si bien su profiter d'une occasion favorable à vos projets.

— Que dites-vous ? s'écria celui-ci en reculant de deux pas... Ah ! monsieur, quand j'ai pris votre défense, je n'ai cru accomplir qu'un devoir, et je n'ai compté ni sur la reconnaissance, ni sur l'ingratitude !

— Voilà deux grands mots, mon jeune ami, qui, sans que vous vous en doutiez, résument toute l'histoire passée, présente et future de l'humanité ; je ne me crois pas tenu à la reconnaissance, c'est vrai, et cela, par une raison toute simple : c'est que, chez

moi, ce sentiment supposerait implicitement l'abnégation et le désintéressement de votre part, ce qui
n'existe pas; je ne veux point non plus me montrer
ingrat, parce que, tout en pensant à vos propres intérêts, vous avez involontairement servi les miens;
c'est là, presque toujours, le point de départ des
grands dévouements d'ici-bas; l'égoïsme a fait plus
de Curtius qu'on ne le croit : *rendre* un service est
une locution impropre, que votre Académie finira
par modifier; c'est *prêter* qu'il faudrait dire ; car, en
général, ceux qui se sacrifient pour les autres ressemblent beaucoup à l'Iphigénie d'Euripide qui, tout
en marchant à l'autel, entrevoyait la biche que
Diane devait lui substituer sous le couteau du sacri-
ficateur.

— Ceci est fort érudit, monsieur; mais je confesse
que je ne vous comprends que juste assez pour re-
gretter presque de m'être laissé aller aux entraînements de mon cœur.

— A la bonne heure !... exclama le baron, dont
nous connaissons maintenant le nom; voici qui devient plus vrai. Votre cœur ! oui, c'est bien lui qui
vous a fait bondir de ce petit coin obscur où s'étaient
blotties vos rieuses espérances et au fond duquel
vous bâtissiez tant de châteaux en l'avenir.

— Quoi ! monsieur... vous pensez ?... balbutia le
jeune homme en rougissant.

— Rien de plus naturel. Quand vient la saison des
amours, est-ce que les petits oiseaux ne choisissent

pas les buissons les plus ombreux pour y suspendre la mousse de leurs nids ?... Vous étiez si bien dans le vôtre, cher petit, qu'il n'est pas supposable que les seuls cheveux blancs du vieillard aient pu vous faire oublier les brunes tresses de la jeune fille qui gazouillait à votre oreille.

— Expliquez-vous, monsieur ; car voici qui touche à une inqualifiable indiscrétion.

— Volontiers, fit le baron en montant dans sa voiture, où il s'installa très-carrément ; puis, tirant sa boîte d'or, dont il faisait un fréquent usage, il ajouta :

— La nuit est froide ; voilà des étoiles qui, mieux que le thermomètre, nous crient que la température est bien au-dessous de zéro ; si vous voulez m'en croire, vous m'imiterez : casez-vous dans ce coin confortablement rembourré, et, comme j'ai d'excellents chevaux, dix minutes suffiront pour vous mettre à votre porte, tout en causant de vos amours en fleur.

Le jeune homme fit entendre une exclamation qui accusait autant de curiosité que de colère ; il sauta dans la voiture, et, avant qu'il eût eu le temps de s'asseoir, le petit vieillard criait au valet de pied qui fermait la portière :

— Rue Neuve-des-Petits-Champs, 75.

— Qui vous a dit mon adresse? s'écria le jeune amoureux.

— Mais celui qui m'a dit votre nom, monsieur Gaston de Chavrières.

— Voilà qui est étrange! fit Gaston en se croisant les bras et en se tournant vers son compagnon comme pour chercher à retrouver dans les traits de son visage quelque souvenir oublié; mais l'obscurité était si profonde, qu'il ne vit qu'une seule chose dans la nuit : cette chose brillait comme une étincelle ardente; était-ce l'œil ou la bague du boiteux? Toujours est-il que le jeune intrigué ne put interroger la figure noyée dans les ténèbres.

Le baron aspira avec bruit une vingtième prise de son tabac odorant; puis, expirant un long soupir de bien-être : — Je vais, dit-il, vous raconter une histoire qui pourra vous intéresser; vous me direz votre opinion sur la vérité de mon récit; il sera très-court, je ne réclame donc point votre indulgence.... Il était une fois (comme dans les joyeux contes des fées) une gracieuse jeune fille de dix-sept printemps; je ne vous tracerai pas son portrait : on ne peint point les anges. Raphaël et Murillo ont cru l'avoir fait; ils n'ont pas mieux réussi que votre peintre de fleurs Redouté, qui s'imagina, toute sa vie, avoir créé des roses, parce qu'il en reproduisait l'éclat, sans le parfum... Il y a deux attraits qui séduisent chez les jeunes filles : la beauté et la richesse. Quand ces deux piéges sont réunis, il y a double raison pour qu'on y soit pris; c'est une flamme chatoyante à laquelle peu de papillons se dispensent de venir plus ou moins se havir les

ailes... Deux de ces étourdis vinrent donc voltiger
autour de ma jeune fille, à qui le destin avait donné
la beauté du visage et la beauté du cœur, enchâssées
comme deux diamants dans une monture de cinquante mille écus de rente. Tous deux, — c'est justice à leur rendre, — n'adoraient pas, en elle, le
même veau d'or : l'un était noble et riche; c'est vous
dire qu'il avait sucé le lait de l'ambition, et qu'à ses
yeux l'amour de ma séduisante héritière avait pris
toutes les proportions d'un miroitant capital de trois
millions placé à cinq pour cent. Vous vous récriez, mon
jeune ami?... je le comprends, et cela prouve que
votre cœur nourrit plus de délicatesse que de mathématiques : je vous tiens compte de votre indignation...
L'autre pensait précisément comme vous : la déesse
Fortune l'avait moins favorisé que son rival ; mais ce
qu'elle avait oublié de lui verser en espèces sonnantes, elle le lui avait largement compté en compensations mille fois plus précieuses : son esprit, son
cœur et son âme chantaient à l'unisson de ceux de la
gracieuse enfant, et, comme il avait aussi la beauté,
miroir qui reflète la beauté des autres, il ne vit en elle
que ce qui était en lui; c'est-à-dire l'esprit, le cœur,
l'âme; et ce front si pur où rayonnaient, ainsi qu'une
triple couronne, la grâce, la candeur et l'intelligence.

Les premières amours, — heureux qui en est là!...
— ressemblent aux premières fleurs de mai : elles ne
paraissent point encore, qu'on les devine sous la naissante enveloppe de leurs tendres boutons; on en pres-

sent le parfum, on en admire d'avance la fraîcheur ;
et ; — il faut bien l'avouer, — le bouton en vaut
mieux que la corolle ; car le bien qu'on espère est toujours préférable à celui qu'on possède. Nos deux
naïfs enfants respiraient donc ensemble ces invisibles
fleurettes du premier printemps ; ils en savouraient
le parfum sans en connaître les couleurs ; ils s'aimaient sans se le dire, sans savoir le nom de cette belle
rose de mai qu'on appelle l'amour, et qui n'a d'épines
que lorsqu'elle s'épanouit... .

— Vous avez une fatigante prédilection pour la
métaphore ! interrompit Gaston, qui affectait de ne
pas comprendre la portée de cette figure de rhétorique.

— C'est vrai, répondit le narrateur, et je dois cette
aberration aux lectures qu'il m'a bien fallu faire pour
m'initier aux progrès de votre littérature moderne...
Mais voici qui va vous paraître moins énigmatique :
parlons en prose ; d'autant mieux que le grand trot
de mes chevaux m'avertit d'être bref, si je veux que
la voiture n'arrive pas à votre porte avant mon dénoûment... Donc, un beau soir, les deux rivaux se
trouvaient dans le salon d'une vieille douairière, qui,
outre qu'elle était fort ridicule, était de plus tante et
tutrice de notre jeune adorée. Tous deux faisaient
l'amour à leur manière. L'un, ayant mûrement étudié la carte de ce grand pays qu'on nomme la vie,
avait fini par comprendre que le chemin le plus court
pour arriver à la dot des nièces a toujours été celui

qui passe par l'estime des tantes, et il grattait à la
porte de ce vieux cœur en flattant ses prédilections
pour le merveilleux, le surnaturel et l'impossible. Il
en faut moins, souvent, pour parvenir à de plus grands
résultats... L'autre, qui n'avait jamais rien analysé,
pas même son propre cœur, allait droit où le poussait son rêve : il faisait comme les petites barques
qui fendent la vague, là où les gros vaisseaux lou-
voient, ce qui est une chance fréquente de naufrage... Distraitement penché sur le dossier du fauteuil où l'innocente jeune fille se laissait bercer au
mélodieux murmure de ses douces paroles, il ne
voyait que sa beauté, ne respirait que le souffle par-
fumé de ses lèvres et n'entendait que les battements
de son cœur dont la voix était trop novice encore
pour n'avoir point d'écho... Dans ces moments, le
monde devient une solitude, on y est un, à deux, et
l'on court vite sur cette pente charmante, où chaque
fleur cueillie invite à en cueillir une autre... *Je
t'aime!* est un dissyllabe que les grammairiens ont
fait très-court dans toutes les langues mortes et vi-
vantes, afin que les lèvres ne fussent pas devancées
par le cœur et que le mot ne laissât pas refroidir la
pensée... Pour la première fois, il venait de lui bé-
gayer ce mot, et, comme si le dialecte d'amour était
le langage universel, la candide jeune fille, quoiqu'en rougissant, avait répondu par un regard qui
n'était que la traduction fidèle de la même pensée...
En cet instant, la voix dissonante du rival se fit en-

tendre : c'était comme une pierre maladroitemen
jetée dans la limpidité d'un lac d'azur ; plus l'onde
était paisible, et plus elle se trouble à de si brusques
inopportunités. Sans se rendre compte de son action,
sans raisonner ses emportements, l'ardent jeune
homme, guidé par l'instinct d'une subite jalousie
qu'il ignorait jusque-là, se jeta entre son rival et un
homme qu'il ne connaissait pas, et crut avoir fait du
dévouement quand il n'avait fait que de l'égoïsme.
Telle est la simple histoire que j'avais à vous raconter, mon jeune ami : pensez-vous qu'elle soit vraie,
et que l'apparence puisse parfois être confondue avec
la réalité ?...

— Mais qui donc êtes-vous, s'écria Gaston, vous
dont l'œil plonge dans les profondeurs de l'âme et
dont l'oreille entend les secrets murmures des lèvres ?... Cette histoire, c'est la mienne !

— Voilà qui est parler avec franchisse, jeune
homme !... Qui je suis ?... vous le saurez bientôt ;
mais, auparavant, n'êtes-vous pas d'avis qu'il soit
bon de vous apprendre qui vous êtes vous-même ?

— Eh quoi !...

— *Connais-toi toi-même* est un vieil axiome qui
fut toute la philosophie de Pythagore, de Zénon, de
Thrasimaque et d'Aristote, et je l'ai, jadis, entendu
préconiser par Confucius en Chine, et par Sancho-
niathon en Phénicie, lors de mon voyage autour du
monde.

Gaston de Chavrières crut avoir mal entendu et il

mit sur le compte du roulement de la voiture cette phrase qui lui paraissait légèrement empreinte d'anachronisme.

— Eh bien, soit! dit-il; je ne suis pas fâché de faire connaissance avec moi.

Le bruit d'une nouvelle aspiration de tabac se fit entendre et le petit vieillard continua.

CHAPITRE III.

Etrange vision.

— Il ne faut pas être un grand magicien, mon jeune ami, pour deviner qui vous êtes et pour lire couramment dans le livre, si bien ouvert, de votre destinée. Il en est de la vie de certains hommes comme de ces sources transparentes dont le cristal limpide permet à l'œil de plonger jusqu'aux paillettes d'or de leur sable : vous avez la jeunesse, l'ardeur, l'insouciance de vos vingt-quatre ans; votre tête a l'intelligence, votre cœur l'honnêteté et votre âme la poésie; mais, plus que tout cela, vous avez l'amour... l'amour qui donne l'espérance, qui réveille la foi et qui est à l'adolescence ce qu'étaient les cheveux à Samson, ce qu'était la massue à Hercule... Vous avez l'amour, c'est-à-dire le vouloir, le courage et la force; vous tenez en main le levier qui soulève le monde; mais, comme à Archimède, il vous manque le point d'appui.

— Quel est-il ?... demanda le jeune homme, involontairement entraîné par l'ascendant que prenait sur lui son interlocuteur.

— J'oubliais d'ajouter que vous avez aussi sa curiosité, répliqua le petit vieillard en faisant entendre son rire sardonique... Mais comme votre égoïsme — je vous l'ai dit — m'a été aussi profitable que si c'eût été du dévouement, attendu que, sans votre action de ce soir, je serais probablement mort avant le grand soleil de demain...

— Que dites-vous, monsieur ?... mort ?...

— C'est un détail tout personnel, auquel je vous initierai en temps et lieu, pour peu que vous y attachiez quelque intérêt, répondit négligemment le baron en puisant dans sa tabatière d'or ; mais, comme je tiens à payer ma dette le plus tôt et le mieux possible, je réponds à votre première question. Le levier qui vous manque, et sans lequel le bras le plus puissant ne pourrait ébranler un atome, c'est l'*expérience* ; l'expérience des choses et des hommes, la connaissance de la vie et de la vérité vraiment vraie.

— Mais, monsieur, il n'est guère ordinaire d'avoir acquis tout cela à mon âge.

— C'est vrai, mon enfant ; et voilà pourquoi votre âge ne produit que des fleurs, qui sont semées sur les déceptions de l'avenir ; tandis que le nôtre voit mûrir des fruits qui sont greffés sur les enseignements du passé : de sorte qu'à forces égales et même en mettant l'avantage du côté du plus jeune, deux rivaux

2

étant donnés, celui qui aura la plus grande dose d'expérience l'emportera infailliblement sur son concur-
rent. Ce que je vous dis là, jeune homme, s'applique
à tout ce qui constitue la vie sociale : à l'art comme à
l'industrie, à la science comme au métier, à la politique de la guerre comme à celle de la paix, à la di-
plomatie de la haine aussi bien qu'à celle de l'amour,
et surtout à cette dernière passion, qui est une des
fleurs dont je parlais tout à l'heure ; d'ordinaire, celui
qui la sème et la fait éclore n'est pas toujours celui
qui la cueille.

— Mais cette philosophie est horrible, monsieur !...
A ce compte, la vie serait donc une lutte incessante,
un combat perpétuel, où la ruse et l'audace, ap-
puyées sur le sang-froid, l'emporteraient infailliblement sur la franchise et la bonne foi ?

— Oh ! oh ! mon jeune cœur, vous poussez loin les
conséquences de mon prolégomène... J'ai beaucoup
connu Socrate, qui voulait, comme vous, que la
théorie de l'âme servît de règle à la pratique de la
vie : ce divin système pouvait le mener à la vertu ; il
le mena à la ciguë. J'ai eu occasion d'entendre Épi-
cure qui professait tout le contraire : sa manière de
voir pouvait conduire au plaisir; elle le conduisit à
mourir d'une indigestion combinée avec la goutte. Je
préfère Platon, que je rencontrai à Athènes, et qui
y enseignait que l'humanité ne pourra atteindre le
terme de sa destination que par la connaissance de
l'universel et du nécessaire, de l'absolu, ainsi que des

rapports et de l'essence des choses : c'est ce que j'appelle *l'expérience*. La définition est obscure, mais juste.

Gaston de Chavrières avait bien entendu, cette fois, et il ne pouvait attribuer une erreur d'audition au bruit que produisait le roulement des roues qui passaient, en ce moment, sur une moelleuse couche de macadam : toutefois, il ne releva point cette dernière phrase, qui pouvait n'être qu'une formule badine et une innocente manie de vieillard.

— De sorte que selon vous... dit-il avec une légère nuance d'incrédulité.

— Pas selon moi seulement! fit le boiteux en posant sa main sur l'épaule de son jeune compagnon ; mais selon le divin Platon, que j'approuve en tout point, un amoureux de vingt-quatre ans, comme M. Gaston de Chavrières, échouera infailliblement contre un spéculateur de trente-deux ans, comme M. le comte de Silly, s'il n'arrive pas très-vite à combler la différence d'expérience qui existe entre eux ; en un mot, s'il ne parvient pas immédiatement à faire que 24 soit à 32 comme 1 est à 1, afin de rendre le combat égal. Je serais à sa place, que je voudrais faire tourner l'équation à mon avantage et m'attribuer un terme beaucoup plus élevé.

— Mais, monsieur, en admettant toutes vos hypothèses très-controversables, peut-on supposer qu'il soit possible de les réaliser en quelques mois?... Car, enfin...

— Pourquoi vous arrêter, jeune tête à projets?...
pourquoi rougir des impatiences de votre amour?...
C'est dans ces quelques mois que vous avez encadré
la réalisation de vos roses espérances et la fin de vos
longs rêves d'or, n'est-il pas vrai?... Chaque minute
qui s'écoule est un pas de géant qui vous rapproche
du bonheur; vous courez dans le triomphe de votre
sécurité, car les yeux d'Alice vous ont dit : — Je
t'aime!... Oh! ne vous effrayez pas, enfant; ne soyez
point jaloux du vieillard qui connaît et prononce ce
doux nom, que votre cœur s'étonne de voir rayonner
sur mes lèvres : l'amour, c'est le soleil d'ici-bas ; pourquoi ne pas le nommer quand il éclaire?... Oui, elle
vous aime ; oui, elle n'aime que vous, crédule oiseau
qui va se perchant sur ce charmant rameau, dont le
bûcheron s'apprête à couper le tronc. Tenez... regardez : vous avez l'illusion, voici la réalité!...

Un infernal ricanement fit trembler les glaces de
la voiture, qui partit lancée au galop effréné de ses
deux vigoureux coursiers; l'étincelle ardente, qui
s'était éclipsée depuis un instant, jeta des lueurs
d'une sinistre clarté ; des gerbes de feu jaillissaient
des roues, dont le tournoiement vertigineux imitait le
grondement d'un lointain tonnerre; les stores se levèrent d'eux-mêmes, et, tout à coup, le vieillard
étendant sa canne, désigna un point noir qui se des-
sinait vaguement à l'horizon; peu à peu ce point, se
rapprochant, grossissait, sortait de son brouillard et
finit par offrir un étrange spectacle.

— Alice !... s'écria Gaston, qui voulut s'élancer par la portière en reconnaissant que cette apparition fantasmagorique, qui semblait entraînée au même galop que la voiture, n'était autre que la représentation fidèle de ce qu'il aimait le plus au monde... Mais bientôt il réprima ce mouvement, à la vue de ce qui se passait sous ses yeux et si près de lui, qu'il eût pu le toucher en allongeant la main.

C'était bien Alice qu'il retrouvait dans cette hallucination, qui avait tous les étonnants semblants de la réalité. Elle était parée de tout l'éclat de sa beauté et de son innocence ; car, chez elle, cette double auréole était comme le nimbe béni qui ne quitte jamais le front des saintes. Au candide sourire qui fleurissait sur ses lèvres, aux paisibles mouvements qui soulevaient régulièrement la neige de sa poitrine, on comprenait que de douces pensées berçaient en ce moment le cœur de la jeune fille. La quiétude et la sécurité se reflétaient dans ses yeux, où scintillaient, non pas des larmes, mais cette humide rosée que le bonheur fait monter de l'âme aux paupières, comme le soleil de la tige des fleurs à leur calice. C'est qu'en effet elle pensait à son Gaston, à ce bel adoré dont l'enivrant regard venait de rencontrer le sien ; à ce Gaston qui, lui disant : Je t'aime ! venait de la prendre par la main pour l'entraîner dans les sentiers inconnus d'un monde nouveau, monde aux luxuriantes verdures, aux magiques horizons.

Par un singulier effet de la puissance qui présidait

2.

à ce gracieux mirage, les pensées de la jeune fille semblaient revêtir un corps et devenaient visibles à l'œil de Gaston, qui pouvait lire dans son âme et en entendre les plus intimes murmures, comme s'ils eussent été des paroles hautement articulées.

— Elle m'aime !... s'écria-t-il en levant au ciel des yeux d'où jaillissaient tous les rayonnements de la joie et de la reconnaissance ; mais l'éternel ricanement se fit entendre et un vague pressentiment fit passer dans son cœur une sorte d'impression de froid, qui était presque de la terreur... Il regarda de nouveau, et vit apparaître, à travers le brouillard lumineux, un second personnage qu'il reconnut bien vite : c'était le comte de Silly, son odieux rival ! La jeune fille détourna la vue ; le comte s'approcha et voulut lui prendre la main, elle le repoussa avec mépris... Il se jeta à ses genoux, la supplia avec toutes les marques de la passion la plus vive. Alors, la noble enfant, relevant fièrement la tête, mit la main sur son cœur et lui montra un nom qui y brillait en caractères de feu. Gaston frissonna d'amour et d'orgueil en reconnaissant que ce nom était le sien... En cet instant, une nouvelle figure se montra dans le cercle, dont la lumière revêtit soudain des teintes plus sombres : c'était la marquise de Meyran. Son visage portait l'empreinte de la colère, et, à la vue du nom qui brillait au cœur d'Alice, elle voulut se précipiter sur elle, et ses mains crispées s'allongeaient comme pour en arracher les lettres enflammées... mais, au

brusque mouvement de retraite qu'elle fit, en donnant tous les signes de la douleur, Gaston devina qu'il
n'était permis à personne de toucher impunément
à ces caractères brûlants... Alors la marquise se prit
à pleurer et sa colère se changea en prières. Elle
s'approcha de la jeune fille avec douceur, lui parla à
l'oreille, en lui prodiguant ses plus tendres caresses.
Au même moment, un homme se présenta ; il était
vêtu de noir et arborait une cravate blanche, bien
qu'il ne fût pas encore midi. Il était évident que c'é-
tait un notaire ; une plume se tenait en équilibre derrière son oreille, et il marchait avec la gravité qui
convient à celui qui, en définitive, porte le dernier
mot des destinées sociales dans les plis de... son paletot. Il ouvrit un grand registre admirablement calli-
graphié sur parchemin timbré ; mais Alice se mit à
rire et détourna les yeux de ce grimoire bigarré de
colonnes de chiffres dont le rayonnant total semblait
fasciner le comte, attentif à ce côté mathématique de
la scène. L'homme à la cravate blanche, voyant que
toute l'éloquence de son protocole était en défaut,
saisit la plume d'oie qui se balançait derrière son
oreille, traça quelques signes évidemment cabalistiques, apposa majestueusement un magnifique parafe ;
puis, se reculant de quelques pas, comme un peintre
heureux de contempler son dernier coup de pinceau,
il étendit la main et montra à la pauvre enfant le résul-
tat de son opération... Et c'était chose surprenante en
effet !... A mesure qu'il agitait sa plume. on voyait

sortir, du registre enchanté, des objets fort disparates. Gaston, bien que tout ce qu'il venait de regarder déjà l'eût familiarisé avec tous les prodiges de l'impossible, se frotta les yeux en se reconnaissant lui-même parmi les choses qui se détachaient des feuillets du livre inépuisable. C'était bien lui, c'était·sa figure, sa taille et son vêtement, et, d'ailleurs, le doux regard qu'Alice tourna vers cette apparition eût suffi pour lui affirmer que c'était la sienne. Au même moment, et comme lui formant cortége, il vit s'envoler du registre la Pauvreté, vieille femme vêtue de haillons; la Faim, horrible mégère dévorant le pain qu'elle arrachait de la bouche de ses enfants; l'Humiliation, triste solliciteuse que des chiens et des laquais chassaient d'un riche hôtel : tout cela, morne, sombre et hideux, se dirigea vers la place qu'occupait l'ombre de Gaston, en lui montrant le sixième étage d'une chétive maison; lui, tendait la main à la jeune fille, qui se disposait à monter sur ses pas vers toutes les menaçantes misères de la mansarde; et puis, l'homme qui tenait la plume magique l'agita de nouveau, et, des flancs de son registre, sortirent des chevaux richement enharnachés, des équipages armoriés conduits par des gens galonnés sur toutes les coutures; des corbeilles chargées de cachemires, de dentelles et de diamants; des monceaux d'or, des terres, des prairies et des bois. Tout cela se rangeait derrière le comte de Silly qui, conduit par la marquise, s'approchait respectueusement d'Alice, dépo-

sait sur sa tête une étincelante couronne de comtesse
et lui présentait la main, en lui montrant le marchepied d'une magnifique voiture tournée vers le splendide portique d'un hôtel encombré de fleurs, de laquais et d'équipages. Alice, qui se disposait à suivre
Gaston, détourna la tête, se mit à pleurer; sa main
se détacha de celle de son bien-aimé, et, tandis
qu'elle semblait hésiter entre la misère et tout ce
luxe tentateur, sa tante se pencha vers elle, en lui
murmurant quelques paroles qui sanctionnaient la
donation de ces richesses; et alors, le nom qui brillait dans le pauvre cœur perdit peu à peu de son
éclat. Les caractères n'apparaissaient plus qu'à travers une gaze d'abord diaphane, puis s'épaississant
comme un nuage chargé de tempêtes... Gaston, le
vrai Gaston, celui qui contemplait cette épouvantable apparition, poussa un cri déchirant, se rejeta
au fond de la voiture en se cachant la tête entre les
mains, comme pour se dérober à cet horrible spectacle; lorsque le petit vieillard, son compagnon, qui
finissait d'aspirer paisiblement une nouvelle pincée
de son tabac d'Espagne, lui dit :

— Qu'avez-vous donc, jeune homme?... Vous avez
failli renverser ma tabatière...

Gaston regarda le baron, sembla retrouver la
mémoire de tout ce qui avait précédé l'apparition; il se pencha à la portière, tout avait disparu;
il ne vit que les murailles des maisons et les becs
de gaz qui fuyaient au grand trot des deux che-

vaux. Alors, se retournant vers le boiteux, il s'é-
cria :

— Oh! mon sang, ma vie, à qui me donnera le
secret d'aussi infâmes trahisons!...

— Et le moyen de les prévenir, je suppose? dit
le baron, en faisant entendre son ricanement habituel... Eh bien , mon jeune ami, gardez ce sang et
cette vie pour un meilleur usage, et donnez-moi
seulement les quelques instants qui nous séparent de
la fin de cette nuit : d'ici là, c'est-à-dire en cinq ou
six heures, je veux dérouler à vos yeux l'immense
spectacle des vanités d'ici-bas : triste ou gai, ridicule ou sublime, ce tableau pourra non-seulement
vous intéresser, mais surtout vous instruire et vous
être utile. La connaissance de la vie sert les grandes
comme les petites causes, les héros comme les
amants, et nous ne sortirons point, en ceci, du système de Platon, que je vous vantais il n'y a qu'un
moment. Quand vous aurez tout vu, jeune homme,
vous pourrez tout espérer... même votre Alice.

— Je le veux!... s'écria Gaston, subjugué par cet
étrange ascendant qu'il ne pouvait s'expliquer... Mais,
encore une fois, qui donc êtes-vous, vous qui possédez une telle puissance?...

Le vieillard se mit à rire et répondit :

— A moins que je ne sois l'Expérience elle-même,
supposez que je suis le Diable; d'autant mieux que
j'en porte le nom et que j'en ai l'infirmité, ajouta-t-il
en montrant sa béquille à pomme d'or qui reposait

sur sa jambe boiteuse. Admettons donc que je suis
l'Asmodée et le *Diable boiteux* de Le Sage, et que vous
êtes don Cléophas Léandro Pérez Zambullo. Seulement, nous n'irons pas à Madrid, puisque Paris vaut
la peine d'être étudié et que nous y sommes tout
portés. Du reste, supposez encore que je sois Mentor
et que vous êtes Télémaque ; seulement, nous ne vi-
siterons ni Sparte ni Pylos ; nous nous contenterons
de côtoyer les rives de la Seine.

CHAPITRE IV.

Deux femmes qui changent de maris. — Le galant voleur. — Un mari commode. — Un homme qui se vole lui-même. — La veille d'une banqueroute. — Paris et Constantinople.

— Vous devez avoir trop bonne opinion de moi déjà, continua le baron, pour vous attendre qu'à l'instar du feu *Diable boiteux*, mon homonyme, dont notre spirituel Le Sage a écrit les prouesses il y a deux cents ans, je m'amuse à soulever le toit des maisons, afin de vous montrer ce qui s'y passe. Ce moyen, aussi ingénieux que commode, est maintenant trop connu pour réussir deux fois; et, dans tous les cas, point n'est besoin de détériorer la propriété publique et privée, quand on possède des ressources aussi certaines et moins dévastatrices. Paris est une de ces villes qu'on peut comparer à certaines femmes qui se couvrent si peu, qu'on n'a rien à soulever pour les admirer ou les mépriser; son voile est tellement diaphane, son vêtement si léger, ses épaules si décolletées et sa jupe si courte, qu'on pourrait dire de cette Phryné de pierres ce qu'on dit des danseuses de l'Opéra, dont la robe ne commence nulle part et finit partout. Aussi, sans monter sur la colonne Vendôme ou sur l'Arc de l'Étoile, sans planer en aucune sorte d'aérostat, et sans nous donner tant de peine, nous allons voir la moderne Babylone venir d'elle-même au-devant de nos désirs et nous initier aux secrets de son étrange existence. Vous n'aurez qu'à vous pencher à la portière : regarder, c'est observer, et l'observation est la mère de l'expérience.

Le baron achevait à peine sa phrase que la voiture s'arrêta brusquement devant un obstacle qui lui barrait le passage. Gaston, qui s'était empressé de baisser la glace, passa la tête et vit deux fiacres qui, roulant en sens inverse, venaient de s'accrocher et de se renverser ; les cochers juraient à qui mieux mieux, en se distribuant un libéral échange de coups de fouet, et une grande agitation se manifestait dans les deux chars numérotés, dont les stores de calicot rouge étaient hermétiquement fermés. Soudain, les portières s'ouvrirent, et, de chaque voiture, s'élança un couple composé d'une robe et d'un pantalon : les robes avaient vingt-cinq ans, les pantalons frisaient la quarantaine, et tous quatre paraissaient fort désagréablement émus... L'obscurité était profonde, la neige commençait à floconner le trottoir ; il ne pouvait être question, pour les deux jeunes dames, de

3

risquer un voyage à pied. Les hommes se dévouè-
rent bravement, relevèrent leurs légers équipages,
tandis que les deux femmes, fort occupées à cacher
leurs visages, frissonnàient de peur et de froid dans
leurs pelisses noires, qu'on eût crues taillées dans le
même coupon de soie. En cet instant, le baron se
pencba à sa portière et donna un ordre à son cocher;
sa voiture fit un mouvement pour passer, et, soit
l'effet d'une nouvelle direction des lanternes ou du
geste qu'il fit en agitant au dehors sa main où brillait
la bague étincelante, une subite clarté inonda les
quatre personnages. Les femmes se précipitèrent
chacune dans un fiacre, en poussant un petit cri de
surprise; les hommes, qui venaient de se reconnaître•
en levant la tête, enfoncèrent leurs chapeaux et se jetèrent chacun dans la première portière qui s'ouvrait
devant eux; les fiacres partirent au grand trot, mais
pas assez vite pour que Gaston ne pût entendre cette
double exclamation prononcée dans chaque voiture,
avec l'expression de la surprise et de la colère : —
Ma femme!...

Les deux hommes, — qui étaient deux amis intimes,
— s'étaient trompés de cocher, et retrouvaient leur
alliance de mariage sur les coussins d'une citadine
versant, à une heure du matin, dans les steppes de
la rue Vivienne.

— Qu'est-ce que cela? fit Gaston en se tournant
vers le baron.

— C'est de l'enseignement mutuel, répondit le

petit vieillard en plongeant les doigts dans sa boîte d'or. Ce sont deux maris qui, hier matin, ont tendrement embrassé leurs gracieuses moitiés, en leur disant adieu pour huit jours. L'un, riche négociant, partait pour Londres ; l'autre, ardent chasseur, allait courre le loup dans les Ardennes. Vous voyez que tous deux viennent de se convaincre qu'ils ont été à la même école.

— Mais que va-t-il résulter de cette étrange rencontre ?

— Ce qui arrive toujours : des cris, des fureurs, des menaces et des larmes. En ce moment déjà, l'ouragan est dans son beau ; mais dans une tempête, quand on monte le même vaisseau, il est évident qu'il faut bien que chacun y mette du sien et permette aux autres de se sauver pour se sauver lui-même. D'ailleurs cette situation, quelque nouvelle qu'elle vous paraisse, remonte à la plus haute antiquité. C'est la loi du talion promulguée par Moïse, qui l'avait empruntée au droit naturel et aux législations primitives. — *OEil pour œil, dent pour dent,* est un axiome encore en vigueur dans certains codes modernes, et Mahomet, en l'introduisant dans le Coran, a travaillé pour bien des chrétiens sans le savoir.

— Oh ! oh ! fit Gaston en montrant un homme qui grimpait à la fenêtre d'un premier étage, voici un filou d'une rare et audacieuse adresse ! Je plains le coffre-fort qui va avoir à soutenir les attaques de ce rusé coquin.

— Vous n'avez pas réfléchi, jeune homme, répondit le boiteux; gardez-vous de calomnier les intentions de ce gentilhomme, qui est trop bien né pour convoiter l'or de son prochain : s'il veut voler quelque chose, soyez sûr que sa convoitise a un autre but. Le coffre-fort, objet de son escalade, lui est ouvert depuis longtemps, et je parierais que c'est un cœur dont le charmant propriétaire lui a remis une fausse clef, à l'insu du principal locataire. Règle générale : une échelle de corde suppose toujours des intelligences dans la place; elle commence par une blanche main qui l'accroche au balcon et finit par un pied impatient qui enjambe bien des échelons.

— Mais voici la porte de la maison qui s'entr'ouvre, un homme en sort avec précaution; il lève la tête, il a vu nécessairement celui qui vient de sauter sur le balcon !

— Il est trop intéressé pour ne pas voir, répondit le baron. Cet homme est précisément le principal locataire dont je vous parlais tout à l'heure...

— Quoi! c'est le mari! et il s'en va?...

— Par la porte, et l'amant par la fenêtre. Quoi de plus normal?... Vous n'avez donc jamais lu une seule page de l'Histoire ancienne ou moderne?... Est-ce qu'Aspasie eût si bien accueilli Périclès et Alcibiade, si, au lieu de se glisser par la petite porte d'ivoire, ils avaient passé par les grands battants du gynécée gardé par vingt esclaves?... Est-ce que Vénus elle-même, Vénus, cette antique patronne des amours, eût tant aimé le dieu Mars, s'il eût suivi, pour arriver jusqu'à elle, le même chemin que Vulcain?... Là est toute la vie des filles d'Ève, et leur grand'mère ne songea à entamer le fruit défendu que le jour où elle s'aperçut que l'arbre qui le produisait croissait en dehors des allées frayées du terrestre verger...

— Mais le mari a vu et il s'éloigne !...

— A grands pas... et voyez comme il se frotte les mains. Il y a six mois qu'il attend cette précieuse découverte. C'est Archimède, ayant trouvé son problème d'aréométrie et courant par les rues de Syracuse en criant : Ευρηκα!

— Mais, fit Gaston fort scandalisé, il a trouvé là la solution d'un étrange problème !

— Je crois bien ! riposta le petit vieillard en riant aux éclats; il court chez le commissaire, et, dans dix minutes, un bon procès-verbal constatant le flagrant délit le délivrera d'une maladie qu'il a contractée, il y a cinq ans, dans un âge trop avancé pour qu'il puisse essayer de la combattre.

— Quelle maladie ?

— Le mariage, parbleu !... affection endémique, inoculée par la civilisation, et dont la séparation n'est qu'un palliatif rarement suffisant.

A quelques pas plus loin, Gaston s'écria, en montrant un homme qui, du haut d'un second étage, était occupé à jeter des paquets que deux

affidés, placés dans l'ombre au pied du mur, s'em-
pressaient de recevoir et d'emporter dans une
voiture' :

— Pour celui-ci, seigneur, il est évident que ses
intentions ont un but moins utile, et je crois que nous
rendrions un véritable service au propriétaire de cette
maison, en criant : Au voleur !...

— Gardez-vous-en bien, jeune imprudent, interrompit le baron. Le voleur n'est autre que le propriétaire lui-même ; c'est un négociant très-considéré
qui dévalise son propre magasin pour pouvoir, demain, répandre le bruit qu'on lui a volé ses plus précieuses marchandises.

— Ah bah !... Et quel avantage trouve-t-il à se
voler lui-même ?...

— Double profit, mon jeune ami. Le vol bien con-
staté établira les circonstances de *force majeure* exi-
gées par le Code pénal pour autoriser une faillite ; et,
de plus, les marchandises détournées serviront à asseoir le premier fonds d'un autre magasin. Demain,
tout le monde plaindra le malheur immérité de cet
honnête citoyen ; dans six mois, on admirera sa per-
sistance et son opiniâtreté à combattre l'infortune,
et, dans deux ou trois ans, il ne sera pas impossible
qu'il obtienne le prix Montyon, qui est à la vertu
persécutée ce que les Invalides sont au courage malheureux...

Et tenez ! continua le malin vieillard, en allon-

geant sa canne par la portière, voici son voisin qui
procède d'une façon diamétralement opposée, car
les ressources du cœur humain ressemblent à celles
de la peinture : chaque artiste a sa palette et son
procédé de dessin et de couleur; la morale a aussi
ses écoles : elle compte ses Ingres et ses Delacroix.
Le négociant que nous venons de voir n'usait que
des moyens classiques; celui-ci, comme vous allez
vous en convaincre, a revêtu la forme hardiment romantique...

— Mais il ne se vole pas du moins, celui-là !... exclama Gaston ; car les fenêtres de son appartement
sont resplendissantes de clarté; que de bougies !
que de luxe ! et que d'ombres charmantes apparaissent derrière la mousseline brodée de ces rideaux !...

— Et entendez-vous la musique ? interrompit le
baron... C'est l'orchestre de Strauss qui module les
vaporeuses valses de la vaporeuse Allemagne ?

— C'est donc un bal ?

— Bal magnifique ! avec tous ses prestiges de fleurs,
de dentelles et de diamants ; avec ses glaces, ses sor-
bets et son splendide souper fourni par Chabot et
Potel; c'est un bal, un vrai bal, tout ce qu'il y a de
plus bal !...

— Ah ! voici un des invités qui trouve que le plaisir doit avoir un terme; il sort enveloppé d'un manteau et va, sans doute, rejoindre cette voiture qui
stationne au coin de la rue.

— Précisément, mon ami; cette fois, vous avez deviné. Seulement, vous n'avez pu remarquer que cette voiture est une chaise de poste, et que celui que vous qualifiez d'invité est tout bonnement le maître de ce salon où se donne la fête... C'est un banquier fort connu qui, ayant organisé sa banqueroute depuis un mois, a trouvé que le meilleur moyen de dépister ses créanciers était d'afficher tout le luxe de l'opulence. Il a invité cinq cents personnes et ces mêmes créanciers; tout le monde s'est dit qu'il fallait qu'il fût fort au-dessus de ses affaires pour jeter ainsi son or par les fenêtres, et, depuis huit jours que ses invitations sont lancées, la confiance publique a versé, dans sa caisse qui était à sec, deux ou trois cent mille francs qui reposent, mollement couchés, dans le portefeuille que vous lui voyez assurer dans la poche gauche de son paletot de voyage.

— Mais on danse toujours là-haut ! dit le jeune homme.

— Et on y dansera jusqu'au jour. La maîtresse de la maison est fort occupée avec un jeune poëte chevelu qui lui demande des inspirations; sa grande fille est tout entière à la valse d'un charmant lieutenant des guides, qui lui explique la théorie du sentiment; tous les invités ont un intérêt quelconque qui absorbe leur attention, et c'est pour cela que la déesse Terpsichore, inventrice de la danse, a voulu que valse, quadrille ou polka, fussent toujours exé-

cutés à deux... On n'apprendra l'événement que demain, à trois heures, à la Bourse ; notre banquier sera
alors confortablement établi dans une Belgique ou
dans une Angleterre quelconque ; sa chaste femme et
son innocente fillette recevront un mot qui leur indi-
quera l'adresse de leur nouveau domicile. Dans
quarante-huit heures tous seront réunis, n'ayant
rien de changé dans leur paisible existence, que
vingt mille francs de rente en plus, un poëte chevelu et un lieutenant des guides en moins ; mais
l'Angleterre a ses Youngs et la Belgique ses lanciers
verts...

Le baron achevait à peine ces paroles, que plusieurs hommes de sinistre allure passèrent près de la
voiture.

— Ah ! que vous avais-je dit ? fit-il en les montrant
à son compagnon ; c'est l'escouade du commissaire
qui emmène notre audacieux escaladeur de balcon :
le flagrant délit est prouvé, le Code pénal triomphe !
d'autant mieux que ce jeune voleur de cœurs est marié lui-même et que la justice, cette généreuse ré-
munératrice, va se trouver surabondamment heureuse d'avoir à constater un adultère à double
détente... Aussi, voyez comme le mari dénonciateur
lève joyeusement son front radieux, et comme le
coupable baisse la tête !

— Quel est cet autre personnage, demanda Gaston, que je vois du côté opposé de la rue et qui a
l'air si triste et si pensif ?

— Vous ne voyez donc pas son costume? répliqua
le boiteux. Le cafetan qui l'enveloppe et surtout le
turban qui couvre son front vous indiquent que
c'est un Turc, venu à Paris pour tenter de faire
fortune : il n'a pas réussi, le pauvre diable, et s'il est
si triste, c'est qu'il pense que, devant se rembarquer
demain à Marseille pour retourner à Constantinople,
il va se trouver, tout en arrivant, la risée et peut-être
l'opprobre de ses coreligionnaires.

— Quoi!... pour n'avoir pas su faire sa fortune en
France ?

— Non, pas tout à fait... mais parce que sa pauvreté lui permettra, tout au plus, d'épouser deux ou
trois femmes, et que la loi du Prophète exige qu'on
en ait davantage, sous peine de risquer sa part de
paradis.

— Étrange rapprochement! s'écria Gaston : voici,
à ma droite, un chrétien qui va être condamné à la
prison et à l'amende pour avoir eu deux femmes... et
voici, à ma gauche, un brave mahométan qui sera
traité comme un giaour pour n'avoir pu en épouser
une douzaine !

— Ce qui tend à prouver, riposta Asmodée en se
mettant à rire, que la morale et la vertu sont une
affaire de géographie, quand elles ne sont pas une
affaire de tempérament.

— Décidément, pensa Gaston, un homme qui
exprime si crûment de tels principes ne peut qu'être

très-lié avec Satan et Belzébuth... mais, au total, c'est un bon diable!... Oh! oh! ajouta-t-il tout haut, quel est cet autre personnage qui paraît si pressé?

— Oh! ceci est fort simple, répondit le baron. Regardez bien.

CHAPITRE V.

Un jeune homme qui veut se tuer. — Une jeune fille qui veut vivre.
Une femme comme il en faudrait beaucoup.

— Ce jeune homme que vous voyez se glisser le long du trottoir, continua le baron, est le fils d'une honnête famille, et il occupe, chez un agent de change, un emploi de confiance : il est chargé du dépôt des actions sur lesquelles on négocie. Ces valeurs sont l'objet d'un mouvement de va-et-vient considérable... Il y a quelques mois, l'agent de change crut s'apercevoir qu'il en manquait plusieurs, et il se disposait à faire des investigations, lorsque le jeune commis produisit un compte parfaitement en règle, dont les chiffres, créés par lui pour les besoins de sa cause, établissaient une balance satisfaisante. En conséquence, il ne fut pas donné suite aux vérifications. Cependant le déficit était réel et considérable. Aujourd'hui même, l'agent de change, soupçonnant la vérité, vient de signifier à son commis son intention de vérifier les comptes, dès demain matin, à l'ouverture des bureaux. Dans la persuasion qu'il va être infailliblement découvert, le jeune homme veut prévenir, par une ruse adroite, l'explosion qu'il redoute... Il vient d'écrire une lettre, et tenez, voici qu'il la jette à la petite poste qui est à l'angle de la rue. Cette lettre est adressée à son patron, auquel il avoue qu'il l'a trompé ; il s'excuse en alléguant l'entraînement des passions, plus fortes que sa raison et sa volonté...

— Singulière excuse ! dit Gaston... Espère-t-il donc obtenir le pardon et l'impunité ?

— Pas si poëte ! fit le vieillard... Aussi, a-t-il ajouté que, ne voulant pas souiller le nom de sa famille, il prend la résolution de se suicider : « Quand vous » recevrez cette lettre, écrit-il, j'aurai cessé de vivre. » Plutôt égaré que coupable, j'espère que ma mort » sera une expiation suffisante, et j'ose croire que » vous me pardonnerez... Adieu : je meurs pour ne » pas être flétri ! » Et il a cacheté en noir....

— Ah mon Dieu!... et il va se tuer?... cria Gaston en voulant s'élancer pour courir après lui.

— Rassurez-vous, sensible enfant, dit Asmodée en le retenant. Regardez bien là-bas cette jeune femme qui vient au-devant de lui : elle prend son bras et tous deux se dirigent, en riant, vers l'embarcadère d'un chemin de fer qui les déposera, demain, sur les bords de quelque lac de la Suisse. Là, dans le délicieux *far-niente* d'une joyeuse villégiature filée d'or et de soie, notre *défunt* coulera de douces journées, sous un nom supposé : nos deux jeunes tourtereaux seront le comte et la comtesse de n'importe quoi. Ce seront de nouveaux époux cachant leur bonheur et venant abriter les roses reflets de leur lune de miel loin des gênants rayons du soleil parisien... Ce qui prouve qu'on peut mourir et se porter assez bien.

— Mais il a donc emporté beaucoup d'argent à son patron ?

— Une bagatelle : cent et quelques mille francs d'actions métamorphosées en billets de banque.

— Alors, c'est l'impunité et le plaisir pour long-temps...

— Pas trop ! fit le baron en faisant entendre son ricanement habituel, car sa jeune compagne médite déjà les moyens de lui enlever son portefeuille.

— Elle veut voler le voleur !... Mais qu'est-elle donc, cette femme dont la taille si fine se cambre si voluptueusement sous le quintuple rempart de son armure de crinoline ?

— Vous dire son nom, mon jeune ami, serait dif-ficile, car elle n'en a pas, ou plutôt elle en possède beaucoup trop : c'est Frisette, Mousqueton, Rigo-lette, Papillon ou Riquiqui ; Mabille la nomme Amanda, le Ranelagh l'appelle Paméla, le Château des fleurs, Esméralda ; la Chaumière, Célina, et toutes ces désinences en *a* sont sans doute une parlante onomatopée qui rend admirablement l'exclamation poussée par ses adorateurs. Cet *ah !* exprime parfai-tement l'admiration crédule de ceux qui voient ces

sortes de femmes pour la première fois, et le poi-
gnant désappointement de celui qui, au bout de quelques jours, s'aperçoit tardivement que ces jolis arbustes ne produisent que de charmantes fleurs suivies
de fruits fort amers... Cette crinoline que vous voyez
là a déjà dévoré joyeusement quatre étudiants en
droit, trois commis marchands, deux épiciers retirés ;
elle arrive, en ce moment, à un vingtième d'agent
de change ; elle montera peut-être, un jour, jusqu'à
l'auditeur au conseil d'État ; elle a déjà le châle Bié-
try, elle parviendra sans doute à arborer le cachemire de l'Inde ; elle se donne parfois le coupé de remise et il est évident qu'elle rêve la calèche, cette
barque fragile qui aide si mollement la femme à descendre gaiement le fleuve de la vie.

— Mais alors, s'écria Gaston, il est donc faux que
le vice soit toujours puni et que la vertu trouve tôt
ou tard sa récompense?

— Comme dans les contes de M. de Bouilly ou
dans les petits drames de Berquin! exclama le baron,
en redoublant son ricanement sardonique. Rassurez-
vous encore, vertueux novice : cette impunité n'est que
l'exception, et heureusement elle est rare ; cette jeune
fille a sa place retenue à la Salpêtrière, purgatoire des
excentricités féminines, et ce jeune homme a son
numéro d'avance immatriculé sur les registres du
bagne, enfer des légèretés du cœur humain.

— Mais, monsieur, dit Gaston avec un geste de
découragement, c'est à prendre toutes les femmes en

exécration!... c'est à ne plus croire à l'amour, cette magnifique croyance dont Dieu lui-même fit un article de foi!

— Oh! pas tant d'exclusivisme, jeune enthousiaste! pas tant de sainte indignation!... Voici dix minutes à peine que vous observez et déjà vous voyez l'humanité sous les plus sombres couleurs; la société est un immense tableau où le grand peintre a jeté l'ombre à côté de la lumière, et il ne faut point se hâter de ne voir que du noir là où il ne manque pas d'éclatants rayons de soleil... Toutes les femmes ne sont point des coureuses d'aventures et des oiseaux de nuit.

— Voilà, s'écria Gaston, qui atténue déjà la force de votre assertion!... Voyez, en voici encore une qui glisse le long du trottoir, et qui s'enveloppe dans sa mante avec un luxe de précautions qui dénote tout l'intérêt qu'elle a à ne pas être reconnue.

— Peste!... fit le baron, vous ressemblez à ces jeunes limiers de noble race, qu'on n'a qu'à lancer en chasse pour qu'au bout d'un instant ils flairent la piste du gibier; pour la première fois, novice observateur, vous habituez vite votre œil à la découverte des choses et des personnes : cela promet; seulement, prenez garde de vous tromper et de prendre le daim pour le chevreuil... Cette dame, ajouta-t-il en se penchant à la portière, je la reconnais, grâce à ce bec de gaz qu'elle n'a pu éviter : c'est la comtesse de Cernoize.

— Elle paraît jeune, dit Gaston, en se faisant, pour mieux voir, un abat-jour avec la main.

— Vingt-deux ans! belle, gracieuse, spirituelle, et de plus, possédant cinquante mille francs de rente et un beau nom.

— Mariée ?...

— Oui, mais la Providence, qui est toujours juste, devait une récompense à tant d'adorables qualités. Elle est veuve depuis trois mois; son mari était laid, joueur, ivrogne, débauché; on soupçonne même que la cravache d'honneur qu'il avait gagnée aux courses de Chantilly ne resta pas toujours pure dans les discussions conjugales, qu'il renouvelait dans son ménage avec une religieuse périodicité.

— Horreur! il battait sa femme! interrompit Gaston en jetant un coup d'œil d'intérêt sur cette ombre légère qui semblait nager dans la nuit; Dieu a bien fait de l'en délivrer, et elle doit se trouver fort heureuse de son veuvage.

— Si elle est heureuse, dit le baron, elle ne se l'avoue pas à elle-même. Elle porte un deuil sévère, fait dire des messes et prie pour son mari, dont elle défendrait la mémoire si quelqu'un s'avisait de l'attaquer devant elle.

— C'est juste! elle veut qu'on respecte le père de ses enfants.

— Elle n'en a jamais eu; la nature ne permet pas aux vautours de produire avec les colombes.

— Mais alors, pourquoi toute cette religion et ce culte du souvenir ?

— Parce qu'il y a, dans le cœur de la femme vertueuse, des cordes secrètes que le vulgaire est tout étonné d'entendre vibrer ; parce que, dans ce cœur, la main de Dieu a déposé, comme un précieux trésor, le germe et la fleur de tous les bons instincts, de tous les nobles sentiments, et que le pardon des injures, dont on a fait une obligation chrétienne, est une essence toute naturelle qui parfume certaines âmes sans qu'elles aient besoin de s'astreindre aux prescriptions de l'Église... Cette femme que vous voyez là n'est pas dévote ; elle est pieuse, parce que la piété bien entendue est la religion des esprits solides et des cœurs sûrs d'eux-mêmes, tandis que la dévotion (dans l'acception illogique du mot), n'est que le puéril passe-temps des esprits rabougris et des cœurs qui, ne pouvant se jeter à la tête de la créature, se précipitent aveuglément dans le giron du Créateur. Voilà pourquoi il y a toujours quelque chose de suavement idéal dans la beauté d'une femme pieuse ; tandis que les dévotes sont, en général, boiteuses, borgnes ou bossues au physique comme au moral; c'est le cachet imprimé par la Providence à ces natures hybrides. Aussi, cette femme n'arbore pas ses croyances avec orgueil, elle les porte avec fierté ; elle n'affecte pas l'humilité qui, souvent, n'est qu'un manteau ; elle se cache dans sa modestie, qui toujours est un voile; si elle condamne la calomnie, elle ne s'en dédommage point par la médisance; avare de petites pratiques et prodigue de grandes actions, elle fait consister l'amour de Dieu dans l'amour de ses semblables, et, sans trop redouter l'enfer qui, après tout, n'est pas beaucoup plus laid que la terre, elle s'en rapporte au Maître pour aller au ciel, dont vos petites congrégations font d'assez sottes peintures.

— Hum! pensa Gaston, je croirais assez que c'est un diable qui parle. Il disserte d'une façon légèrement hétérodoxe... Mais, ajouta-t-il tout haut, la voici qui s'arrête devant une petite porte obscure; elle en connaît le secret, elle pousse un ressort, la porte s'ouvre, elle entre!... Peste! voilà qui déroute un peu les combinaisons de mon estime. La femme qui se cache est bien près de faillir.

— Voilà, dit le baron, de ces phrases toutes faites qui, sous forme d'axiome, passent dans la circulation, comme ces monnaies courantes dont personne ne s'avise d'examiner la valeur; et moi je vous réponds par un autre aphorisme que je crois aussi juste, et je dis que, presque toujours, la dissimulation est aussi nécessaire aux femmes que le corset; en voulez-vous la preuve?... Descendons de voiture; ouvrons cette porte dont, moi aussi, je connais le secret, et suivons les pas de cette femme que le monde ne manquerait pas de calomnier, comme vous êtes tenté de le faire, s'il la voyait pénétrer à cette heure dans un logis de si suspecte apparence.

Une minute après, Gaston de Chavrières, précédé
du baron Asmodée, s'introduisait dans un couloir
obscur, au bout duquel se dressait un étroit et sombre
escalier : le baron lui prit la main, et tous deux gra-
virent, en silence et à tâtons, les soixante-dix marches que Gaston eut la patience de compter.

— Où diable me menez-vous ? dit-il à demi-voix,
en commençant à perdre haleine.

— Pas chez le baron de Rothschild, dans tous les
cas ! répondit le petit vieillard en étouffant son
ricanement... Mais nous voici arrivés ; regardez par
les ais mal joints de cette porte qui vient de se refer-
mer et derrière laquelle tremblote la faible lumière
d'une lampe fumeuse... Que voyez-vous ?

— Qu'elle est belle ! s'écria le jeune homme à voix
basse... Elle vient de retirer son chapeau et sa
mante... La voici qui se penche sur un grabat où
repose quelqu'un : c'est une femme... une femme
bien pâle, bien triste et qui a l'air de bien souffrir...
Ah ! la voilà qui sourit, en voyant apparaître cet
ange qui s'assied à son chevet... ses couleurs revien-
nent ; la joie semble lui rendre la vie... Il est étrange
qu'un changement aussi subit s'opère à la seule vue
d'une visiteuse !...

— Ce qui prouve, lui murmura le baron, que la
philanthropie comme la charité sont deux sœurs bien-
faisantes qui ne doivent jamais se faire représenter
par procuration, et que cet ange, comme vous l'appelez, a bien fait de venir lui-même.

— C'est vrai, dit Gaston, et j'allais me demander pourquoi elle n'avait pas trouvé plus simple d'envoyer les fioles et les petits paquets qu'elle dépose, en ce moment, sur cette table boiteuse et vermoulue.

— D'autant mieux, riposta le baron, qu'elle a bien assez de valets pour cela... mais savez-vous ce qui est arrivé à ce propos ?... Il y a huit jours, elle était malade elle-même; elle fut forcée de garder la chambre et chargea un domestique de confiance d'aller acheter les remèdes et de les porter à cette pauvre femme: le domestique de confiance but le sirop sous forme d'eau-de-vie, et lorsque, au bout de deux jours, la comtesse vint s'informer de sa malade, elle la trouva mourante et abandonnée. Depuis lors, elle a juré de faire elle-même ses affaires de cœur: elle a chassé le valet et elle en a gardé l'emploi.

— Mais pourquoi venir la nuit, et si tard ?

— Parce que c'est toutes les nuits, et à pareille heure, que la malade éprouve une de ces crises intermittentes et périodiques qui rendent nécessaire la présence d'un être dévoué.

— Mais pourquoi seule ?

— Parce que la charité des femmes est comme ces fleurs timides qu'étiolent les rayons du jour et qui ne croissent que dans l'ombre et la solitude... Et puis, qui sait ?... Dans l'exercice même de la vertu, il y a peut-être, chez les filles d'Ève, un peu de cet instinct dont nous parlions tout à l'heure, et elles

auraient peut-être aussi moins de bonheur à faire le
bien si, pour arriver jusqu'à lui, il fallait s'astreindre
à suivre les routes frayées et les sentiers battus.

En ce moment, des gémissements étouffés partirent de l'intérieur de la mansarde ; des cris d'enfant
se mêlèrent à ces expressions de la douleur, et le
baron dit à Gaston :

— Regardez... c'est la crise dont je parlais.

— Il y a donc aussi un enfant ? demanda le jeune
homme avec tristesse.

— Il y en a deux, répondit le vieillard ; la Misère
est une grande dame qui fait largement les choses,
et elle sait bien qu'une femme n'est réellement
malheureuse que lorsqu'elle partage son infortune
avec ces petits êtres, qui sont la joie et la douleur
des mères... Voyez et jugez.

CHAPITRE VI.

Le grenier du pauvre. — La calomnie. — Une femme qui se trompe de mari. — Imbroglio plus commun que de droit. — Une femme pour un pantalon.

Gaston regarda de nouveau à travers la porte, et un spectacle tout à la fois horrible et sublime s'offrit à ses regards. Sur ce misérable grabat se tordait, dans les convulsions de la souffrance, la pauvre mère, que les cris de ses deux petits enfants ne pouvaient distraire de sa douleur; une pâleur livide blafardait son maigre visage, tout assombri par les affres sinistres d'une mort qui semblait prochaine; des gémissements étouffés déchiraient sa poitrine haletante, sa bouche se crispait, ses dents claquaient sous ce frisson automatique qu'imprime la fièvre à ses victimes. Le mal était à son plus haut paroxysme, et les enfants criaient toujours, comme si la nature avait voulu doubler le mal des mères en donnant un écho à la voix de leurs tortures... Penchée sur elle, et la couvant d'un regard

empreint de tristesse et de sollicitude, l'autre jeune
femme, qui venait de s'arracher gratuitement au
calme et au bien-être de l'opulence, épiait dans l'œil
éteint de la malade cette étincelle fugitive où rayonne
parfois la dernière espérance; son bras gauche, passé
sous les épaules de la mourante, la soulevait mollement de sa couche, tandis que, de la main droite,
elle versait à ses lèvres entr'ouvertes une de ces po-
tions qu'elle avait apportées... Un peu de calme parut
succéder à cette crise violente, et la jeune femme
courut au berceau dans lequel s'agitaient les petits enfants. Elle leur murmura un de ces chants monotones
et doux qui endorment l'enfance, et que la musique
terrestre semble avoir empruntés aux saintes mélodies du ciel; puis, balançant lentement le berceau,
elle eut presque un sourire en voyant, d'un côté, la
mère qui reposait et, de l'autre, les petits qui dor-
maient du sommeil des anges.

— Mais c'est sublime!... s'écria Gaston, dont le
baron arrêta bien vite les élans d'admiration.

— Silence! lui dit-il; silence, imprudent!... elle
a failli vous entendre.

— Oh! murmura le jeune homme, qui avait peine
à se modérer, de telles actions devraient être publiées
à son de trompe, et ce n'est pas trop de tous les rayons
du soleil pour éclairer de si nobles dévouements!

— Ne vous ai-je pas dit, oublieux que vous êtes,
que la charité porte un voile : le soulever est une indiscrétion, l'arracher serait un crime; respectons le

bienfait, qui est le secret des grandes âmes ; respectons la modestie, qui est la pudeur des bons cœurs.

Le baron tira quelques pièces d'or de son gilet et les glissa sous la porte.

— Que faites-vous ? demanda Gaston.

— Je jette une miette dans le splendide festin de cet ange : je suis la Philanthropie, elle est la Charité.

Et il prit le bras du jeune homme, qu'il entraîna rapidement.

— Que va-t-il arriver de tout ceci ? demanda Gaston en redescendant l'escalier.

— C'est déjà tout arrivé, répondit le vieillard ; le monde est un spectateur doué d'une rare intelligence et qui n'attend pas le dénoûment pour juger l'intrigue : il commence à remarquer les sorties mystérieuses de cette jeune femme ; il soupçonne le but de ses courses nocturnes, la cause de cette vague mélancolie qu'elle en rapporte ; il sourit secrètement à l'aspect de cette taciturne langueur qui estompe ses beaux yeux d'un nimbe de fatigue ; il regarde, il épie, et il n'est pas loin de découvrir la vérité.

— Il saura, du moins, s'écria notre jeune enthousiaste, il saura qu'ici-bas la vertu n'est pas un vain mot !

— Eh ! mon pauvre enfant, dit le baron, vous êtes donc encore bien jeune, que vous ignoriez qu'aux yeux du monde, il n'est pas de vertu qui ne soit la cousine germaine d'un vice ?...Vous ignorez donc encore que ce que le monde aime particulièrement

4

dans la vertu, c'est le prétexte qu'elle lui offre de la calomnier ?... Je ne donne pas quinze jours à cette jeune femme pour être regardée comme fort suspecte ; je ne lui donne pas un mois pour être atteinte et convaincue de légèreté, et je lui accorde tout au plus six semaines, pour être condamnée au nom de la morale.

— Eh quoi ! interrompit Gaston ; mais ne m'avez-vous pas dit que la comtesse de Cernoize était entourée de l'estime générale, et que chacun se plaisait à lui accorder toutes les qualités de l'esprit, de l'âme et du cœur ?

— En effet, mon jeune ami ; mais n'oubliez jamais, quand vous entendez le monde faire un pompeux éloge d'une personne vivante, n'oubliez jamais que la Société est comme ces vigilantes fermières qui n'engraissent si bien leurs poulardes que pour les rendre plus propres à être mangées.

— Voilà qui est d'une philosophie horrible !

— Oui ; mais elle est vraie. L'homme est sans pitié pour la femme, ne voulant pas s'avouer à lui-même que les femmes nous doivent la plupart de leurs défauts, et que nous leur devons la plupart de nos qualités. Vous voyez donc bien, jeune présomptueux, que, tout à l'heure, vous aviez tort de douter du cœur et de la vertu des femmes. Il y en a de mauvaises, comme il y a des roses flétries, comme il y a des éclipses de soleil ; ces flétrissures et ces éclipses empêchent-elles que l'air soit embaumé et que l'azur resplendisse dans les beaux jours?... Non !... Seulement, plus à plaindre que les astres et les fleurs, la femme est en butte à toutes les attaques comme à tous les soupçons ; chacun vise à la blesser, sinon à la tuer. L'homme d'esprit, dans ses moments d'humeur, dit du mal d'elle, tout en s'avouant qu'il fait le sot ; le sot en dit, dans ses moments de gaieté, en se persuadant.qu'il fait l'homme d'esprit ; la femme est comme l'hirondelle sur laquelle tout le monde tire : les uns pour prouver leur adresse, et les autres tout bonnement pour le plaisir de tuer quelque chose.

Gaston de Chavrières et le baron Asmodée étaient descendus jusqu'au quatrième étage, lorsqu'ils avisèrent, dans l'ombre, un homme dont la titubante démarche dénonçait les habitudes bachiques. Ce brave festoyeur de la treille frappait à coups redoublés à une porte qui tardait fort à s'ouvrir, et l'homme, riant, chantant et jurant tout à la fois, se livrait à un monologue des plus excentriques.

— Ce domicile est le mien ! s'écriait-t-il. Ce local m'appartient, j'en solde le terme, j'en astique les meubles et j'en bats la femme... Hé ! la ménagère ! je suis ton époux, ton légitime par-devant mossieu le maire du douzième ;

Je suis Lindor ; ma naissance est connue !

Ouvre ou j'enfonce, foi de Triptolème-Pascal Camusat, dit Belfleur, maçon aux Batignoles!... *Attollite portas !*

> Le ciel est beau, la lune est belle!...
> Au clair de la lune, mon ami Pierrot...
> Vive le vin ! vive ce jus divin !

Et, tout en modulant les lambeaux de cette poésie diaprée, Triptolème-Pascal Camusat, dit Belfleur, battait une mesure enragée sur le panneau sonore de l'huis de sapin... Au bout d'un certain temps, une voix de femme se fit entendre à travers la porte :

— Avez-vous bientôt fini votre vacarme? disait-elle. Je vous préviens que je vas réveiller mon homme, et qu'il vous fera descendre plus vite que vous n'êtes monté...

— En v'là des farces ! répondait Triptolème. Son homme!... je voudrais me voir me flanquant soi-même à bas des escaliers. Ça serait drôle !

— Passez votre chemin, ivrogne !

— Ivrogne?... Elle a dit ivrogne. Je suis reconnu ! Ouvre, bobonne; je te promets de ne te taper que dans le dos et de respecter la tête.

Et il se mit en devoir d'enfoncer sérieusement l'obstacle. Alors, la voix intérieure parut s'éloigner en criant : — Camusat! Camusat! réveille-toi!... lève-toi!... Au secours!... on démolit notre domicile légal!... A l'assassin!... au feu!...

Bientôt, la porte s'ouvrit avec fracas ; un homme parut, dans le simple appareil d'un paisible mari se livrant au sommeil. Sa démarche n'avait l'air guère plus assurée que celle de Triptolème. Il se frottait les yeux, en s'appuyant au mur et semblait se demander ce que tout cela signifiait. Enfin, il articula d'une voix avinée :

— Qu'est-ce que vous voulez ?...

— Eh bien! et vous ?... ça va bien ?... pas mal, merci... En v'là un farceur qui envahit mon immeuble, qui fume mon tabac, use mes oreillers et me demande ce que je veux!... Attends, je vas te l'écrire en grandes majuscules, et pas par la poste encore!...

Et Triptolème tomba, à coups de poing, sur l'intrus, qui, à son dire, avait pris si effrontément sa place. Une lutte effrénée s'engageait entre les deux ivrognes, lorsque la femme, qui était allée chercher de la lumière, accourut sur le palier, théâtre du combat :

— Ah çà !... s'écria-t-elle avec stupéfaction, en dirigeant sa chandelle sur le visage de l'homme en chemise, qu'est-ce que ça veut dire ?... c'était donc pas Triptolème qui était couché avec moi ?...

— Ah! tu avoues! Tu t'as trahie ! hurla le légitime; et il détourna sa fureur sur ce troisième acteur de la scène, oubliant son serment de ne taper que dans le dos... Il y avait évidemment quiproquo conjugal.

Le vacarme était à son comble, quand le baron, passant son bras sous celui de Gaston, lui fit enjamber ce trio bruyant qui se roulait sur les dalles, en voci-

férant toutes les expressions d'un vocabulaire inconnu.

Lorsqu'ils furent parvenus à l'étage inférieur, le
jeune homme se mit à rire et dit :

— Voici qui appuie merveilleusement la thèse que
vous souteniez à l'instant, et c'est sans doute un paragraphe de plus à ajouter au long chapitre des vertus
féminines.

— Vous jugez encore mal, mon jeune ami, fit le
baron. Cette brave femme est une excellente et honnête ménagère, qui passe sa vie à compenser, par
l'économie, les désordres quotidiens de l'homme auquel elle est enchaînée... Bien plus, cet homme, cet
ivrogne, elle l'aime, elle le soigne ; et, loin de le
tromper, elle pleure souvent, le soir, en attendant
son retour.

— Mais aujourd'hui, cependant ?... dit Gaston en
riant de nouveau.

— Aujourd'hui comme hier, comme demain, et
vous allez la comprendre et l'absoudre, vous tout le
premier.

— Nous allons voir, répliqua Gaston. Je m'aper-
çois qu'en matière de fidélité, il est bon de suivre le
précepte de Molière :

> Attendez, attendez pour voir les choses sûres,
> Et ne vous fiez point aux simples conjectures.

— Molière est un grand philosophe, dit le baron,

et voici qui le prouve : Cette femme, jeune et jolie,
a pour mari le Camusat que vous venez de voir, lequel est maçon de son état et ivrogne d'habitude...
Quand, après l'avoir attendu jusqu'à minuit, tout en
raccommodant son linge, cette pauvre femme suc-
combe à la fatigue et au sommeil, elle finit, comme
aujourd'hui, par se mettre au lit, en ayant le soin de
laisser entr'ouverte la porte de son logis : c'est ce
qu'elle a fait ce soir. Or il advint ce qu'elle n'avait
pas prévu... Sur le même palier, demeure un jeune
ouvrier menuisier qui, lui aussi, ne dédaigne point la
dive bouteille, et rentre parfois dans un état qui ne
lui laisse pas complétement l'usage du libre arbitre.
Aujourd'hui, précisément, le joyeux menuisier se
trouvait sous l'influence de pas mal de flacons absor-
bés, et il s'est trompé de porte. Se déshabiller et gagner à tâtons le lit où dormait la jeune femme fut,
pour notre ivrogne, l'affaire d'un instant ; et comme
il dormait déjà debout, vous comprendrez facilement
qu'il se soit mis immédiatement à ronfler, sans s'a-
percevoir de son erreur. Quant à la femme, habituée
à ces sortes de rentrées, elle se réveilla peu ou point ;
et voilà qui vous prouve que l'innocence peut, ici-
bas, apparaître sous toutes les plus palpables apparences de la culpabilité... Mais le dieu des ivrognes
est juste, et il va sans dire que les deux rivaux vont
finir par s'embrasser, et que, demain dès l'aurore, ils
iront sceller chez le marchand de vin une paix qui
pourra bien n'être qu'un armistice.

— Pourquoi donc? demanda Gaston.

— Parce que le jeune menuisier est joli garçon et qu'il est homme à se tromper de porte, un jour ou l'autre, après n'avoir bu que de l'eau toute la journée.

— Oui; mais, exclama Gaston, il est probable que le mari, averti, aura soin d'emporter la clef et de fermer sa porte.

— C'est vrai! répliqua le baron. Mais toutes les portes s'ouvrent en dedans.

— Et vous croyez que le mari y sera trompé une seconde fois?

— Les maris sont toujours trompés, mon cher, quand la femme veut s'en donner la peine; il advient pourtant parfois qu'en ceci, c'est le dupé qui est le moins dupe.

— Comment cela?

— Jugez vous-même... Je lisais ce matin, dans une lettre que j'ai reçue de New-York : « Tout dernièrement, un don Juan de Pittsburg pénétrait dans la chambre d'une dame mariée... Bientôt après, le mari de la dame mariée rentra. Le don Juan, pour faire place au mari, se glisse sous le lit et s'y tient blotti, sans souffler ni remuer... A peine le mari avait-il pris sa place accoutumée, que la dame vient à feindre une violente colique, et supplie son mari d'aller chercher un médecin. Le mari, qui est un homme plein de complaisance pour sa chère moitié, saute à bas du lit, prend un pantalon qui se trouvait

sous sa main, et court chez le médecin et l'apothi-
caire... Comme il fait froid, il met ses mains dans ses
poches ; mais quel n'est pas son étonnement quand,
lui qui n'avait pas une pièce de monnaie à son service, une demi-heure auparavant, il trouve ses poches pleines d'or et de bank-notes... Il s'arrête sous
un bec de gaz et compte son trésor. Vérification faite,
il n'y avait pas moins de onze cents piastres.

» Le mari comprit bien vite que le pantalon appartenait à un homme plus riche que lui, et, toute ré-
flexion faite, il conclut que ce qu'il avait trouvé va-
lait mieux que ce qu'on lui avait volé. Il laissa la
femme, garda le pantalon et prit le premier convoi
du chemin de fer, qui l'a ramené à New-York... Il
compte bien ne jamais revenir *coucher* à Pittsburg. »
Et vous voyez bien que le plus dupe n'est pas toujours le dupé !

Gaston rit beaucoup de l'anecdote, et tous deux se
retrouvèrent dans la rue, où les attendaient de nouvelles observations philosophiques.

CHAPITRE VII

La garde nationale. — L'avocat. — L'épicier. — Le coiffeur.
Les noms.

— Paris est une étrange ville ! s'écria Gaston en mettant le pied sur le trottoir; il n'y a pas une heure encore que nous la parcourons et déjà, dans une seule rue, dans une seule maison, nous avons trouvé, à chaque pas, la solution de quinze ou vingt problèmes, dont je ne soupçonnais point le premier mot.

— C'est que, pour bien étudier une chose, mon jeune ami, il faut la voir et la toucher. J'ai bien compris que cette étude, considérée sous le point de vue philosophique, vous intéresserait en vous instruisant, et je me suis souvenu du plaisir que j'avais éprouvé moi-même à explorer ainsi l'Athènes antique trois cents ans avant Jésus-Christ.

— Qui?... vous !...

— Moi-même. J'ai suivi le voyageur Anacharsis, depuis son départ de Scythie jusqu'à son voyage à

Délos et aux Cyclades. C'est ainsi qu'en parcourant
Athènes, j'ai pu visiter ses trois ports et ses treize
portes; admirer son Acropole , son Académie, son
Aréopage, son Prytanée, son Lycée et son théâtre, le
Céramique, le Pécile et le Parthénon , le temple de
Jupiter Olympien , celui de Thésée, de la Victoire, la
porte d'Adrien, l'Erechthéum et le Pnyx; c'est ainsi
que j'ai pu apprécier Aspasie, cette gracieuse beauté
que tout le monde calomniait, et Phryné, cette audacieuse courtisane qui posait pour les Vénus de Praxitèle et pour les débardeurs du Pirée. C'est là que j'ai
pu étudier le cœur des femmes, depuis la grisette de
Milet jusqu'à la prêtresse de Minerve, depuis la fille
du pêcheur jusqu'à l'épouse de l'archonte; j'y ai
soupé avec Périclès et Alcibiade ; j'y ai discuté avec
Socrate et Diogène ; je m'y suis enivré avec trois
membres de l'Aréopage, et j'ai amené l'éloquent Dé-
mosthène à plaider le pour et le contre dans la même
question , après lui avoir fait boire trois flacons de
falerne, qui est le champagne de l'antiquité.

— Que me dites-vous là ?... s'écria Gaston, qui se
demandait intérieurement si son compagnon n'était
pas un fou... Puis, il se repentit aussitôt de son indiscrétion. Le baron l'amusait en l'instruisant ; était-il
bien à lui de contrarier ses petites monomanies ?...
Après tout, c'était un guide des plus agréables, et il
saisit bien vite l'occasion de changer de discours : le
hasard sembla le favoriser.

En ce moment, quelques hommes armés de fusils

passèrent lentement à côté du trottoir où stationnait
la voiture.

— Ah! dit le jeune observateur, voici qui doit
déranger les plans de bien des coureurs d'aventures;
cette escouade de soldats est une garantie pour la
sécurité publique, et les oiseaux de nuit sont, sans
doute, peu apprivoisés avec l'aspect de ces braves...

— Ne confondons pas!... répondit le malin vieillard : ceux que vous appelez un peu libéralement des
braves, sont des membres de la milice citoyenne, et
ce peloton qui marche avec le sans-gêne de l'indépen-
dance, représente une patrouille de gardes nationaux.
Ces bons bourgeois sont tous occupés, pour le moment, de pensées complétement étrangères à la chose
publique, et chacun d'eux, tout en marchant, se livre
à des méditations qui n'ont rien que de personnel...
Celui que vous voyez en tête de la troupe, et qui
paraît très-fier des étincelles phosphorescentes que
les dernières lueurs du gaz font jaillir de ses épau-
lettes Ruolz et de son hausse-col galvanisé, est un
jeune avocat qui, depuis un an, défend d'office tous
les filous et les escrocs, dont une ordonnance de
M. le président lui enjoint de prouver l'innocence : il
y réussit rarement; mais, à entendre ses plaidoiries,
il n'est pas un seul accusé qui soit coupable, et ses
conclusions tendent invariablement à l'acquittement
pur et simple de ses candides clients. Il semble que
sa conscience et ses convictions le portent irrésisti-
blement à se poser en tuteur du faible et de l'opprimé.

Il le dit, il le proclame, et, à ses yeux, le Code pénal est une monstrueuse compilation, un recueil de prescriptions sanglantes que l'humanité repousse et dont la philosophie devrait abroger l'application...

— C'est preuve de bons sentiments, dit Gaston.

— Oui... mais savez-vous à quoi pense ce jeune Cicéron en herbe, tout en préparant un touchant exorde pour son plaidoyer de demain?... Il se dit que le procureur général tarde beaucoup à le proposer pour cette place de substitut, qu'il rêve depuis six mois.

— Qu'est-ce qu'un substitut? demanda le jeune homme.

— C'est précisément tout le contraire de l'avocat; c'est celui qui, par état, est obligé de trouver des coupables partout où il y a des prévenus, et qui consacre sa naissante éloquence à gémir sur l'insuffisance des pénalités et sur la mansuétude des législateurs.— L'armée de Thémis se compose de jeunes recrues, parmi lesquelles le général procureur choisit les mieux disposées; du moment qu'on leur a donné l'épaulette... je veux dire l'hermine de sous-lieutenant, ils requièrent immédiatement la salle de police contre les conscrits qui étaient hier leurs camarades. Ce sont de charmants garçons, fort effrayants en robe noire, mais très-joyeux en pantalon gris-perle: ils sont les plus zélés défenseurs de la veuve et de l'orpheline, dont il n'est pas rare qu'ils se montrent les consolateurs. Généralement hommes du monde, ils se font détester au tribunal et adorer dans les salons ; à force de requérir des séparations de corps, ils finissent toujours par épouser une gracieuse tourterelle portant cent mille francs attachés sous son aile, et que les bons parents espèrent bien un jour appeler madame la présidente ou madame la conseillère.

— Habitués à défendre, interrompit Gaston, ils doivent éprouver un certain embarras à accuser.

— Pourquoi donc ?... Le vaudeville n'exclut pas le drame ; le rire n'interdit pas les larmes, et la défense ne répudie point l'accusation... Moi qui vous parle, j'eus, il y a quelque vingt ans, un procès : j'avais battu le guet, comme c'était l'usage dans ma jeunesse ; mon avocat trouvait qu'il n'y avait pas de quoi fouetter un huissier ; selon lui, ma cause était magnifique, sûre, imperdable ! (C'est un barbarisme que justifient Cujas et Bartole.) Huit jours avant l'appel de mon affaire, mon zélé défenseur fut nommé substitut dans le même tribunal où allait se juger mon escapade... Je choisis un autre champion, qui me répondit également et indubitablement du succès... Quel fut mon étonnement, lorsqu'à l'audience je me trouvai en face du nouveau substitut, qui prouva très-clairement que j'étais un perturbateur, une sorte de coupe-jarret qui devait finir un jour par la corde ; il demanda ma tête pour avoir mes pieds, et me fit condamner à quinze jours de prison, à l'amende et aux frais !... C'était, du reste, un parfait honnête homme.

Celui qui marche à côté de notre avocat-lieutenant, est un honnête épicier qui, depuis dix ans, n'ambitionnait qu'un bonheur : celui de mourir sergent de la milice citoyenne... Il avait échoué dans toutes ses combinaisons, lorsqu'à l'approche des dernières élections, il s'avisa de baisser le prix de sa cassonade et de son savon ; toutes les ménagères du quartier le portèrent aux nues, et leurs maris le portèrent au terme de son ambition : ses galons lui ont coûté quelques mille francs ; mais il force le mercier, son voisin, de l'appeler : *mon sergent*, et exige que l'herboriste du coin lui donne le salut militaire. C'est un homme complétement heureux et qui s'étonne seulement que l'Imprimerie impériale ait oublié de porter son nom dans l'*Annuaire*, à la colonne des gros bonnets de l'état-major... En ce moment, il rêve, tout en marchant, que les Français qui combattent en Chine sont entrés à Pékin ; que le siége est terminé et qu'une victoire de plus va être inscrite au grand-livre des annales de la patrie.

— Ce sont de nobles pensées, dit Gaston, et ce que vous me dites là me donne une bonne opinion de cet excellent citoyen.

— Ne vous enthousiasmez pas trop, fit Asmodée ; le civisme de ce brave sergent est, tout bonnement, de la spéculation commerciale. Comme marchand, il vend des lampions, et il a calculé d'avance qu'une victoire comme celle qu'il rêve ferait entrer mille écus dans les tiroirs de son comptoir.

— Il n'oublie pas ses intérêts d'épicier... répliqua Gaston.

— Epicier !... dites donc entrepositaire de denrées coloniales. Ignorez-vous qu'ici on a inventé une langue toute particulière pour ennoblir les professions ?... La boutique a ses titres, l'enseigne a son blason et... tenez l le caporal qui le suit n'est pas un menuisier, c'est un artiste en ébénisterie ; celui qui vient après et qui se donne des airs d'amoureux d'opéra-comique, c'est un artiste capillaire...

— Qu'est-ce que c'est que ça ?

— Un coiffeur, si vous aimez mieux ; mais ne vous avisez pas de le nommer ainsi ; il serait homme à vous chercher querelle, comme il fit un jour, à un de ses amis, qui lui demandait où était son garçon... — Je n'ai pas de garçon, dit-il en se redressant avec tout le dédain d'un homme injustement méconnu ; j'ai un premier commis qui est, en ce moment, dans mon laboratoire, où il élucide un postiche et rédige un toupet !... Il a, du reste, une haute opinion de ce *principal commis* qui, le premier, s'avisa de changer l'ignoble dénomination de perruque en celle beaucoup plus révérencieuse de *chevelure supplémentaire*. Chez lui, le miroir s'appelle un réflecteur, le peigne prend le nom de régulateur, et le rasoir n'est connu que sous la qualification d'épilateur viril... Oh! votre Rivarol a été parfaitement inspiré, quand il exalta la *probité* de la langue française ; c'est qu'ainsi que vous le voyez, elle est si honnête et si loyale, cette belle

langue, si bonne et si complaisante, qu'elle a con-
senti, en dépit de l'Académie, à exprimer tout ce
qu'on veut lui faire dire et à ennoblir tout ce qu'on
veut relever. C'est comme un masque portatif, que
chacun tient à la main dans ce vaste carnaval parisien ; et il fut difficile de prévoir où s'arrêterait cette
mode de déguisement, le jour où les apothicaires se
changèrent en pharmaciens, et les lavements en dou-
ches intérieures. Il n'est pas, dans toute la banlieue,
de si mince gargotier qui ne se croirait déshonoré
si on lui déniait le titre de *restaurateur*, qu'il croit
mériter, tout aussi bien que le roi Louis XVIII à sa
rentrée en 1815. Après tout, il n'est pas plus en dehors
de la vérité que tous les petits rimailleurs de charn-
des, qui s'intitulent *hommes de lettres*, ni plus ni
moins que Corneille, Racine et Molière... Ne rions
donc pas trop de ces honnêtes gardes nationaux, qui
se sont mis à la mode du temps et des lieux.

— C'est assez original, et il n'y a que la vanité
française qui soit capable d'inspirer de tels raffine-
ments d'amour-propre, dit Gaston.

— Ne croyez pas cela, s'écria le baron. L'homme
est toujours homme, en quelque lieu que vous le
preniez, et les passions qui l'animent, grandes ou petites, sont de tous les temps et de tous les pays. Ainsi,
à Athènes, dont je vous parlais il n'y a qu'un instant,
mon cordonnier se nommait Polyclète, nom grec qui
signifie *très-illustre;* mon tailleur s'appelait Clito-
maque, qui veut dire *éminent guerrier*. J'y ai ren-

contré un homme qui pesait douze mille drachmes, ce
qui équivaut à deux cent quinze livres de nos jours;
il était très-fier de son nom de Prothoos, qui signifie
textuellement : *léger à la course*. Socrate lui-même,
qui jamais n'avait tenu un glaive, ni même com-
mandé une énomotie de cinq hommes, portait, sans
rougir, une dénomination qui veut dire : *sauveur de
l'armée*. Ne vous en prenez donc pas à ces seuls
Français qui passent là, mais au cœur et à l'esprit
humains, qui sont ainsi faits.

— Oh! s'écria Gaston, les Grecs, je le vois, étaient
encore plus fous que nous; car, ici du moins, nous
n'avons pas de noms si opposés au caractère physique
et moral des individus.

— Vous oubliez donc que votre marchand de
chocolat est *Marquis*, que votre tailleur signe ses
factures *Leduc*, que l'escamoteur qui amusa votre
enfance est *Conte*, que votre marchand de lorgnon
est *Chevallier*; et que votre horloger, enchérissant sur
tous ces titres, grave sur l'émail de tous ses cadrans :
fait par LEROI?...

— C'est ma foi vrai! fit Gaston en riant.

— Et puis, est-ce que vous ne connaissez pas
M. *Leblanc* qui est un mulâtre, M. *Leblond* qui a des
cheveux châtains, et M. *Lenoir* qui a des cheveux
blonds?... et M. *Legras* qui est maigre comme une
pièce anatomique? et M. *Léger* qui pèse un Lablache
et demi? et Mlle *Blanche* dont la peau défie le pain
d'épice de Reims? et Mlle *Candide* qui, à seize ans,

se voit dans l'impossibilité de prendre Jeanne d'Arc
pour sa patronne?... Est-ce qu'une foule de gens ne
sont pas des *Louis* sans avoir un sou, et des *Alexandre* sans avoir jamais combattu autre chose que
l'envie de dormir?...

— Voilà d'étranges contradictions! s'écria Gaston... et pourtant elles existent et on les rencontre
journellement dans les noms, ainsi que vous venez
de me le faire remarquer.

— Si ce n'était que dans les noms! dit le baron en
souriant, mais nos actions s'en ressentent... Écoutez
plutôt.

CHAPITRE VIII.

Chapitre des contradictions.

Il y a quelques années, un honnête et loyal propriétaire de ma connaissance, bon père, bon époux, bon citoyen, — une épitaphe vivante, — payant exactement ses contributions et montant exactement sa garde à son tour de contrôle sans jamais se permettre le moindre murmure, fut surpris dans son salon trottant à quatre pattes sur le tapis, et portant, sur son dos éminemment paternel, ses deux enfants mâle et femelle, en imitant de son mieux l'allure et le hennissement d'un cheval anglais pur sang. Les deux indiscrets qui surprirent ainsi ce modèle des pères, dans son hippodrome, en flagrant délit de manége, n'eurent rien de plus pressé que d'aller répandre avec commentaires cette curieuse nouvelle... On glosa, on amplifia, on broda... à tel point que, peu de jours après, mon pauvre *hippandre* était devenu l'objet de tous les sarcasmes, de toutes les mystifications de sa petite ville... Le ridicule ne blesse que peu, mais, en revanche, il tue toujours, et mon brave homme de père fut tué, disséqué, désossé du coup!

Passait-il dans une rue?... tous les gamins le suivaient en poussant des hennissements frénétiques, et en faisant claquer de jolis petits fouets inventés pour cette aventure... L'annonçait-on dans un salon?... c'étaient des appels de langue comme au manége Pellier; des *Hop! hop!* comme au Cirque; des réflexions à bout portant, à brûle-pourpoint, sur le steeple-chase de la Marche, sur les courses de Chantilly et le handicap de New-Market... A un bal, où il dansait par pure complaisance, un farceur de la localité fit jouer à l'orchestre le galop de Franconi, dont on ne pouvait suivre les rapides mesures qu'en piaffant comme un andalou bien dressé. Il y eut un jeune étudiant en vacances qui s'imagina, un soir, de glisser une poignée d'avoine dans la tasse de thé que venait de lui sucrer la maîtresse de la maison!... On parla même de faire circuler dans la petite ville une liste de souscription à l'effet d'acheter un harnachement anglais à sa taille, avec bride et martingale, sangles et croupière, qui lui devait être offert comme gage d'admiration de ses gracieux compatriotes!

Bref, vous voyez d'ici le pastoral aspect d'une sous-préfecture en veine de gaieté : le receveur de l'enregistrement en riait aux larmes; les deux femmes de notaire en avaient presque de l'esprit, et on citait

5.

un calembour semi-compréhensible de môssieur le
maire.

En fin de compte, ce brave citoyen fut, un beau
jour, forcé de déménager et de s'expatrier, poursuivi, harcelé qu'il était par les mille piqûres de cet
essaim de mystificateurs qui l'assiégeaient à ses sorties et à ses entrées... Eh bien! tous ces gens-là avaient
eux-mêmes lu et admiré, dans l'histoire du bon
Henri IV, la semblable aventure qui valut au Béar-
nais presque autant de célébrité que toutes ses batailles et que le poème de *la Henriade!*... C'est là une
des plus effrayantes contradictions que j'ai jamais
vues et, s'il faut bien le dire, partagées; car, hélas! je
ne fus pas le dernier à joindre ma goutte d'absinthe
à l'énorme dose de fiel qu'avala cette infortunée victime du dévouement paternel.

C'est à dégoûter de la pratique des vertus du pot-
au-feu !!

* *
*

Dans mon enfance, j'avais pour précepteur un bon
et simple abbé, reste vivant et rare de la race éteinte
des chapelains antérévolutionnaires; il avait failli
porter sa tête sur l'échafaud de 93, et s'était enfui en
Allemagne pour ne point prêter le fameux serment...
La monarchie, la légitimité, les fils de saint Louis, le
droit divin et l'omnipotence de Louis XIV formaient
dans son cœur comme une sainte croyance qu'il gar-

dait avec enthousiasme et vénération... Eh bien ! ce
respectable martyr de la monarchie absolue, qui avait
dû tous ses maux, — exil et pauvreté, — à la chute
de cette croyance et au triomphe des idées nouvelles,
ne m'expliquait jamais un passage de Cicéron ou de
Tite-Live, sans que son imagination s'enflammât :
quand il prononçait ces mots, *Respublica romana,* on
eût dit un tribun des plus acharnés ; Brutus, Cimber
ou Spartacus ne durent pas les clamer avec un plus
patriotique élan ! Quand il articulait les trois syllabes
du substantif *tyrannus,* sa voix, si frêle d'ordinaire,
prenait des proportions effrayantes : c'était un tonnerre enveloppé d'éclairs de mépris, de haine et de
menaces ; ses yeux reflétaient toutes les lueurs sinistres de ce magique trisyllabe, et je crois que
S. M. Louis XVI eût apparu en personne, que mon bon
abbé eût mis quelques minutes avant de le saluer...
Cet homme était monarchiste par nature et républi-
cain par éducation, absolutiste en français et conspirateur en latin, comme le sont les professeurs de
rhétorique, n'en déplaise à l'Université. Depuis lors,
je me suis souvent demandé pourquoi on faisait le
procès à l'émeute, puisqu'il n'y a pas en France un
seul collége dépendant du ministère de l'instruction
publique où l'on ne récite, en vers et en prose, les
plus incandescentes tirades républicaines de tous les
émeutiers et clubistes de Rome et d'Athènes ?

Étrange contradiction !

* *
*

Plus tard, dans un autre endroit bien connu par ses splendeurs et ses chutes, à Saint-Acheul, nos bons pères jésuites s'évertuaient le matin, après la prière, et pour la plus grande gloire de Dieu, — *ad majorem Dei gloriam*, — à nous incruster dans le cerveau et dans le cœur le catéchisme *ad usum ambianensis* ; et, cette grande vérité fondamentale . UN SEUL DIEU *tu adoreras*, une fois admise et prouvée, nous nous élancions tout joyeux et allègres sous les verts tilleuls de l'esplanade... Oh ! les bonnes parties de barres, de cerceau et de balle !... Doux et beau temps qui passe si vite et ne revient jamais ! Aurore de nos quinze ans, comme nous donnerions tous les grands soleils de notre été pour un seul de tes petits rayons !

Puis, quand la cloche réglementaire, chassant balles et cerceaux, nous rappelait sur les bancs de la classe du soir, on entamait le cours de mythologie... Là, le même professeur mettait, à nous dénombrer les quinze ou seize mille dieux du paganisme, le même courage qu'il avait apporté le matin à la preuve contraire ; il nous traduisait avec élégance les Métamorphoses d'Ovide, les Tusculanes de Cicéron, et Lucrèce, recueil philosophique de tout ce que le panthéisme et le matérialisme ont pu inventer de plus spécieux et de moins illogique.

Je fus quelque temps sans savoir à quel dieu me

vouer, amalgamant le Christ avec Bacchus, Jupiter et
le Père éternel, les Vestales avec les Carmélites, l'Apo-
calypse avec le Livre des sibylles, et, — Dieu me par-
donne ! — le bon monseigneur de Bombelles, évêque
d'Amiens, avec Lucius Agerius, le grand *flamen* de
Rome !... Je prenais la chose au sérieux, à telles en-
seignes que, tourmenté par mes scrupules théo-mytho-
logiques, je consultai mon confesseur, qui finit par
m'avouer que c'était un vice d'éducation, une contradiction morale sanctifiée par l'usage, et qui n'empêchait pas les bons pères d'être parfaitement orthodoxes... C'était à en devenir athée !

Mais... ce fut bien pis encore lorsque, dans un
voyage que je fis plus tard à Rome, je vis dans le palais
du pape, au Vatican, les statues d'Apollon, de saint
Paul, de Vénus, de la Madeleine, de Diane, et tous ces
chefs-d'œuvre que Phidias, Praxitèle, Michel-Ange et
Raphaël empruntèrent à la théogonie antique et moderne. Heureusement que l'amour des beaux-arts
absout amplement, à mes yeux, le vicaire et le représentant *du seul* Dieu des chrétiens... C'est égal, tout
cela impliquait de telles contradictions, que je fus
longtemps à m'y faire.

Je me rappelle aussi qu'à Livourne, j'étais tellement sur mes gardes par tout ce qu'on m'avait conté
de la sévérité du clergé italien, que je n'osais me servir, pour désigner les jours de la semaine, des dé-
nominations toutes païennes usitées en France... Je
fus bien étonné lorsque mon cicerone m'apprit que,

dans le royaume de saint Pierre, on disait comme chez
nous : — *le jour de Mars, de Mercure, de Jupiter et
de Vénus* (MARTEDI, MERCOLEDI, JOVEDI, VENEREDI).

* *
*

Il y a quelques années, j'assistais au sacre de la
reine d'Angleterre, et j'étais saisi d'admiration à l'aspect des hommages rendus à la jeune femme, qu'on
entourait d'adorations presque divines... Il y eut un
moment où les grands barons de la couronne, les
lords et le peuple se prosternèrent devant elle et où
l'archevêque prononça cette maxime constante et tra-
ditionnelle : — *The king can do no wrong !* (le roi ne
peut faire mal). C'est-à-dire : — Tout ce qu'il fait est
bien, et le peuple l'approuve d'avance... — Heureuse
monarchie !... m'écriai-je.

Un vieux gentleman, qui me suivait à ma sortie de
Westminster, me dit : — « Edward II, Edward III,
Henry VI, Edward IV, Richard III, Charles Ier et Jacques II ont vu le même peuple à leurs genoux ; l'archevêque leur a crié aussi : — *The king can do no
wrong !*... et le peuple les a déclarés traîtres à la patrie, les a dépossédés, jugés, exilés ou assassinés. »

J'allais entamer une dissertation sur les contradictions humaines, lorsque je fus repoussé par la foule
qui se rangeait en cercle autour de deux gentlemen
qui s'attaquaient à coups de poing, d'une façon toute
artistique... Lorsque le vainqueur, tout couvert de

sang, eut remis ses gants jaunes et rajusté sa cravate
de satin, je m'éloignai, honteux d'avoir assisté à un
aussi dégoûtant spectacle, et quelle fut ma stupeur
lorsque le soir, dans un salon des plus élégants, j'en-
tendis une fraîche voix de lady faire l'éloge de la bravoure et de l'adresse de son cousin qui s'était, le matin, distingué dans une prise de boxe sur la place de
Westminster !... Bientôt le héros parut lui-même,
leste, pimpant et souriant... comme un Anglais ; et
toutes les jolies femmes l'accueillirent comme Wel-
lington à son retour de Waterloo... En France, on
l'eût consigné dans l'antichambre, et la petite cousine
se serait bien gardée d'exprimer son admiration pour
le petit cousin... Et vous voyez bien, ajouta le baron,
que ces estimables gardes nationaux ne sont ni plus
ni moins contradictoires que les anciens et les modernes qu'ils imitent.

— Et quel est le but de la course nocturne entreprise par ces quelques bourgeois déguisés en guer-
riers?... demanda le jeune homme.

— Ils en ont deux : le premier, c'est de s'affranchir, pour vingt-quatre heures, de la gênante surveillance de cet Argus matrimonial qu'on nomme une
épouse légitime. Un billet de garde est un *exeat* accordé au mari par l'adjudant-major de la compagnie;
les citoyens l'estiment presque autant qu'une lettre
de convocation au jury, qui leur donne huit jours de
liberté ; mais ils lui préfèrent le port d'armes qui,
pendant toute la saison des chasses, leur accorde le

droit d'absence et d'impunité, sans reddition de comptes... Le second but, c'est la défense et le maintien de l'ordre public, la surveillance des mœurs et le respect des lois.

— De sorte qu'en ce moment, ces estimables bourgeois veillent pour le repos de la grande cité?

— Précisément!... Et tenez, si vous voulez m'en croire, suivons-les; car, aux précautions qu'ils prennent, je devine qu'ils vont exercer leur utile ministère et que nous trouverons là une nouvelle étude à faire.

CHAPITRE IX.

Les maisons de jeu. — Les deux commissaires.

Le baron fit signe à son cocher, et la voiture se mit à suivre, au pas, le long du trottoir. Au bout de quelques instants, la troupe, que venait de rejoindre une sorte de commissaire de police, s'arrêtait à la porte d'une maison d'assez belle apparence. Le commissaire, qui, sans doute, connaissait seul le secret de l'expédition, plaçait des hommes à une certaine distance l'un de l'autre, et de façon à cerner toutes les issues. Quand l'hôtel fut convenablement entouré, l'homme à l'écharpe frappa trois coups, et, comme personne ne répondait, il somma d'ouvrir, au nom de la loi; le même silence suivit son interpellation, et, en moins d'une minute, un serrurier qui l'accompagnait fit jouer le ressort de la porte, au moyen d'un rossignol; et il entra, escorté de quatre estafiers armés de bâtons.

— Voilà, dit Gaston, une expédition lestement menée !... Mais de quoi s'agit-il ?... Est-il question de la capture de quelques conspirateurs?

— Si vous désirez le savoir, fit le baron en prenant le bras du jeune homme, dépêchons-nous d'entrer, car tout le reste de l'affaire sera conduit avec la même rapidité.

Ils allaient franchir la porte de l'hôtel, lorsque le garde national qui y était posté croisa belliqueusement la baïonnette et cria : « On ne passe pas !... au large!... » Le baron se pencha à son oreille, lui murmura quelques mots, la baïonnette se releva et nos observateurs entrèrent. Gaston était fort émerveillé du pouvoir de son compagnon et il l'attribuait déjà à quelque satanique influence, lorsque celui-ci, en le dirigeant vers un grand escalier, lui dit :

— Ce factionnaire est mon bijoutier, et, comme je fais une assez respectable consommation de pierreries, j'étais sûr d'avance qu'il n'hésiterait pas à se relâcher de sa consigne en ma faveur...

— De sorte que, interrompit Gaston, si vous commettiez un délit, et que votre bijoutier, votre tailleur, votre bottier et votre coiffeur fussent désignés de service pour vous arrêter...

— J'aurais quatre chances pour échapper aux rigueurs de la police; rien de plus naturel: est-ce qu'à Rome les clients arrêtaient leurs patrons?

Au haut de l'escalier, splendidement illuminé, un
étrange spectacle s'offrit à la vue de Gaston. Une porte
à deux battants venait d'être enfoncée, et ses yeux plon-
gèrent dans un vaste salon, au milieu duquel se dressait une longue table couverte d'un tapis vert; sur
ce tapis, entouré d'hommes élégants et de femmes
éblouissantes de toilette, brillaient des monceaux d'or
et des paquets de billets de banque. Gaston ne jouit
pas longtemps de cet étincelant coup d'œil; car, à
l'aspect de l'écharpe tricolore, toutes les bougies s'é-
teignirent comme par enchantement. Alors, et dans
cette subite obscurité, ce fut un épouvantable désordre: les fauteuils roulaient les uns sur les autres,
les hommes cherchaient à s'esquiver par toutes les
issues; les femmes poussaient des cris assourdis-
sants, et, dans ce pêle-mêle général, on entendait le
bruit de l'or qui tombait avec la table violemment
renversée sur le parquet. La flamme bleue d'une
allumette chimique brilla dans les ténèbres; la sinistre figure du commissaire se dessina peu à peu
dans ce nouveau cercle de lumière; des bougies
furent rallumées, et, alors, Gaston put étudier à
son aise tous les détails du tableau qui s'offrait à
ses regards.

Tous les meubles jonchaient le parquet; des tas
de cartes se mêlaient aux tas d'or et de billets qui
avaient été foulés aux pieds; des cristaux brisés, des
porcelaines en morceaux hérissaient le tapis; les
flambeaux, veufs de leurs bougies écrasées, gisaient

dans tous les coins; aux quatre angles de la pièce, il y avait encore un fouillis d'habits noirs et de robes blanches, bleues et roses, d'épaules nues, de chevelures brunes et blondes dont les fleurs et les perles avaient bien du mal à conserver leur primitif équilibre. Tous ces hommes et toutes ces femmes se pressaient dans un commun sentiment de terreur, tandis que le commissaire s'occupait très-activement à remplir ses poches de l'or qu'il ramassait, ainsi que ses acolytes, avec une remarquable dextérité. Toutefois, ce furent les femmes qui, revenues les premières de leur frayeur, commencèrent à quitter le lieu de leur refuge, et à montrer leurs figures à la lumière. Gaston, étonné de voir plus de fermeté chez le sexe faible, en manifesta son étonnement au baron, mais celui-ci lui dit :

— Vous comprenez que vous êtes dans une maison de jeu où, chaque soir, des habitués s'assemblent clandestinement. Tous ces hommes, qu'entraîne une fatale passion, appartiènnent pour la plupart, et par leur naissance et par leur fortune, aux premières familles, et on conçoit dès lors l'intérêt qu'ils ont à cacher leurs visages et leurs noms. Quant à la partie féminine qui meuble ces sortes d'établissements, elle rentre dans une catégorie fort habituée à braver les préjugés de la société, et, comme elle n'a rien à perdre aux yeux du monde, elle trouve parfaitement superflu de jeter sur sa conduite un voile qu'elle jette rarement sur autre chose.

— Quoi! s'écria Gaston, ces gracieuses femmes, dont l'œil semble rayonner l'amour et l'intelligence...

— J'ai beaucoup connu Ulysse, roi d'Ithaque, dit le baron, qui m'a toujours recommandé de me méfier des sirènes, sous prétexte qu'elles ont des têtes d'ange et des queues de serpent. Je vous engage à imiter ce prudent héros qui, fort de ses principes, échappa aux écueils de Charybde et Scylla, à la magicienne Circé, au cyclope Polyphème, aux Lestrigons, à la nymphe Calypso, et eut le rare bonheur, en rentrant chez lui après vingt ans d'absence, de retrouver son chien fidèle et sa femme dans la même situation inusitée.

Cependant, l'homme à l'écharpe, tout entier à sa besogne, avait bourré ses poches d'or et de billets, et, tout en jetant de temps à autre un coup d'œil inquiet vers la porte, il ne perdait pas de vue l'objet de sa mission ; lorsqu'il crut l'avoir suffisamment accomplie, il fit signe à ses quatre compagnons, et il se dirigeait vers l'escalier, au grand étonnement de Gaston qui ne comprenait pas une confiscation basée sur une justice aussi sommairement expéditive. Il eût voulu quelques formes judiciaires, quelque apparence de légalité plus prononcée, et il trouvait que cette exécution française ressemblait beaucoup à une expédition à la turque.

Le baron, qui lisait dans sa pensée, lui frappa sur l'épaule et lui montra, en souriant, un second com-

missaire dont l'écharpe venait d'apparaître sur le seuil
du salon. Il était accompagné d'une escouade de ser-
gents et de gardiens de nuit qui, sur un signe, se
jetèrent dans l'appartement et saisirent au collet le
prétendu officier public et ses quatre acolytes. Des
poignards brillèrent à la clarté des bougies ; mais,
écrasés par le nombre, ceux qui voulaient s'en servir
furent bientôt mis hors d'état de résister ; ils furent
fouillés, et tout ce qu'ils avaient ramassé fut religieusement déposé sur la table, compté, mis en
ordre et consigné dans un procès-verbal scrupu-
leusement rédigé, signé, parafé et fait en double... Le nouveau commissaire dressa l'inventaire du
mobilier, fit avancer l'un après l'autre tous ceux
qui étaient là, prit leurs noms et adresses, en
arrêta quelques-uns, laissa partir les autres, et or-
donna qu'on conduisît à la préfecture de police son
faux confrère, ses compagnons et la maîtresse du
logis.

Le baron et Gaston qui, à la faveur du désordre,
avaient pu s'échapper sans donner leur nom, se retrouvèrent dans la rue.

— Voilà, s'écria le jeune homme, voilà un inexplicable conflit entre deux autorités destinées à ré-
primer les mêmes délits !... et il faut que la jalousie
du métier soit poussée bien loin, pour amener de tels
manquements au devoir dans l'exercice d'un si
utile ministère !

— Accoutumez-vous donc, cervelle légère, dit Asmodée, à ne jamais juger sur les apparences ; le premier faux commissaire est un des plus adroits filous de la capitale, qui fréquente cette maison clandestine depuis plus de six mois ; il en a étudié les êtres, les habitudes et les mœurs avec la patience d'un ingénieur qui médite la prise d'une place forte, et, quand il a pensé que l'occasion qu'il guettait depuis si longtemps était enfin favorable, il a mis son plan à exécution avec d'autant plus de sécurité, qu'il a profité du passage d'une patrouille de gardes nationaux.

— Quoi ! il a pu espérer qu'une tentative aussi ridiculement audacieuse pourrait réussir ?

— Il s'en est fallu de peu, et cela a tenu tout bonnement à un cheveu.

— Comme toutes les petites et grandes entreprises.

— Non pas ; je dis, littéralement, à un cheveu, et voici comme : Pour se présenter dans ce salon interlope sans être reconnu, ce prudent filou adopta un déguisement : c'est l'A b c du métier ; il se transforma en vieillard respectacle, baragouinant une sorte de langage tudesque, fort bien porté dans un certain monde ; il avait réussi complétement à déjouer toutes les observations, lorsque, hier soir seulement, un des nombreux agents secrets que la police emploie à surveiller et à signaler ce genre de réunions, remarqua une petite mèche de cheveux noirs qui pointait à travers les boucles blanches de sa perruque

soigneusement poudrée ; dès lors la *mèche*, — c'est
le mot ! — la mèche fut éventée, le voleur dépisté,
et ses intentions parfaitement interprétées. Le rapport fut fait, l'ordre envoyé, et voilà comment il se
fait que le vrai commissaire est arrivé juste à point
pour contrecarrer une usurpation de fonctions qui
eût abouti à confisquer, pour un seul, ce que la
loi lui ordonne de confisquer au profit du Trésor
public.

— Mais alors, s'écria Gaston, rien n'est plus dangereux qu'une législation qui peut être à chaque instant soumise aux mille vicissitudes d'une usurpation
de costume!... Car enfin, avec de l'audace et une
écharpe, le premier escroc venu peut vous demander
la bourse ou la vie.

— C'est vrai ! répondit Asmodée ; mais cela rentre
dans le chapitre commun des usurpations générales.
Tout à l'heure, n'avez-vous pas pris toutes les robes
roses et bleues qui étaient là, pour de gracieuses et
innocentes femmes du monde, cherchant une loyale
et pure distraction dans la paisible jouissance d'un
plaisir permis?...

La jupe blanche et la ceinture rose, surmontées
d'un bouquet de camélias, sont aux femmes honnêtes
ce que l'écharpe est à l'autorité ; parce qu'on peut
abuser du costume, suit-il de là qu'on doive le
supprimer ? Lorsque Charlemagne, Philippe-Auguste
et Louis XI promulguèrent des lois somptuaires ;
lorsque l'austère Caton lui-même proposa la fameuse

loi *Oppia,* ils eurent beau faire : la *ceinture dorée* ne fut pas toujours un insigne qui signalait la profession ou la moralité des femmes.

— C'est juste, répondit Gaston ; mais je ne comprends pas fort bien quel est le sentiment qui attire les hommes vers le jeu, et c'est une passion qui me semble sans mobile, puisque vous venez de me dire que tous les joueurs qui étaient là appartiennent, par leur fortune et leur position, à une classe qui n'a pas besoin de se livrer aux spéculations incertaines d'un métier fort aléatoire.

— Vous allez le comprendre... ou plutôt le comprendre encore moins, fit le baron en tirant de sa poche un magnifique étui garni de diamants, comme tout ce qu'il portait. Tenez, acceptez un de ces panatellas ; ce sont de ces cigares exquis que j'ai choisis moi-même sur les bords du Rio-dos-Negros... Il fit en même temps jaillir une flamme parfumée qui sortit d'un petit cylindre de jaspe, et tous deux allumèrent leurs cigares ; puis, faisant un nouveau signe à son cocher, le joyeux vieillard reprit le bras de son jeune ami et se mit à marcher le long du trottoir.

La nuit était resplendissante d'étoiles, et, bien qu'il fît un peu froid et que la neige, qui avait cessé de tomber, étendît comme une sorte de tapis sur le pavé, on éprouvait un certain charme à respirer cet air vif et sec qui est le zéphyr de l'hiver. Nos deux promeneurs, du reste, étaient chaudement enveloppés de riches fourrures, dont le baron avait ample provision dans sa voiture; et puis Gaston, qui prenait un grand intérêt à la conversation railleuse de son Mentor, ne songeait pas à se plaindre de la température. Il offrit donc courtoisement son bras au petit vieillard qui, en sa qualité de boiteux, ne méprisait point cette manière de soutien.

CHAPITRE X.

Du jeu en général.

Lorsqu'il eut fait quelques pas et aspiré plusieurs
bouffées de son tabac odorant, le baron, tout en se
promenant lentement, dit à Gaston :

— La race humaine est ainsi faite, jeune homme,
que, de tout temps et dans tous les pays, les choses
primitivement adoptées comme accessoires de la vie
sont devenues peu à peu, et par la seule force des
événements, des nécessités indispensables, des bases
presque fondamentales de l'existence sociale : ainsi
le vin, qui, du temps du bon Noé (si nous en croyons
vos saints livres), était une exception alimentaire, est,
de nos jours, le corollaire obligé de tous les repas, du
pauvre comme du riche; ainsi le tabac, dont naguère
la poudre exotique ou la feuille parfumée titillait exclusivement les nerfs olfactifs des princes privilégiés,
est aujourd'hui, sous toutes les formes, le besoin impérieux de toutes les classes ; ainsi des mille néces-

sités qui se sont peu à peu insinuées dans les mille
replis de nos habitudes; d'abord timides et ram-
pantes velléités, puis tyranniques et irrésistibles in-
dispensabilités, au joug desquelles l'homme, faible
esclave qu'il est, finit par se courber invincible-
ment.

Au premier rang de ces despotiques aberrations,
le psychologiste placera nécessairement LE JEU, qui
naquit sous prétexte de *distraction*, grandit sous
forme de *goût*, s'accrut sous le nom spécieux de
mode, et éclata bientôt sous les funestes et horribles
apparences de la passion la plus effrénée... Chez les
anciens, je puis vous en parler, c'était une noble et
grande institution que celle des jeux!... A Rome
comme à Sparte, à Carthage comme à Athènes,
chaque victoire de la patrie était célébrée par ses enfants; et les jeux Olympiques et les luttes guerrières
devenaient, pendant les jours de la paix, une fidèle
représentation des beaux faits de la bataille, une
salutaire prémunition contre les délices et les mol-
lesses du repos : le ceste, le pugilat, l'athlétie, les
joutes nautiques, les stratégies simulées formaient
autant d'écoles utiles où la jeunesse, espoir de la
République, venait puiser les hautes leçons de l'expérience et de la bravoure... Aussi, qu'il y a loin du
chétif et pâle dandy de nos jours, au vigoureux et
fier enfant de la Grèce et de la Rome antiques!...
Chez eux, on jouait avec le glaive, avec la lance ou
le javelot, belliqueuses réminiscences de gloire et de

combat. Chez nous, le jeu national, celui qui distrait
de tout travail comme de toute oisiveté, c'est (et il y
a de quoi être honteux de son titre d'homme moderne), c'est un jeu qui fut inventé pour amuser un
insensé dont le règne stupide n'est connu que par
l'invention des cartes, et les débauches de sa femme
et de sa cour!... Pauvre Charles VI! pauvre roi!...
Lui, du moins, il était fou et c'est une excuse aux
yeux de notre siècle... qui se pique de ne pas l'être.

Aujourd'hui, quand vous entrez dans un salon, à
peine la voix du valet vous a-t-elle annoncé, que
votre premier pas est arrêté par une jolie main bien
gantée qui vous présente, gracieusement développées
en éventail bicolore, quatre ou cinq cartes, dont
vous êtes forcé, sous peine de manquer d'usage, de
tirer celle qui va vous assigner votre place en prison... je veux dire au tapis vert. — Pour la bouillotte! pour le whist! pour le boston! pour le re-
versi, le piquet, l'écarté, pour... que sais-je?... Tels
sont les jolis mots par lesquels répond à votre salu-
tation la séduisante sirène qui préside à la fête;
puis, sans qu'on vous ait laissé le temps de chauffer
le bout de votre botte, vous vous êtes senti entraîné,
poussé, jeté vers une table ronde, ovale ou carrée,
solitairement encastrée dans un angle du salon, et où
trois combattants, ornés de lunettes bleues ou vertes,
vous attendent, cartes en main, argent sur table : —
Messieurs, dit doucereusement la maîtresse du lieu à
ce quatuor de rivaux prêts à se couper... la bourse

(j'allais dire la gorge), je vous recommande la modération : vous savez... je n'aime pas qu'on joue gros
jeu chez moi ; ainsi, la cave sera de cinq francs, pas
plus...

A peine a-t-elle le dos tourné, que le premier *passe*,
le second *ouvre*, le troisième *tient*, fait son tout et
décave les téméraires provocateurs qui, tout en mau-
dissant le perfide brelan, se recavent de cinq cents
francs ; car on ne peut empêcher celui qui perd de
martingaler pour récupérer ses mises : il a une demi-
heure pour rentrer dans ses fonds... ou pour perdre
dix ou quinze mille francs. Il ne faut, pour cette magnifique opération, qu'une bonne veine de brelans
de rois, voire de neuf !...

Ceci, mon cher ami, me rappelle un fait assez plai-
sant, interrompit le baron en secouant la cendre de
son cigare... C'était à Bordeaux ; les négociants de
cette ville jouaient alors entre eux un jeu énorme. A
un dîner, chez l'un de ces messieurs, quatre commencèrent, avant de se mettre à table, un brelan fort
cher : le dîner interrompit la partie, qui fut reprise
immédiatement après... On donne les cartes : tous
tiennent ; celui à qui *c'était de parler* fait son tout :
on tient ; le second demande si l'on peut jouer de la
poche ? on y consent : il remet deux cents louis devant lui et les fait : ils sont tenus par tous les adversaires ; le troisième demande si l'on peut jouer sur
parole ? On y consent encore : il fait cinquante mille
francs... *Tenu !...* l'autre en fait deux cent mille..

Tenu! le dernier *fait un bâtiment* qui lui arrivait des Iles, évalué six cent mille francs... *Tenu* par tous!!... Un autre renchérit encore : bref, les quatre joueurs sont engagés chacun de DEUX MILLIONS à une partie, où le plus fort cavé avait primitivement cinquante louis devant lui!... Il faut en finir : les jeux s'abattent... et montrent *douze as* sur table!... un treizième retournait : ainsi tous avaient brelan carré!!... Et voici comment : la maîtresse de la maison avait fait arranger, pendant le dîner, un jeu de vingt-huit as. Comme les joueurs ont l'habitude de ne regarder tout entière que la première carte et de se contenter de voir la pointe des autres pour connaître leur jeu, ces messieurs ne s'étaient pas aperçus qu'ils avaient des as pareils... Leur étonnement et leur confusion furent extrêmes, et leurs femmes eurent ce soir-là, en rentrant à la chambre à coucher, quelque droit de parler à leurs maris sur un autre ton que celui indiqué par l'article 213 du Code civil.

— Mais une telle passion est absurde ! s'écria Gaston.

— Le *lansquenet* est beaucoup plus joli encore, dit le baron... Figurez-vous cinquante individus jouant tout ce qu'ils possèdent, et parfois ce qu'ils ne possèdent pas, sur un simple arrêt du hasard ; c'est absolument la même chose que si on risquait sa fortune à pile ou face.

— Je comprends, interrompit Gaston, je comprends jusqu'à un certain point les jeux où l'esprit

exerce quelques-unes de ses combinaisons ; ainsi le
whist et l'écarté, à la rigueur...

— Oh ! l'écarté ! exclama le petit vieillard ; tenez,
mon cher, je ne sais pas si, malgré mon horreur des
cartes, je ne lui préfère pas la bouillotte... Vous voici
à la table ; c'est à vous de prendre les cartes ; votre
adversaire est un gaillard qui, depuis trois quarts
d'heure, a déjà chassé quinze rivaux ; il *passe* toute
une soirée, c'est son habitude, il le proclame et il en
paraît très-fier... A vous à le détrôner, car il y a
quinze cents francs sur le tapis... Vous en tenez mille ;
le reste est fait par une dizaine de parieurs qui,
moyennant cinquante francs, ont acheté le droit de
vous conseiller, de vous accuser, de vous maudire et,
ma foi, de vous insulter... Vous avez beau objecter
vos mille francs qui vous donnent le titre de principal
actionnaire... Bah ! dans ce siècle progressif des
associations, tout bailleur de fonds (son apport ne fût-
il que de cinq centimes) a voix délibérative aux
assemblées : — Monsieur !... jouez de là ? — Non
pas !... d'ici ? — Comment ?... Du tout, du tout !
partez du milieu ? — Non ! de la gauche ? — Gardez-
vous en bien ! de la droite ? — Holà ! s'écrie un quatrième, attaquez dans la couleur ? — C'est absurde !
riposte un autre ; c'est vouloir perdre ! — On croirait,
murmure un plus furieux, que monsieur s'entend
avec notre adversaire ?...

Et l'on finit parfois par se jeter les cartes à la figure.
Aussi, mon jeune ami, j'ai toujours rendu grâces à

mon étoile lorsque, après un écarté, j'en ai été quitte pour la perte de quelques billets de banque, sans avoir été obligé de me préparer à recevoir ou donner un coup d'épée le lendemain au lever de l'aurore.

Dans l'espèce de maison d'où nous sortons, les choses ne se passent même pas d'une façon aussi honnête. La maîtresse du lieu est généralement une ex-beauté qui, jusqu'à trente-cinq ans, a joué un tout autre jeu que celui des cartes ; mais les dames de cœur s'usent vite, et force leur est d'en arriver, tôt ou tard, au valet de pique ; alors, elles louent un mobilier quelconque, s'intitulent baronne de Beaupertuis ou comtesse de Sainte-Amarante, sont toujours veuve ou fille d'un général de l'Empire tué à Waterloo, et elles ne reçoivent que la pure compagnie. Dans ce but, elles se procurent une vingtaine de marquises, duchesses et vicomtesses, aux épaules de satin, à l'œil de velours et à l'âme de caoutchouc; cette aristocratie féminine exhibe des jupes d'une blancheur irréprochable et cache des corsets d'une candeur... douteuse ; elles sont, du reste, toutes jeunes et jolies, font sauter les cœurs et la coupe, et servent d'appât et d'amorce à la souricière dorée. Les hommes, comme je vous l'ai dit, sont de fort bonne compagnie, et la plupart décrochent leurs plaques et leurs décorations en entrant dans l'antichambre de ce salon. Ils gagnent toujours pendant la première heure, perdent pendant la seconde, et tout l'or qu'ils avaient apporté va dans la caisse de la maîtresse du lieu, qui le partage à ses vicomtesses et à quelques rusés coquins connus sous le nom de *grecs*, et qui lui servent de compères. Il est bien entendu qu'elle se réserve la part du lion ; elle arrive à mener ainsi une joyeuse vie, jusqu'au jour où, comme tout à l'heure, la police vient troubler une si charmante exploitation. Elle meurt rarement dans son hôtel, quelquefois sur des matelas, et toujours sur la paille... à l'hôpital, quand ce n'est pas en prison.

— Et ces hommes, objecta Gaston, quelle est la fin de leur spéculation ?... Il en est sans doute qui s'enrichissent à ce noble métier ?

Le baron s'apprêtait à répondre, lorsqu'un homme couvert d'un habit noir fort râpé et chaussé de bottes éculées, se glissa devant eux sur le trottoir, le chapeau à la main : — Messieurs, leur dit-il avec mystère en leur montrant trois as collés dans le fond de ce chapeau crasseux, il y a dix ans je jouais une bouillotte à cent louis la cave ; on était engagé de soixante mille francs ; j'avais en main ce brelan que vous voyez. A ma place, qu'auriez-vous fait ?

— Brelan d'as ! s'écria Gaston, c'était jouer à coup sûr ; j'aurais engagé toute ma fortune.

— C'est ce que j'ai fait, repartit l'inconnu, tandis que le baron souriait ironiquement ; mais, quand on abattit les cartes, il se trouva que mon adversaire avait brelan carré de neuf !

— Et vous perdîtes ?

— Tout ce que je possédais! messieurs, et c'est ce qui fait qu'aujourd'hui j'en suis réduit à implorer la commisération publique.

— Vous demandez l'aumône?

— Textuellement. Oui, mes bons seigneurs, après avoir possédé des navires sur les deux mers et le plus bel hôtel des Chartrons.

— Seriez-vous de Bordeaux? demanda Gaston fort étonné.

— Oui, monsieur, et j'en étais un des principaux armateurs.

Quelques pièces d'or tombèrent dans son chapeau et il s'éloigna en courant.

— Étrange rapprochement!... s'écria le jeune homme. C'est probablement un de ceux dont vous me racontiez l'histoire... Mais il a déjà disparu à l'angle de la rue, et sans doute il court porter du pain et des consolations à sa malheureuse famille.

— Lui! répondit Asmodée en faisant entendre son rire le plus sardonique; il est déjà monté dans une maison de jeu, où il va perdre les quelques louis qu'il vient de recevoir. La passion du jeu est comme celle du vin : un ivrogne boirait son père, mais un joueur jouerait sa mère!

— Horrible humiliation! murmura Gaston... Être réduit à demander l'aumône!...

— Peuh!... fit le boiteux; ceci rentre dans le chapitre des préjugés sociaux. Qu'on vous offre un sou, vous vous indignez et le rejetez; qu'on vous donne

cent mille francs, vous vous trouvez très-honoré et
très-heureux de les recevoir. Solliciteur ou mendiant,
vous quêtez toujours une aumône; la seule différence qu'il y ait, c'est que l'un en a vraiment besoin
et que l'autre ne la demande qu'à titre de super-
fluité.

Des cris qui partaient d'une maison en face atti-
rèrent leur attention.

CHAPITRE XI.

Amours et incendie. — Les pompiers.

« Au secours ! au feu !… » criait à pleins poumons un homme maigre, orné d'une bannière volante et d'un bonnet de coton : c'était évidemment le bipède que les observateurs ont classé dans le genre *portier* ; une sorte de masse de chair dont tous les galbes, monstrueusement sphéroïdes, imitaient le tremblotement d'une gelée mal prise, apparaissait à sa suite, poussant le même hurlement et tenant un carlin poussif sous le bras droit, un chat obèse sous le bras gauche et une cage à serins dans les deux mains ; c'était, à n'en pas douter, la femelle du mâle susdénommé, et tous deux fuyaient devant l'invasion du fléau que leurs clameurs signalaient. En un instant, toutes les persiennes du quartier s'ouvrirent avec fracas ; des bougies parurent aux fenêtres, et rien de plus comique que l'ensemble du grotesque tableau qui se développa sous les yeux de nos deux

7.

héros. C'était un assemblage de têtes ébouriffées, de figures incroyablement bêtes, d'yeux boursouflés par le sommeil, de bouches bâillant comme des fours, de nez rougis par l'air apoplectique de l'alcôve, et tout cela se montrant, se penchant, se tordant aux appuis, aux balcons, aux corniches, au premier comme à la mansarde, au rez-de-chaussée comme au grenier : c'était une scène digne du pinceau de Hogarth et du burin de Callot ! Rendons justice à l'espèce humaine : si Dieu la fit à son image, c'est preuve de grande modestie de la part de sa toute-puissance. Les naturalistes ont classé l'homme au premier rang de l'échelle animale, juste à un degré au-dessus du chimpanzé et de l'orang-outang ; ils n'ont pas cru le flatter ; les poetes l'ont surnommé le roi de la création ; c'est une adulation comme on en adresse à tous les monarques. J'aime mieux la manière sèche des philosophes indiens, qui l'ont défini : « un animal bipède et bimane, sans plumes, et le seul des carnivores qui détruise son semblable. »

Ces observations, légèrement teintées de misanthropie, étaient, on le comprend, faites par le Boiteux, qui, tout bon diable qu'il paraissait être, n'en affectait pas moins un certain dédain pour l'espèce humaine : était-ce prédisposition naturelle ou conséquence forcée des enseignements de l'expérience?... nous ne le connaissons pas encore assez pour nous prononcer sur ce point.

Toujours est-il que le baron ne pouvait laisser

échapper une aussi favorable occasion d'exercer son esprit observateur et qu'il s'empressa de crayonner, au passage, toutes les figures qui venaient si complaisamment poser sous ses yeux.

— Remarquez, disait-il à son jeune compagnon, ce couple assez disparate qui se montre à la fenêtre du premier étage : le mari a passé la quarantaine ; il est louche, bègue et jaloux ; c'est vous dire que sa jeune femme, qui compte à peine vingt-quatre printemps, qui possède des yeux bleus, une chevelure blonde et un sous-lieutenant de housards, qu'elle n'ose rencontrer que par hasard et à la dérobée, ne se regarde pas positivement comme la personnification du bonheur idéal.

— Cela se voit, dit Gaston, elle paraît fort triste.

— Je crois bien ! fit Asmodée. Quand le bruit l'a réveillée, elle rêvait que, par une belle nuit étoilée, elle glissait dans une gondole vénitienne sur les lagunes de l'Adriatique, en compagnie de son gentil housard. Le ciel était azuré, tiède était le zéphyr, et leurs deux cœurs brûlaient. Ils étaient seuls sous cette immense voie lactée qui se balance comme un voile d'argent sur la tête des amants ; les douces brises de la nuit murmuraient mille vagues mélodies, où l'oreille entend toujours chanter la voix aimée, où l'âme puise sans cesse de tendres élancements..., quand, tout à coup, un cri fit évanouir tout ce beau songe et qu'elle se retrouva prosaïquement étendue dans une position parallèle à cet horrible chimpanzé

que lui infligea M. le maire de son arrondissement;
sa tristesse est fort légitime dans son illégitimité.

— Mais le mari, au contraire, paraît fort gai, remarqua Gaston.

— Jugez-en !... Il rêvait que son oncle, octogé-
naire, valétudinaire et millionnaire, venait de mourir
d'une goutte remontée; il calculait que cette perte
douloureuse lui jetait à la tête cinquante mille francs
de rente, et il était occupé à pleurer le pauvre défunt quand on l'a réveillé; s'il rit de si bon cœur en
ce moment, c'est en pensant qu'il a été assez maître
de sa joie pour la faire éclater en sanglots... Cet
autre, à la fenêtre à côté, qui se frotte les mains d'un
air si joyeux, et le directeur d'une compagnie d'as-
surances qui se réjouit doublement de ce que la
maison qui brûle n'est pas inscrite sur les registres
de son administration, et surtout parce que la compagnie rivale qui l'a assurée va avoir à payer les
frais de l'incendie... Ce troisième, qui rit vis-à-vis,
est enchanté d'un accident qui, pendant six mois,
va faire disparaître ce pignon qui l'empêchait de
jouir de la vue lointaine de la colonne Vendôme...
Son voisin se désespère, parce qu'une fois ce pignon
tombé, les vents d'ouest viendront sans obstacle
ravager les cinq ou six pots de giroflée qu'il cultive
avec amour sur l'appui de sa fenêtre... Ce jeune cé-
libataire, dont le nez projette une ombre gigantesque
sur la muraille, est un mélomane qui cultive la cla-
rinette; il en canarde jour et nuit, et il voit brûler

avec un certain contentement une maison où il y a
douze pianos, quatre cornets à pistons et deux fla-
geolets. Comme Thémistocle, les trophées de ces
dix-huit Miltiades l'empêchaient de dormir... Cette
jeune blonde, qui rajuste son peignoir en s'efforçant
de rougir, éprouve plus de joie que de tristesse en
se disant que, dorénavant, cette jolie brune qui perchait au troisième étage de l'hôtel incendié ne
prendra plus pour ses beaux yeux la moitié des regards et des baisers que M. Arthur lui envoie, vingt
fois par jour, de la maison voisine... Cette beauté de
quarante ans, qui se drape imparfaitement dans son
cachemire, en se donnant des poses de Minerve et des
airs de Vénus pudique, se dit tout bas qu'il n'est pas
mal que le bon Dieu brûle de temps en temps les
mobiliers qui ont la prétention d'éclipser le sien ; les
rideaux de damas et stores de guipure de son vis-
à-vis lui ont causé tant de migraines !... Cet autre, qui
bâille en souriant et sourit en bâillant, se félicite de
trouver là, sous ses yeux et sans dérangement, un
spectacle qui jette une certaine variété dans la mo-
nonie de son existence unicorde... Tout à côté est un
peintre qui se dépêche de préparer sa palette, car il
n'aura jamais une plus favorable occasion pour jeter
sur la toile les palpitantes couleurs d'un incendie pris
sur le fait. Pour lui, cette maison qui brûle et tous
ces malheureux qui hurlent de désespoir, sont tout
bonnement une chose, un modèle qui posent...
A la fenêtre contiguë, ce môssieur coiffé d'un ma-

dras et douillettement enveloppé dans une robe de
chambre chinoise, c'est un poëte qui précisément
travaillait à un poëme proposé pour le concours de
l'Académie ; le sujet est *Rome incendiée par Néron*.
Vous comprenez sa joie ; il taille sa plume et fait son
plan tout en s'inspirant aux mille clartés de cette
belle horreur qu'on nomme incendie ; il échauffe sa
verve, allume son imagination et enflamme son
génie. Il a maintenant une chance de plus pour obtenir le prix au palais Mazarin... Son voisin est un
journaliste ; il a pour spécialité les *faits-divers* ; il lui
manquait vingt lignes pour remplir sa colonne. Le
voici ravi ! et le prote peut envoyer chercher sa copie.
Grâce à ce *faits-divers* qui vient si obligeamment le
trouver à sa fenêtre, son article de demain est
fait... Cet autre qui rit à gorge déployée...

— Ah çà ! interrompit Gaston, un incendie est
donc, comme une illumination, le signal d'une joie
publique ? Il est de fait que tous les voisins paraissent
assister à un spectacle qui les réjouit véritablement.

— Règle générale, mon jeune ami, tenez pour vraie
cette maxime de la Rochefoucauld : « Il y a toujours
dans le mal qui advient à notre prochain quelque
chose qui ne nous déplaît pas. » Cette pensée, fort
applicable aux neuf cent mille habitants de la bonne
ville de Paris, l'est bien plus justement encore aux
indigènes de la province : plus une localité est resser-
rée, plus il y a contact et frottement entre les mille
passions petites, basses et mesquines qui grouillent

dans le cœur humain. Si jamais nous franchissons
un jour ensemble les barrières de cette Babylone,
soyez sûr qu'après avoir ri de Paris, vous aurez bien
du mal à vous tenir les côtes, quand vous en serez à
quinze ou vingt lieues de distance.

— En effet, dit Gaston, je me suis laissé persuader
que les habitants des provinces étaient fort méchants,
à l'endroit du prochain.

— Non!... Ce qu'on nomme la méchanceté provinciale est tout simplement de l'ennui fermenté:
on s'y déteste pour s'occuper, et on s'y nuit pour
faire comme les autres; si tout le monde s'aimait, on
n'aurait plus rien à se dire : la vie serait douce, il est
vrai, mais fade, monotone, insipide; le miel des
abeilles est une bonne chose, mais on n'est pas fâché
que celui qui en mange y trouve, parfois, l'aiguillon
des guêpes. A Paris, la médisance est une distraction ;
en province, c'est une occupation qui fait contre-poids
au désœuvrement, sert de soupape de sûreté au trop-
plein de la bile aigrie, et a sauvé plus d'ennuyés et
d'ennuyeux qu'on ne croit, d'un suicide imminent...
La méchanceté proverbiale des petites villes n'est pas,
en définitive, aussi blâmable qu'on pourrait le croire
au premier abord : elle fait équilibre, dans l'état social, à l'excessive indulgence des habitants des grandes
cités. Ces derniers, en général, sont d'une incroyable
bienveillance à l'endroit des mérites du prochain:
tout écrivain est, à leur dire, un Montesquieu, tout
peintre un Raphaël, et tout musicien un Mozart ; leur

parole est un encens, leur louange est un hymne
sans cesse monté au diapason du dithyrambe pinda-
rique. Il n'est donc pas mauvais que la province soit
là, comme ces esclaves antiques qui suivaient le char
des triomphateurs, pour leur rappeler qu'ils étaient
mortels... Et puis, Dieu, qui créa les fraîches brises
du printemps, n'a-t-il pas aussi créé les moustiques,
afin de mieux faire apprécier les charmes du sommeil à l'ombre?... La médisance est un moustique
dont la piqûre se guérit facilement par le dédain, qui
est l'alcali des philosophes. Heureux qui n'est pas
mordu par cette vipère qu'on nomme la calomnie, et
qui se plaît surtout dans les petits marais de la Béotie
provinciale...

Quant à ce qui se passe en ce moment sous vos
yeux, je ne viens de vous signaler tout à l'heure
que la moindre partie de ces honnêtes voisins, que
ce spectacle a gracieusement tirés de leur sommeil. Je
ne vous ai point parlé de ce médecin qui suppute
d'avance les bras cassés, les côtes enfoncées et les
fluxions de poitrine, conséquences forcées de tout
incendie un peu bien conditionné. Il y a, dans cet
immense brasier, dix ou douze ordonnances et autant de consultations qui mijotent en perspective...
Je ne vous ai rien dit de ce procureur qui pressent
cinq ou six procès et une fructueuse expertise; ni de
cet avocat qui prépare déjà les conclusions de
l'exorde d'un magnifique plaidoyer tendant à obtenir
des dommages-intérêts. Et cet architecte, croyez-

vous qu'il ne découvre pas, sous les cendres de cette maison en ruine, la place où il va être appelé à reconstruire un splendide hôtel ? Et ces maçons, ces couvreurs, ces charpentiers, ces peintres en bâtiments, ces vitriers, ces tapissiers, ces menuisiers, ces doreurs et ces marchands de cristaux, pensez-vous que leurs cœurs d'industriels ne frétillent pas un peu, en rédigeant d'avance les joyeuses colonnes de mémoires couronnés d'un jubilant total?... En vérité, je vous le dis, mon vertueux ami, tout le monde ne sait pas ce qu'il y a de fécondité et d'avenir dans le bout d'une allumette chimique convenablement employée !

Notre sceptique baron eût été longtemps encore à cette allure, si une troupe d'hommes, accourant au pas gymnastique, ne fût venue se jeter à travers la foule.

— Oh! s'écria Gaston en riant du costume assez négligé de ces nouveaux arrivés, voici certainement encore des gardes nationaux d'une étrange figure!... pantalons de toile, veste retournée, casque en cuir bouilli!... le burlesque accoutrement! Et que viennent faire ces petits fantassins ?...

— Saluez-les bien bas, répondit le vieillard · ces hommes représentent le courage et l'abnégation ; Ils constituent l'institution incontestablement la plus utile et la plus noble qui soit sortie des combinaisons sociales. Ce sont des pompiers. Regardez-les à l'œuvre, et vous me direz si le soldat sur le champ de bataille, si le matelot dans les horreurs de la tempête montrent plus de sang-froid, d'adresse et de bravoure que ces héros, pour qui le danger, la douleur et la mort ne sont rien.

En effet, le baron avait à peine eu le temps d'entamer ce panégyrique, que déjà tous étaient à la besogne. Les uns grimpaient aux murailles comme des écureuils, se jetaient au milieu des langues de flamme et des nuages de fumée, se suspendaient, se balançaient et se hissaient aux corniches, aux entablements, aux gouttières et couraient sur les toits embrasés. Les autres sapaient les poutres et les pignons à coups de hache, lançaient des jets d'eau sur le brasier qui semblait se ruer sur eux en poussant des hurlements furieux. C'était le génie humain, armé de sa force et de son courage, combattant le génie de l'enfer redoublant de rage et de férocité.

Tout à coup, un horrible craquement se fit entendre ; un immense voile de fumée s'éleva dans les airs et un cri général partit de toutes les poitrines.

CHAPITRE XII.

Une fleur des champs à Paris. — Le facteur. — Un prix Montyon.

Lorsqu'au bout d'un instant, la fumée se fut peu à peu dissipée, un horrible spectacle s'offrit aux regards de la foule : le toit de la maison venait de s'enfoncer et, de ce magnifique hôtel habité par vingt locataires différents, il ne restait plus que les quatre murailles en ruine. Au cri poussé par tous ceux qui assistaient à cette scène lugubre, succéda un moment de silence et d'anxiété ; bientôt un bruit circula dans les groupes : dix personnes, répétait-on, avaient péri dans l'incendie !... Le baron rassura Gaston de Chavrières, qui déjà déplorait la perte signalée, en lui rappelant que, toutes les fois qu'il s'agit d'une fâcheuse nouvelle, l'esprit humain a une tendance naturelle vers l'amplification. En effet, un officier de police, arrivé là pour faire une enquête, ne tarda pas à constater qu'*une seule* victime avait payé pour

les autres; que, de plus, cette même victime était
précisément la cause involontaire du sinistre. Quelques paroles recueillies dans les mille conversations
qui se croisaient d'un groupe à l'autre, apprirent à
Gaston qu'il s'agissait d'une jeune femme d'une
beauté remarquable, et son intérêt alla croissant. Le
baron, voulant satisfaire sa curiosité, le laissa un
instant, revint au bout de quelques minutes et, le
prenant à part, lui raconta ce qu'il venait d'apprendre :

— Nathalie appartenait à une pauvre famille du
Morvan ; c'était une honnête fille douée d'une beauté
peu commune; elle était venue à Paris pour y trouver une condition. Elle tomba entre les mains d'un
de ces agents femelles de la traite des blanches, qui,
malgré la vigilance de la police, continuent à s'exercer
dans la capitale au profit de la débauche, et elle suc-
comba aux piéges qui lui étaient tendus. Se voyant
perdue, Nathalie résolut alors de tirer le meilleur
parti de la position où elle s'était involontairement
placée. Elle prit des maîtres qui développèrent rapidement ses facultés intellectuelles, et bientôt elle
donna le ton à cette société interlope qui s'agitait autour d'elle... Au milieu de sa vie de dissipation, Nathalie avait cependant su conserver une sorte de
dignité qui peut-être contribuait à ses succès. Elle
n'avait pas perdu le souvenir de son village et de ses
parents, et, par un intermédiaire discret, elle leur
faisait parvenir régulièrement des sommes assez

fortes. Elle était, leur écrivait-elle, placée dans une importante administration commerciale, et la maison, à laquelle elle s'était rendue utile, l'avait associée à ses bénéfices.

Avant-hier, Nathalie apprit de son correspondant que ses parents lui ménageaient une surprise. Ayant su, par une circonstance fortuite, son adresse, ils avaient arrangé leurs affaires et s'étaient, le jour même, mis en route pour Paris afin de passer quelque temps avec leur fille qui ne pouvait leur rendre visite au pays... Quand elle reçut cette lettre, elle soupait en assez nombreuse compagnie; elle se montra rayonnante de gaieté et pleine d'affectueuses attentions pour ses convives. Après leur départ, elle s'enferma dans sa chambre et se mit à remonter, par la pensée, ce long passé qui, pour elle, avait coulé si vite et si diversement; elle revit, comme en un songe passager, toute cette candide et joyeuse existence du hameau natal; la blanche chaumière à mi-côte de la vallée, les verts marronniers de la montagne, le clocher bleu du village; elle entendit la naïve chanson de ses compagnes, les bêlements du troupeau, la voix du coq sonnant ses fanfares d'amour sur les foins de la meule; elle crut reconnaître de loin, là-bas, sur le seuil du logis champêtre, cette suave apparition qui résume toutes les joies de la terre, et qui n'était autre que la douce figure de sa mère lui souriant et l'appelant, comme aux beaux jours de l'enfance. Toute cette belle poésie des souvenances évanouies

vint resplendir à ses yeux et dans son cœur; puis,
se repliant sur la réalité présente, la pauvre fille dé-
chue comprit toute l'horreur de sa situation. Cette
mère adorée, ce père irrité, ils allaient venir, ils allaient deviner et maudire cette vie déshonorée... La
maudire!... oh! plutôt, bien plutôt la mort! ! Alors,
l'âme troublée, la main frémissante, elle s'enferma,
puis alluma plusieurs réchauds de charbon et échappa
par le suicide à la honte qu'elle ne se sentait pas la
force d'affronter. Un rideau du lit sur lequel elle
s'était étendue prit feu à l'un de ces réchauds, et...
vous savez le reste, ajouta le baron en montrant l'immense incendie.

— Oh! pauvre femme! s'écria Gaston, tout en la
blâmant je ne puis m'empêcher de l'estimer; le vice
a donc aussi ses vertus.

Des cris déchirants retentirent tout à coup. Un
vieillard et une vieille femme, qu'à leurs habits on reconnaissait pour de bons paysans de la Bourgogne ou
du Nivernais, se précipitèrent vers les débris fu-
mants de cette maison. — Ma fille! mon enfant! ma
pauvre Nathalie! criaient-ils avec l'accent de la plus
poignante douleur... Tout le monde s'écarta respectueusement, et quelques personnes seulement entourèrent ces pauvres gens pour les empêcher de se
précipiter dans le brasier. Gaston sentit des larmes
couler sur sa joue.

— Malheureux parents, dit-il, qui n'ont pu retrouver leur enfant vivante!

— Dites plutôt heureux père et plus heureuse mère, reprit le baron, car ils ignoreront toujours ce que fut leur fille.

— Mais ils savent sa mort !... répondit le jeune homme.

— C'est vrai, lui murmura le vieillard, mais ils ne savent pas sa vie.

Un homme du peuple qui s'était associé aux nobles efforts des pompiers, parut en ce moment et remit à l'officier de police un sac intact qui contenait de l'or ; on constata qu'il renfermait une somme de quatre mille francs. On félicitait hautement cet homme dont on vantait la probité ; Gaston lui-même exprimait son admiration. Le baron s'indignait au contraire des éloges qu'on donnait à une action si simple.

— Pour moi, disait-il, je n'ai jamais compris qu'on ne trouvât pas tout naturel de rendre ce qui ne nous appartient pas à celui à qui cela appartient. Quoi ! votre pied heurte, en passant, un sac contenant peut-être toute la fortune d'un père de famille, et vous hésiterez à ne pas la lui voler !... Il faut avoir une bien mauvaise opinion de l'humanité pour en être réduit à accorder son admiration à celui qui ne fait que très-strictement son devoir ; car enfin, cet homme se trouve placé entre deux actions qui n'ont pas d'intermédiaire : ou il gardera le sac, et alors c'est un voleur ; ou il le restituera, et en ceci il n'accomplit qu'un acte tout ordinaire de la vie sociale. Dans le premier

cas, la police et la gendarmerie sont là, et, dans le
second, il n'a pas plus mérité que tout individu qui,
vous rencontrant la nuit sur le pont Neuf ou dans la
solitude des Champs-Élysées, passe son chemin sans
vous demander la bourse ou la vie. Voyez : dans l'armée, à qui donne-t-on la croix d'honneur ? à celui
qui a fait *plus* que son devoir, et non à l'homme qui
s'est tout uniment conduit en bon soldat; et dans le
monde lui-même, est-ce qu'on accorde des éloges
exceptionnels à la femme qui conserve à son mari
la fidélité promise? non pas!... Admirez Mme de
la Valette risquant sa vie et sa liberté pour sauver
son époux ; admirez Éponine partageant volontairement, pendant dix ans, l'horrible séquestration de
Sabinus; je le veux bien, parce que, dans leur dévouement, il y a quelque chose qui s'élève au-dessus
des prescriptions du simple devoir; mais, donner
l'auguste nom de vertu ou d'héroïsme à des actes qui
ne sont que le régulier accomplissement des préceptes
de la loi sociale et de la loi naturelle, c'est dégrader
le cœur, l'âme et l'esprit humains; c'est supposer hautement qu'il y a mérite à ne pas faire le mal... Tous
les jours on lit dans les journaux : — « Une montre a
» été trouvée par un tel, qui n'a pas hésité à la rap-
» porter à son propriétaire; honneur à ce vertueux
» citoyen, dont nous nous estimons heureux de pou-
» voir publier la belle action!... » Quant à moi, je
vous déclare que je poursuivrais en diffamation le
journaliste qui me ferait une telle insulte. Et que

dira la postérité qui lira de telles notes historiques ?
Évidemment elle pensera que, du temps des aïeux,
l'équité, l'honneur et la probité étaient choses si rares, que les feuilles publiques saisissaient avec em-
pressement la précieuse occasion de les constater...
Tenez, continua le baron en montrant un personnage
vêtu d'un habit bleu à collet rouge, voici un homme
qui, tous les jours, à ce compte, pratique sur une immense échelle la vertu, la probité et le désintéressement. La confiance générale dépose sans crainte,
entre ses mains, non-seulement les innombrables
valeurs qui sont la représentation de la fortune publique et privée, mais elle laisse à sa libre disposition la connaissance des secrets les plus intimes, et
parfois les plus dangereux. Il ne tiendrait qu'à lui,
si j'en crois l'opinion de ces louangeurs généreux, de
s'approprier tout ce que la société a de plus précieux, et pourtant nul ne songe à vanter sa discrétion et sa vertu, et l'on a raison : il ne fait que
son devoir... De plus, cet homme que vous voyez
là est un de ces intrépides voyageurs que rien n'arrête : la pluie, le vent, la grêle et le tonnerre, le
chaud et le froid, la neige ou l'orage, il brave
tout. Chaque jour, il affronte et défie les éléments;
l'émeute ni les révolutions ne suspendent sa marche, ou, si elles la retardent parfois, ce n'est que
pour quelques instants, et bientôt il reprend, avec
plus d'ardeur, le cours de ses pérégrinations. A
l'heure qu'il est, il a fait, à peu près, quatre fois

le tour du monde, et n'en est pas plus disposé à
se reposer.

— Quatre fois le tour du monde! s'écria Gaston,
c'est inouï!... Que de choses cet homme exceptionnel
a dû voir et observer! que de peuples, que de pays,
que de mœurs il a dû étudier!

— Habituez-vous donc, jeune enthousiaste, interrompit le baron, à ne jamais juger les choses et surtout les hommes sur le simple énoncé d'un fait, sans
l'avoir approfondi... Cette sorte de Juif errant qui jamais ne s'arrête, ce pérégrinateur constant qui a fait
plus de chemin, à lui seul, que n'en ont parcouru
Rubinquis, Marco-Paulo, Dumont d'Urville, la Pey-
rouse, Cook, Bruck et Solander; ce voyageur n'a jamais rien vu, rien observé, rien étudié, attendu que
sa course a commencé, tous les matins, à la rue Jean-
Jacques Rousseau, et a fini, chaque soir, à son point
de départ; c'est tout prosaïquement un facteur de la
Poste aux lettres.

— Eh quoi! vous prétendez qu'il a fait quatre
fois le tour du monde!... Comment expliquer
cela?

— Par la plus simple multiplication : le facteur, pour l'exercice de ses fonctions, parcourt,
chaque jour, 5 lieues : soit 150 par mois, 1,800 par
an... Or, il y a 20 ans que ce paisible citoyen
fait cet honnête métier; multipliez 1,800 par 20,
vous aurez un total de *trente-six mille*, ni plus ni
moins.

— C'est incroyable, fit Gaston; et pourtant c'est vrai!...

— Eh! mon cher, que serait-ce donc, si, au lieu d'un tranquille facteur, vous preniez, pour base, un conducteur de train de chemin de fer? celui qui, par exemple, allant de Paris à la frontière belge, part tous les jours de l'embarcadère du Nord pour Quiévrain, et revient coucher à Paris, faisant ainsi un trajet quotidien de 100 lieues !... soit 36,000 lieues par an, juste ce que notre facteur a mis 20 ans à parcourir... Quand, au bout de sa carrière, le conducteur aura exercé pendant une trentaine d'années, terme de sa retraite... calculez...

— Il aura parcouru 1 million plus 80,000 lieues! s'écria Gaston.

— Eh bien, qu'il persévère, riposta le baron en riant, et il finira par arriver au soleil ou à Mercure... Et vous voyez bien qu'en y regardant de près, les actions humaines qui paraissent les plus extraordinaires sont, dans le fond, excessivement simples : à première vue, cet homme, ayant fait l'équivalent de quatre ou cinq tours du monde, vous a paru quelque chose de parfaitement remarquable. Il en est de même de la vertu qui, vue au microscope, perd beaucoup de ses droits à l'admiration; faire cinq lieues par jour, trouver une montre ou un sac d'argent sont des faits fort naturels; mais trente-six mille lieues par an et le trésor rendu, voilà où commence le miracle; c'est une affaire de multiplication dans le

premier cas, et, si je n'avais horreur du calembour, j'ajouterais que, dans le second, c'est une
victoire remportée sur le désir déshonnête d'une...
soustraction.

— Je suis complétement de votre avis, dit Gaston; toutefois, je ne blâme pas d'une façon absolue
les encouragements donnés à la probité ou à la vertu,
en matière de restitution.

— Il faut donc admettre que la société ressemble
à ces rives désolées qu'habitent des tribus sauvages :
là, quand mugit la tempête, vous voyez accourir sur
les bords de la mer les hideux indigènes de la côte;
couchés à plat-ventre le long des récifs, ils guettent
le naufrage des navires en détresse; ils font des vœux
ardents pour que la vague les réduise en pièces et les
pousse vers les écueils. Le bâtiment échoue, il est
jeté sur les brisants; alors, comme des ours des mers
polaires, tous ces hommes se redressent, poussent
un cri funèbre et se jettent sur tous les objets que
le remous de la tempête dépose sur le rivage. Ce sont
des *épaves*, et, aux yeux de certains peuples, les
épaves sont de bonne prise et de bonne garde... De
cette action barbare à celle dont nous parlions tout à
l'heure, il n'y a qu'un pas : si vous admettez que
s'abstenir de ramasser les épaves qui tombent de nos
poches est un acte qui mérite une récompense, vous
n'êtes pas loin d'admettre que le contraire n'est pas
blâmable; car, Helvétius l'a dit très-justement :
« Récompenser un acte, c'est déclarer explicitement

que le récompensé eût pu agir autrement, sans mal
faire. »

— Que devient alors le système Montyon? objecta
le jeune homme.

— Oh! sans contredit, M. de Montyon fut un admirable modèle que beaucoup devraient imiter; mais,
pour vous peindre d'un mot tout ce que je pense de
l'application de ses legs rémunératoires, je n'ai qu'à
ouvrir le catalogue des prix accordés par l'Académie
à ce qu'elle appelle *vertu :* tenez et jugez.

Ce disant, le baron tira de sa poche une espèce
de programme et, s'arrêtant sous un bec de gaz,
il lut :

« Un honnête ouvrier, le nommé X... gagnait à peine
de quoi vivre, lorsqu'il apprit que sa vieille mère, ré-
duite à la plus profonde misère, avait été trouvée
demandant l'aumône; sans hésiter X... la fit venir
avec lui, partagea son pain et son lit, soigna la pauvre
femme, pansa ses plaies et travailla une partie de
ses nuits pour augmenter son faible salaire; un prix
de cinq cents francs est accordé à ce *vertueux*
fils. »

— Bien entendu, interrompit le vieillard, que je
vous extrais sèchement le sens du rapport; j'en
écarte toute la miroitante phraséologie, toutes les
poétiques périodes qui entortillent le fait comme les
bandelettes sacrées qui enveloppent la momie; mais
il n'en est pas moins vrai qu'un fils peut être pre-

clamé *vertueux* pour avoir empêché sa mère de
mourir de faim, et que tous les jours on récompense
de pareilles *abnégations* : il suffit d'un éloquent rap-
porteur et d'un auditoire convenablement prédis-
posé.

Gaston hocha la tête, car ce scepticisme n'allait
pas à sa juvénile candeur, et il suivit le baron tout
en réfléchissant à son étrange morale.

CHAPITRE XIII.

Les bals masqués. — Le domino rose. — Les cabinets particuliers.

Le baron et son compagnon qui semblaient prendre goût à la promenade nocturne, venaient d'arriver sur les boulevards sans s'en apercevoir. Une longue file de voitures stationnait à la porte d'un théâtre, et Gaston la fit remarquer à son guide en s'étonnant que le spectacle ne fût pas encore terminé à une heure aussi avancée de la nuit.

— Ce n'est point un spectacle, lui répondit le vieillard, c'est mieux encore : c'est un bal masqué.

Comme Gaston paraissait regarder avec un certain intérêt les mille déguisements qui descendaient de ces équipages pour gravir le péristyle, le baron lui demanda s'il avait assisté quelquefois à un de ces divertissements.

— Jamais, répondit-il.

— Eh bien! entrons, l'étude en vaut la peine.

Nos deux héros se dirigèrent vers la porte dont les triples vantaux, semblables aux trois gueules du Cerbère antique, engloutissaient des torrents de dominos et de costumes de toute espèce. Cette immense queue d'hommes et de femmes se précipitant et se dévidant dans le vaste réservoir de ce théâtre, rappelait ces rouleaux de soie ou de velours se déroulant sur un cylindre mû par la vapeur.

Les sons d'un formidable orchestre arrivaient à travers les lointains corridors, des bouffées de chaleur vous frappaient en plein visage et la foule était si compacte qu'on avait beaucoup de peine à avancer :

— Prenez garde à votre montre, dit le baron à son jeune ami, et, pour peu que votre bourse soit à portée de dextérité humaine, n'oubliez pas que, parmi ceux qui vous entourent, il y a certainement quelqu'un qui médite de vous en alléger.

— Que me dites-vous là ? fit Gaston en portant la main à son gousset ; est-il possible que dans cette foule joyeuse et élégante, il se soit glissé d'aussi sombres intentions ?

— Règle générale, mon enfant : un bal masqué à Paris n'est composé que de deux classes de personnages : voleurs de bourses et voleurs de cœurs ; tous sont animés du même désir ; seulement, les derniers sont presque toujours volés eux-mêmes, car si tous les porte-monnaie qui entrent ici sont généralement bien garnis, il se trouve, en revanche, que la plupart

des cœurs qu'on y rencontre ont été déjà fouillés et
sont à peu près vides.

Ils venaient de pénétrer dans la salle : jamais bal
n'avait réuni autant de monde, autant de déguisements variés ; deux cents musiciens, conduits par le
fameux Musard, rugissaient des harmonies effrénées ;
la salle était comme une vaste chaudière où bouil-
lonnait une foule furieuse de plaisir ; les planches du
parquet étaient brûlantes ; les lustres tournoyaient
avec la valse ; de chaque loge flamboyante sortaient
des têtes d'anges ou de démons aux longues boucles
brunes ou aux larges bandeaux blonds ; on criait, on
s'appelait, chacun se tutoyait sans se connaître ; les
femmes étaient à tous les hommes, les hommes à
toutes les femmes ; c'était la république dans le
plaisir... c'était mieux : c'était l'anarchie dans la
volupté ! On y voyait des Andalouses de la place
Breda, des odalisques de la rue Pigalle, des Suissesses
du quartier latin et des marquises du faubourg
Saint-Denis ; puis des *bravi*, des *bandoleros*, des *con-
trabandistas*, des Fra-Diavolo, des Turcs, des Chinois,
des muletiers avec leurs vestes chamarrées de paillettes, avec leurs larges sombreros et leurs brillantes
résilles ; puis des bardes écossais, des débardeuses,
des titis, des sauvages et des empereurs romains ;
tandis que, leste, gambadant, sémillant, sautillant,
châtoyant et riant, s'élançait à travers les groupes le
joyeux Figaro, guitare en sautoir, rasoir en poche et
bons mots à la bouche ; puis encore Arlequin, léger

8

comme un oiseau, vain comme un paon, sot comme
un professeur de cinquième ; puis encore Pierrot, le
classique Pierrot, la figure enfarinée, mystifié par la
vive Colombine... Colombine qui a mille qualités,
mille vertus et mille adorateurs, tous gais, tous trompés, tous heureux ; c'était une succession de plaisirs,
un conflit de figures, une confusion de costumes qui
faisaient courir de surprise en étonnement. Là,
c'étaient des éclats de rire ; ici, des conversations
animées ou des chuchotements mystérieux, des con-
fidences à haute voix, des détails sur une vie privée,
des prédictions sur l'avenir, des coups d'œil sur le
présent, des coups de langue sur le passé ; le tout dit,
jeté, lancé avec esprit et gaieté, et finissant toujours
par l'inévitable péroraison : — *Je te connais, beau
masque !*

> Dans nul pays les jeunes femmes,
> Le soir, lorsque l'on danse en rond,
> N'ont plus de roses sur le front
> Et n'ont dans le cœur plus de flammes ;
> Jamais, plus vifs et plus voilés,
> Regards n'ont lui sous les mantilles !

Tout à coup, les deux cents voix de l'orchestre, —
cuivre, boyaux de chat et peau d'âne, — éclatent
comme un seul mugissement de tempête ; c'est le
signal du galop infernal : tous se précipitent, se heur-
tent ; deux mille furieux et furieuses, poussant un
cri sauvage, mêlent leurs cercles, enlacent leurs bras
et croisent leurs cuisses de cerf ; c'est une avalanche,

un ouragan ; gare à qui s'arrête ! le tourbillon l'entraîne et l'emporte dans son torrent de poussière ; tout disparaît dans cette fumée humaine qui étend un voile propice sur les mille secrets de ces accouplements du hasard ; des rires stridents, des soupirs qu'on ne prend pas la peine d'étouffer, des poses impossibles, des pas indescriptibles, une chorégraphie inconnue et des chutes incroyablement calculées signalent cette ronde étrange, où gorges et cheveux sont au vent, et vertu on ne sait où... c'est du Shakspeare vivant :

> Heing-ho ! sing, heigh-ho !.......................
> Most friendschip is feigning ; most loving mere folly !

La vue de cette foule, ivre de bruit, de vin et de plaisir, finit par donner le vertige à Gaston qui, cramponné au bras d'Asmodée, avait bien du mal à ne pas se jeter, tête baissée, dans le torrent tentateur ; celui-ci le comprit, et, comme avait fait Mentor dans l'île de Calypso, il arracha le nouveau Télémaque aux mille Eucharis dont les ardentes prunelles commençaient à incendier plus que son vaisseau. Le baron l'entraîna vers le foyer, sorte de rade à l'abri de la tempête, et au pied de laquelle venaient se briser les vagues et les rugissements de cet océan furieux, lave parfumée d'un Vésuve vivant.

— O jeunesse ! jeunesse ! s'écria Gaston, lorsqu'il

eut monté les marches du foyer, voilà bien de tes
coups! Et qu'après tout, ces jeunes enfants du plaisir font bien de cueillir les roses de leur printemps
avant qu'arrive la chute des feuilles de leur automne!

— Que parlez-vous de fleurs et de mois de mai?...
répondit le vieillard : la plupart de ceux que vous
voyez sont de vieux arbres chargés de fruits. Les
hommes sont un peu comme les pommiers de Nor-
mandie, qui ne jettent leur cidre qu'en octobre, et
ces masques joyeux recouvrent plus d'une tête
chauve et plus d'un visage quadragénaire. Ici,
l'homme grave, se dépouillant de sa gravité, comme
on fait de son frac du matin, vient oublier, toute une
nuit, qu'il va avoir cinquante ans, qu'il est père de
deux filles à marier et d'un grand garçon qui va être
avocat, et qui se trouve peut-être en concurrence
avec lui auprès de cette frétillante pierrette. Le Parisien n'est pas de la même nature que le provincial :
dans les chefs-lieux de département, l'homme qui a
dépassé trente-cinq ans se croit et est cru forcé de
mettre l'habit noir, la cravate blanche, et de parler
politique en faisant le whist; ici, mon cher, c'est à
quarante ans que l'homme commence à se sentir des
ailes et à éprouver le besoin de voltiger; il n'y a que
les pensionnaires en vacances et les vieilles douai-
rières en retraite qui rougissent et soupirent à l'aspect d'une naissante moustache; mais la femme, la
vraie femme, ce que j'appelle une femme désirable,

celle qui navigue entre trente et quarante printemps,
car l'automne n'arrive jamais pour certaines fleurs,
oh! celles-là ne font pas la sottise de mépriser un fruit
qui n'est jamais plus savoureux que lorsqu'il est
mûr; à quarante ans, l'homme de Paris commence à
vivre et à sentir, il est jeune homme ; son tailleur lui
donne la grâce, son culottier lui prête des formes, et
son coiffeur, aidé de son dentiste, se charge, pour lui,

De réparer des ans l'irréparable outrage.

C'est à quarante ans que l'homme aime, s'attache et
fait des folies. Jusque-là , il proteste de son amour:
maintenant: il le prouve ; jusque-là, il a payé en serments et en sourires, maintenant, il solde en espèces
sonnantes et ayant cours. A vingt ans, on donne sa
vie pour celle qu'on aime ; à quarante, on lui donne
sa fortune et parfois son honneur ; et ce sont de ces
sacrifices qui rendent toujours favorable la divinité
dont on encense l'autel, pour en devenir le grand
prêtre... Et puis, ajoutez qu'au jeune âge, on se met
aux genoux de l'idole et qu'on y reste ; plus tard, on
se relève assez vite, pour n'être pas accusé de s'a-
muser aux bagatelles du rez-de-chaussée. La femme,
en matière d'occupation, est comme les propriétaires
de maisons, qui n'estiment que les locataires du premier... Le premier, c'est le cœur, si vous voulez, et
ce n'est pas en restant aux pieds de la beauté qu'on y
grimpe.

8.

Le baron en était là de son étrange théorie, lorsque Gaston lui fit remarquer deux amoureux qui chuchotaient tendrement derrière eux ; il leur était facile d'entendre, et ils écoutèrent... L'homme portait un galant costume Louis XV, avec poudre et paillettes ; la femme était enveloppée dans un élégant domino rose ; tous deux étaient masqués hermétiquement ; ils roucoulaient sur un canapé et leurs paroles étaient gorge-pigeon, comme le satin du meuble.

— Le divin pied ! la délirante main ! murmurait l'homme, en déguisant sa voix, et que je serais heureux s'il m'était, un instant, permis de baiser respectueusement l'un ou l'autre !...

— Monsieur !... faisait la dame en feignant de reculer et en donnant à son organe des inflexions propres à dérouter toutes les oreilles... monsieur, vous traitez mes extrémités avec un sans-façon tout à fait régence, et je n'abandonne ma main qu'à celui qui possède mon cœur !

— Eh bien ! ce cœur est-il un Malakoff imprenable, une citadelle qu'on ne puisse bombarder ?... Ah ! si l'amour était un habile général, il y a trois quarts d'heure que vous eussiez capitulé avec le mien !

— Eh bien donc, capitulons, et laissez-moi sortir de la place, avec armes et bagages.

— Charmante !... oh ! non pas !... gardez vos armes, je le veux bien : gardez le magique sourire que, malgré le masque, je vois illuminer vos dents éblouissantes de blancheur ; gardez ces flèches empoisonnées

que lancent les meurtrières de vos grands yeux
noirs; oui, conservez cette taille flexible, cette grâce
enchanteresse, ces épaules qui font rougir le satin de
votre domino rose; emportez encore cet esprit chatoyant, ces reparties fines, cette ironie inimitable, ce
je ne sais quoi qui combat sans le vouloir et triomphe
sans y penser; gardez, gardez toutes ces armes dan-
gereuses dont je veux être l'heureuse victime : je
m'avoue vaincu, défait, terrassé.. Mais...

— Mais quoi? fit le gracieux domino en minaudant
avec son éventail de Duvelleroy.

— Mais... le bagage!... ah! laissez-moi le bagage!

Le domino partit d'un éclat de rire strident; puis,
tendant sa petite main bien gantée à l'homme, qui la
saisit avec ivresse :

— Vous êtes original et l'idée me plaît... Va pour
cette capitulation!... où prenez-vous le bagage?

— Mais... balbutia l'assiégeant... j'entends par là...
je veux dire... enfin, il fait très-chaud ici!... Et il
s'essuya le front où la sueur perlait.

— Bon! voici déjà que vous êtes embarrassé de la
victoire, beau général!...

— C'est vrai, répondit-il en se levant et en reprenant son sang-froid; mais c'est que je n'ai pas l'habitude de capituler sous le feu de l'ennemi. Il est, là
tout près, un terrain neutre, où se signent les armis-
tices et les traités de paix : là, nous serons mieux
placés pour discuter les conditions du traité...

Et il lui offrit son bras, qu'il arrondissait d'une façon provocatrice.

— Où donc voulez-vous me conduire ?

— Chez le premier pacificateur de l'Europe : chère délicate, vins exquis, discrétion à toute épreuve, rideaux impénétrables, bougies voilées par des globes d'albâtre et serrures de Fichet à toutes les portes !

— Ah çà ! mais c'est un souper au cabaret que vous proposez là !

— Pour continuer la métaphore !... les traités de paix sont des questions de cabinet...

— Particulier !... s'écria la jeune fille en riant de plus belle ; et elle prit le bras du pacificateur ; puis, s'arrêtant tout à coup :

— Êtes-vous marié ?

— Moi ! fi donc !... et vous ?

— Hélas ! soupira le domino... et l'habit Louis XV trouva que c'était bien plus piquant.

Et ils partirent. Le baron fit signe à Gaston ; tous deux suivirent le couple, et, dix minutes après, ils s'installaient chez le restaurateur, dans un cabinet voisin de celui où allait se signer le traité de paix. Une simple cloison les séparait, et ils pouvaient ne pas perdre un mot de la conversation.

Il se fit un moment de silence, pendant lequel le garçon de restaurant s'occupait à servir, et bientôt le bruit de la serrure et le grincement des anneaux de portière annoncèrent que nos deux tourtereaux étaient enfin rendus à la liberté du tête-à-tête.

— Ah!... fit l'habit Louis XV, enfin! nous sommes seuls; que j'attendais avec impatience ce doux moment! Il va donc m'être permis de contempler le délicieux pastel de votre ravissant visage!

Et il jeta son masque sur le canapé. Une fente de la cloison permit à Gaston de voir sans être vu.

Ce môssieu frisait la cinquantaine. Ses yeux, néanmoins, étaient vifs, et son nez, fortement déprimé à la racine, était provisoirement veuf d'une paire de bésicles, qui montraient leurs branches d'or mal reléguées dans la poche du gilet; sa perruque poudrée se mariait sans récrimination avec les cheveux grisonnants qui s'insurgeaient à l'origine de la nuque ; sa bouche, assez bien garnie, conservait un sourire stéréotypé; ses doigts étaient légèrement crochus, son ventre proéminent, son mollet charnu, et ses pieds, largement campés, prenaient carrément possession du sol. Ce pouvait être un ancien capitaine de la garde nationale ou un avoué ayant vendu son étude; mais, à coup sûr, il était Normand : sa main était de Rouen et son sourire d'Yvetot.

Gaston observait tout cela à travers la fissure indiscrète de la cloison.

Lorsque l'inconnu eut jeté son masque, il courut au domino rose qui s'était lestement mis à table et attaquait bravement le potage à la bisque d'écrevisses, que cette jeune femme se disposait à avaler sans ôter son loup :

— Eh quoi! le masque!... fit l'homme.

— Pas encore... tout à l'heure... je vous en supplie... répondit le domino en détournant la tête ; ce
qui ne l'empêchait pas de faire jouer la cuillère, sous
la soie qui recouvrait son menton.

— Une femme mariée, je comprends sa timidité...
respectons-la jusqu'au champagne, pensa l'amphitryon, et il lui versa un verre de vin de Madère qui
fut immédiatement absorbé. Au madère succédèrent
le bourgogne, le bordeaux, le sec et le sucré ; puis
vint le champagne qui est, en amour, ce que l'as-
saut est en stratégie obsidionale : le domino ne
passait pas un verre, buvait comme quatre et mangeait comme dix ; l'autre se frottait les mains et pensait : — Nous · allons nous grisotter un peu et le
masque tombera tout seul... O Amour, sois-moi
propice !

Et il tâchait, mais en vain, de voir les traits de sa
belle commensale ; elle buvait en se détournant... et
elle se détournait sans cesse.

Tout à coup, la porte du cabinet s'ouvrit brusquement ; une dame entra et parut fort terrifiée en reconnaissant l'homme qui, de son côté, recula de la
table et laissa tomber son verre, en s'écriant : — Ma
femme !...

CHAPITRE XIV.

Mᵐᵉ Mitoufflet ! — Une femme à moustaches. — Un mari... heureux !

A cette brusque exclamation, Gaston fit glisser son rayon visuel à travers les sinuosités de sa cloison fendue, et il arriva, assez facilement, à distinguer les traits du nouveau et *terrible* personnage.

C'était une jeune femme dont la figure n'avait pas d'âge, mais dont la tournure, amplement soufflée de crinoline et de jupons anglais, affectait des prétentions à une haute élégance. Vue par derrière, on lui eût donné vingt ans ; regardée de face, on découvrait bien vite que toute cette grâce juvénile sortait du laboratoire du parfumeur et de l'atelier de la couturière ; au total, c'était une poupée fort bien peinte, un petit mannequin très-coquettement rembourré et ballonné.

Après avoir hurlé cette exclamation terrifiée : « Ma femme !...» l'homme au costume Louis XV voulut se précipiter sur son masque, espérant cacher son visage

et sa faute : il était trop tard. L'épouse outragée, forte
du flagrant délit, constatait la reconnaissance en l'in-
terpellant directement, après s'être remise elle-même
d'un mouvement d'étonnement et de frayeur aussi
vite comprimé que fémininement dissimulé.

— Môssieu Mitoufflet !... lui dit-elle en se croisant
les bras et en le regardant avec une indicible ironie,
pourquoi donc vous déranger ? Vous causiez si paisiblement ! et, puisque vous m'avez reconnue, puisque
vous savez que c'est votre femme qui entre, je ne
comprends pas que vous fassiez tant de cérémonies :
vous m'avez habituée à moins de politesse et d'égards ;
ne vous dérangez donc pas, et veuillez vous ras-
seoir... vous étiez si bien !

— Mais, bobonne, je t'assure que... je te jure
que...

— Que... quoi ?... que je vous rencontre, par hasard, à une heure du matin, soupant en tête-à-tête
avec un domino rose, qui, à mon entrée, a eu le
grand tort de courir se cacher derrière cette portière... Quoi de plus simple et de plus naturel !... Venez donc, madame ; à quoi bon se voiler ainsi avec
ce vilain rideau jaune, lorsque, j'en suis sûre, on a
tout ce qu'il faut pour pouvoir affronter le grand jour,
sans rougir.

Et, à ces mots, Mᵐᵉ Mitoufflet, puisque ainsi la
nomme-t-on, s'avança vers le domino rose, qui s'é-
tait enveloppé dans les longs plis de damas qui pen-
daient à la porte ; mais Mitoufflet, se souvenant sans

doute que le costume de chevalier qu'il portait, —
pur Louis XV, —l'obligeait à défendre l'honneur des
belles, s'élança d'une seule pièce, en s'écriant avec
une intonation extra-mélodramatique :

— N'avancez pas ! cette femme est sous ma protec-
tion et le masque est chose sacrée ! N'avancez pas,
Adelina !...

— C'est vrai, dit l'épouse, mais en famille... car,
enfin, madame est trop bien avec le mari pour se
gêner avec la femme... et puis, à pareille heure au
cabaret, quand on en est à la quatrième... je veux
dire à la cinquième bouteille ; quand on connaît la
route des cabinets particuliers...

Ce dernier mot rappela Mitoufflet à la réalité de la
situation et le ramena sur le terrain qu'il eût dû fou-
ler tout d'abord, s'il n'eût pas manqué de sang-froid,
et il interrompit :

— Ah çà ! et vous-même, madame!!!... comment
se fait-il?...

— Que je sois ici, dans ce cabinet particulier?...
c'est bien là le sens de votre question, si je ne m'a-
buse?... dit-elle en se pinçant les lèvres.

— Oui, madâme!!! rugit le mari, en posant un
large accent circonflexe sur le second *a*, et trois points
d'exclamation à l'*e* final...

— C'est charmant?...Voici le poisson qui demande
au pêcheur pourquoi sa main tient la ligne ou le
filet ! Voici le perdreau qui s'étonne que le chasseur
le surprenne dans les blés !... Je suis ici, parce que

9

vous y êtes, môssieu, et que la loi a dit à la femme .
« Vous suivrez l'époux partout où il ira... » Or je
vous ai suivi ; mon fiacre a stationné deux heures
au péristyle de l'Opéra ; il stationne encore à la porte
de ce restaurant, et vous vous étonnez qu'une femme
qui vous aime ait eu le courage de souffrir ainsi,
toute une nuit, les mille martyres d'une douleur que
vous ne comprenez pas! Ah! tous les hommes sont
ingrats! tous les maris sont des monstres!!!

Et la pauvre femme se mit à pleurer et se laissa
tomber sur le canapé... Le domino rose faisait un
tour de plus dans sa draperie et s'y entortillait de
façon à se rendre inextricable ; le mari était atterré ;
il eût donné tout ce que contenait le cabinet particulier, — y compris sa femme, — pour en être dehors.
La femme, tout en pleurant, jetait un coup d'œil vers
la porte et semblait craindre l'arrivée d'un quatrième
personnage ; et, en effet, le domino rose, qui regardait par la porte entre-bâillée, put remarquer qu'un
fort joli cavalier s'informait au garçon de ce qu'était
devenue la jeune femme qui était montée, tandis
qu'il payait son cocher.

Mme Mitoufflet eut sans doute le pressentiment de
ce qui pouvait advenir au cas où le joli cavalier, vien-
drait à se tromper de cabinet comme elle, car, tout à
coup, elle se leva et s'écria :

— Au reste, pourquoi me désoler ainsi?... je ne
sais que ce que je savais depuis longtemps, et je me
retire... Ne me suivez pas !... ajouta-t-elle vivement,

en voyant son mari qui, perdant la tête, ne savait s'il devait aller au nord ou au sud... ne me suivez pas !!!... je vous le défends !

Le domino rose, qui jugeait que les choses étaient poussées assez loin, se dégagea de sa draperie, puis, se mettant à applaudir des deux mains, il dit d'une grosse voix très-masculine :

— Ah çà ! mon cher Mitoufflet, il faut avouer que vous êtes un admirable comédien ! Comment, sacrebleu ! vous jouez cette scène depuis un quart d'heure, et sans rire !... Par les mille sabretaches de mon régiment ! vous possédez un fier sang-froid et vous m'avez fait gagner mon pari !

En disant cela, le petit domino rose jeta son masque et laissa voir une magnifique paire de moustaches retroussées en croc : *c'était un homme !* un vrai homme déguisé en femme ; la stupeur des deux autres fut égale, mais différente à son point de vue. Mme Mitoufflet se pinçait les lèvres de dépit, car il était évident que l'on s'était joué d'elle, et que, peut-être, au lieu d'être *suivante*, c'est elle qui était *suivie* ; son mari était littéralement abasourdi et semblait chercher des yeux par où et comment cet escamotage inexplicable avait pu se faire.

— Eh bien, voyons, ajouta le domino ; racontez, cher ami, comme quoi nous avons parié que, de minuit à quatre heures du matin, je me ferais passer pour une femme en bonne fortune, et que personne ne se douterait du déguisement...

— Certainement!... murmura Mitoufflet, qui ne comprenait pas encore.

— Et que, de plus, je souperais, mangerais et boirais, sans que nul ici, dans ce cabinet, s'aperçût de ce que je pouvais être, si je ne me démasquais pas.

— C'est clair comme bonjour! fit l'autre, qui commençait à voir poindre la lumière.

— Nous avons traversé l'Opéra, la salle et le foyer; ici, nous avons salué la dame du comptoir; le garçon m'a regardé de côté, tout en servant les truffes; vous, madame, vous m'avez contemplé des pieds à la tête : personne ne m'a reconnu... Est-ce vrai? est-ce exact?...

— Mais, hasarda Mme Mitoufflet en s'adressant à son mari, qui s'essuyait le front avec sa serviette, vous alliez me laisser sortir...

— Sans révéler le secret...! interrompit le domino, et c'est là le sublime de la chose : il était formellement convenu que, quoi qu'il advînt, mon adversaire n'influencerait en rien et resterait neutre... et ce cher ami, pour mieux respecter la foi des traités, s'exposait à passer pour un mari en faute... Ah ! Mitoufflet, Mitoufflet, il y a des héros dans l'histoire romaine qui ne te valent pas!...

Et il avala sa coupe de champagne, qui pétillait depuis l'entrée de Mme Mitoufflet.

— Quel est donc ce diable d'homme qui me tutoie?... pensait l'autre, et que chante-t-il avec son

pari?... Avec tout ça, j'en suis pour mes frais
de déclaration et de souper!... il s'est moqué de
moi...

La femme, qui regardait le jeune homme, se demandait comment il se faisait que jamais elle n'avait vu
cette moustache, qui paraissait si liée avec son
mari.

— Je n'avais pas encore eu le plaisir de voir monsieur! dit-elle.

— Cela se comprend ; j'arrive de mon régiment,
et c'est en voyage que j'ai connu ce cher Mitoufflet...
ce vertueux Mitoufflet.

— Ah !... monsieur est militaire ?

— Cinquième housards, madame, et capitaine, pour
vous servir.

Mme Mitoufflet manqua de renverser un candélabre;
il paraît que ce numéro et cette arme et ce grade lui
rappelaient quelque chose, car elle regarda la porte
avec inquiétude, puis le capitaine, avec une certaine
curiosité, et elle se dit à elle-même, en baissant la
tête :

— Etrange rapprochement !... cinquième hussards !
et là, à côté...

— Vous paraissez mal à l'aise, madame ? dit le
capitaine... rose.

— C'est vrai, monsieur, la chaleur, l'émotion...

— Mais, bobonne ! s'écria Mitoufflet, nous allons
rentrer, et, puisque la voiture est là...

Il est de fait qu'enchanté d'en être quitte à si bon

marché, il voulait sortir avec tous les honneurs de la guerre... Le jeune capitaine, qui observait la femme, arrêta le mari et dit :

— Oh! nenni, mon cher!... Et je tiens à gagner complétement.

— Comment!... quoi?... complétement?...

— N'est-il pas convenu que nous avons jusqu'à quatre heures du matin?... et il n'en est que deux dans trois quarts d'heure...

— C'est juste! se hâta de dire Mme Mitoufflet; la foi des traités avant tout... Ma voiture est en bas, je n'ai besoin de personne, et je m'en irai comme je suis venue.

— Je crois bien! pensa le domino rose.

— Et puis, ajouta la femme en s'approchant de son mari d'un air câlin ; et puis, je vous dois bien ce sacrifice : moi, avoir soupçonné ce bon chéri! je ne me le pardonnerai jamais... mais enfin, si je vous aimais moins, je serais plus indifférente; restez donc, amusez-vous, oubliez ce qui vient de se passer; n'est-ce pas, mon bichon, que tu pardonnes à ton Adélina?... Dis... pas vrai que tu lui pardonnes, cher Alcindor?... bon chou, petit lapin blanc à sa femme!...

Et elle lui donna des petites tapes sur les joues.

— Oui, Adélina!... s'écria le hussard rose; oui! Alcindor oublie tout; il vous aime, il vous adore... et je me charge du reste !

En disant cela, il soulevait la portière, poussait la femme dehors en lui murmurant :

— Porte à droite, et ne vous trompez plus de cabinet...

Puis il ajouta tout haut :

— Ne vous tourmentez pas, si Alcindor ne rentre pas avant le jour, je réponds de lui et vous le rendrai en bon état...

La porte se referma; la jeune femme tourna à droite, et le Mitoufflet se retrouva seul avec son domino.

— Ah çà ! s'écria-t-il, le diable m'emporte si je comprends !...

— Rien de plus facile, dit le hussard déguisé; supposez que j'ai fait avec d'autres le pari que j'ai dit avoir fait avec vous.

— De sorte que,... répliqua Mitoufflet ? fort vexé de se voir joué.

— De sorte que vous me faites gagner un excellent déjeuner, après m'avoir payé un délicieux souper.

—Môssieu ! fit Alcindor, la farce est fort mauvaise !...

— Ah çà ! aimeriez-vous mieux que j'eusse été une vraie femme !... Rendez grâce au ciel, qui a permis que j'eusse les formes extérieures du sexe après lequel vous couriez, et à mon adresse qui vous délivré pour longtemps de la surveillance conjugale; c'est un brevet de fidélité que je vous donne là, et

des lettres de marque qui vous permettront de faire
la chasse sans contrôle à l'avenir...

— C'est que c'est vrai! cria Alcindor en riant
comme un bienheureux; et dire qu'Adélina ne se
doute de rien!... Buvons!

Et tous deux se remirent à table en criant : — Garçon! du champagne! vive Alcindor! vive le 5e housards!

— Voilà un heureux mari, dit le baron en remet-
tant son paletot et en jetant deux louis sur la table
à côté de la carte à payer que le garçon venait d'ap-
porter; et il sortit du cabinet voisin, suivi de Gaston.
En passant dans le corridor, ils virent une porte qui
se refermait, mais pas assez vite pour qu'ils n'aient
pu reconnaître Mme Adélina Mitoufflet se dépouillant
de son châle et de son chapeau, qu'un joli cavalier à
moustaches brunes accrochait à une patère, tandis
que le garçon se hâtait de mettre deux couverts en
souriant.

— Qu'est-ce que cela veut dire? demanda Gaston.

— Cela veut dire, répliqua le baron, que le Hasard
est toujours l'auxiliaire de l'Amour : l'amant de la
femme et la *maîtresse* du mari sont deux officiers du
même régiment, qui ne se doutaient guère qu'ils allaient se rencontrer sur ce terrain. L'un avait parié
qu'il se ferait faire la cour par l'homme; l'autre la
faisait depuis longtemps à la femme. Une erreur de
cabinet faillit tout perdre; mais, heureusement, tous
sont contents. Le mari va se griser, ne pouvant faire

mieux ; la femme a du bonheur pour jusqu'au point du jour, et nos deux hussards boiront demain en déjeunant à la santé d'Alcindor et d'Adélina. Il y a là pour quinze jours d'amour et d'amitié, après quoi le régiment partira pour quelque garnison lointaine. Adélina pleurera et Alcindor fera promettre à son ami de lui écrire souvent. Tout est donc pour le mieux dans le meilleur des ménages possibles.

Le baron et son compagnon se retrouvèrent sur le boulevard.

9.

CHAPITRE XV.

Femme jolie et jolie femme. — La gênante maternité.
De l'éducation des filles.

— C'est dommage ! dit Gaston, car cette femme m'a paru charmante, et, si j'en crois le peu que j'en ai vu, elle est jolie.

— Vous avez mal vu, répondit le baron ; ce n'est pas une femme jolie, c'est tout bonnement une *jolie femme*.

— C'est jouer sur les mots ; car je ne comprends pas que l'adjectif, placé avant ou après le substantif, puisse considérablement modifier le sens de l'idée...

— Cela le modifie du tout au tout, et je vais vous en convaincre. Une jolie femme, mon cher, peut être laide, car ce n'est pas sa figure qui constitue sa *joliesse* : elle n'est ni chair ni os ; elle est gaze, plumes, dentelles, crêpe, festons, falbalas, soie, cachemire et crinoline ; enlevez tous ces accessoires, et il ne reste à la propriétaire que ce qui reste à l'enfant qui déshabille son poupart, un morceau de bois avec une tête à perruque. La jolie femme est une chose tout

artificielle, une nature toute factice, esclave de la
mode, amoureuse du désœuvrement, et dans la com-
position de laquelle les cosmétiques, essences, pâtes,
pommades et parfumeries entrent pour le moins autant que la matière première employée par le Créateur.
C'est une sorte de salade vivante, à laquelle il ne
manque ni huile, ni vinaigre... de toilette; c'est une
figure de cire ou de sucre candi, dont l'histoire se
rattache intimement à celle de la rubannerie, de la
passementerie et de la couture. La jolie femme, a
dit un profond observateur, ne naît pas de ses parents, fi donc!...[1] elle naît de sa maîtresse de pension, de son coiffeur, de sa femme de chambre, de
sa couturière, de ses romans et de ses rêveries; c'est
par leurs soins et leurs conseils, qu'après cinq ou six
ans de séjour dans un pensionnat, la jeune fille en
sort, à seize ans, bien bichonnée, pomponnée, crêpée,
ballonnée, crinolinée, sachant festonner, polker, ma-
zurker et minauder. Bref, pour le reste de ses jours,
jolie femme et définitivement bonne... à rien...
quand ce n'est pas à tout.

La jolie femme adore l'harmonie parfaite; aussi,
petite au moral, elle l'est toujours au physique. Parlez-lui de son pied, c'est le plus petit du département;
sa bouche, son nez, tout est mignon, excepté ses
yeux qu'elle soutient être fendus en amande. Elle a
un petit esprit, une petite santé, un petit appétit;

---

[1] Boucher de Perthes.

elle fait de petits cris, de petits sauts et se trouve mal au plus petit danger; si le petit dieu d'amour exauce ses petits vœux, il lui donnera, sans le moindre petit retard, un petit amant qui lui procurera de petits bonheurs. Sa vie se passe à combiner les nuances d'un ruban, la coupe d'un corsage ou la passe d'un chapeau. Sa grande affaire, c'est la toilette, et si, ce qui est rare, elle a le malheur d'avoir des enfants, elle ne les nourrit pas; non que la nature lui ait refusé le lait qu'elle donne à toutes les génératrices, mais parce que les nourrissons chiffonnent la dentelle et tachent le satin. Si elles accouchent elles-mêmes, soyez sûr que c'est parce que le progrès de la civilisation n'a pas encore découvert un procédé de parturition par procuration. Du jour où l'on pourra se faire suppléer en ceci, tenez pour certain que la jolie femme se procurera une *accouchante*, comme elle se procure une nourrice. Quant à son mari, son rôle serait une sinécure, si la jolie femme ne lui avait réservé les importantes fonctions de caissier, qui ne sont, à vrai dire, qu'un emploi de payeur en permanence.

Quelle est la croyance de la jolie femme? croit-elle au vice et à la vertu, au bien ou au mal, à la prose ou à la poésie, au ciel ou même à l'enfer! Mon Dieu, elle croit à la mode qui est sa religion, à la toilette qui est son culte, à l'élégance qui est son dogme, à Delisle qui est son dieu, à Laure qui est son grand prêtre, et à l'Opéra qui est son église; tout cela ne l'empêche pas d'aller à Notre-Dame de Lorette ou à

la Madeleine, pour faire prendre l'air à son chapeau ;
elle ne se refuse pas à faire la quête, parce que cela
légitime une solennelle exhibition de rubans, de dentelles ; elle a un confesseur, comme on a un King-
Charles ; un prie-Dieu, comme on a sa loge aux
Italiens ; et, si elle ne communie pas, c'est que cela
dérangerait l'heure de son chocolat.

En amour, elle exige peu : elle n'oublie jamais
que les amants sont un peu comme les enfants qui
fripent les toilettes, et elle est de l'avis de cette marquise de Simiane qui disait : « Je me serais bien
jetée à l'eau pour sauver ce pauvre chevalier ; mais
j'avais des bas de soie à coins d'or et j'ai craint de les
mouiller. » Lorsqu'elle aborde la quarantaine, la jolie
femme a un immense avantage sur la femme jolie ;
comme sa figure n'a jamais été pour rien dans le
charme de sa personne, la vieillesse ne peut rien ôter
à sa puissance : que lui font les rides ?... elle ne les
voit pas elle-même sous la couche épaisse de ses
cosmétiques ; le fard compense amplement les pertes
de la fraîcheur, et l'*Eau Berger* donne à la chevelure
tout le brillant de la jeunesse. C'est alors qu'elle bénit
le ciel, s'il l'a rendue mère : elle aime à se faire voir
avec son petit enfant, et c'est toujours le plus jeune
qu'elle choisit pour cette exhibition : après l'avoir
frisé, pomponné et musqué, elle en fait un accessoire
de sa propre toilette et le pendant du camélia de son
bouquet de corsage. Quant à sa grande fille, soyez
sûr qu'elle est à la pension ou chez sa grand'maman,

et que, si elle apparaît à la maison maternelle, ce ne sera jamais un jour de bal ; les filles de seize ans attirent l'attention, soutirent involontairement les danseurs, et sont un vivant certificat qui vaut un impertinent extrait de naissance.

Si la jolie femme s'aperçoit qu'elle vieillit, qu'est-ce que cela lui fait?... elle ajoute un mètre de gaze à sa gaze, une plume à ses plumes, une bague à ses bagues, et il n'y paraît pas ; elle est jolie femme et jeune jusques *in extremis*; et, arrivée au terme fatal, elle fait comme Ninon, sa patronne : elle meurt en bonnet rose et en souliers de satin... et voilà !

Gaston rit beaucoup de la définition du baron, qu'après tout il était bien forcé d'admettre, parce qu'elle était vraie, et il convint qu'une femme pouvait se passer de beauté pour être jolie à ce prix, et, comme l'entendait son compagnon : une *jolie laide* n'implique pas contradiction, et la chose se comprend mieux et plus clairement qu'on ne peut l'expliquer.

Lorsque Gaston eut cessé de rire, il se mit à réfléchir sérieusement à ce que lui avait dit le vieillard, et, comme il tenait à s'instruire :

— J'admets complétement, lui dit-il, et le portrait et la définition : je crois que les couturières, les coiffeurs et les femmes de chambre sont pour beaucoup dans la détérioration morale de la femme; mais vous avez parlé des pensionnats de demoiselles et j'avoue que, jusqu'ici, j'avais pensé que les maisons d'éducation étaient destinées à perfectionner l'esprit et le cœur des jeunes filles.

— C'est vrai, répondit le baron, et c'est même écrit, en gros caractères, dans tous les prospectus que la poste apporte aux mères de famille des quatre-vingt-six départements : nous ne manquons pas d'établissements modèles, où l'on enseigne à nos filles la danse, la valse et la polka ; on leur apprend très-consciencieusement à écorcher une romance, à casser les cordes d'un piano, à broder des pantoufles et à chiffonner mille colifichets plus inutiles les uns que les autres ; quant à la science de l'ordre, à l'art de diriger une maison, de soigner un enfant, de tenir un compte, de traiter la moindre question sérieuse, n'en demandez pas tant ; tout cela n'est pas dans le prospectus et nul n'est tenu à outre-passer ses engagements. A quoi bon préparer la jeune fille aux sublimes devoirs de sa mission terrestre ? Pourquoi devancer les instructions de l'avenir ?... On en fait provisoirement de petites poupées à ressorts, de jolis automates répétant couramment une série de leçons apprises ; plus tard, quand elles deviendront épouses, elles sauront fausser une sonate à leur mari ; barbouiller une tête de Bélisaire et grincer une cavatine de Rossini ; le ménage suivra la mesure, le pot-au-feu s'échauffera à leurs brûlantes inspirations, et la conduite du logis s'arrangera de ce poétique régime : il est évident qu'apprendre aux filles le grand art de plaire, c'est leur enseigner le secret de vivre et de faire vivre leur maison, sans boire ni manger.

— Eh quoi ! interrompit Gaston, prétendez-vous qu'il soit nécessaire de faire entrer dans l'éducation de la femme la connaissance approfondie de la *Cuisinière bourgeoise*, et la surveillance du pot-au-feu !

— Pourquoi pas ?... Et quel si grand mal à ce qu'une future maîtresse de maison sache d'abord ce qu'elle devra faire exécuter plus tard ? Dans nos écoles militaires, n'enseigne-t-on pas le maniement des armes et l'exercice aux jeunes élèves destinés, un jour, à devenir des officiers ? Avant de commander, ils obéissent, parce que la seule manière d'arriver à bien surveiller l'exécution d'une manœuvre, c'est de commencer par manœuvrer soi-même. Le mariage est une bataille permanente, où la femme a besoin de se montrer, dans son ménage, constamment tacticienne et stratégiste : formez-la donc, de bonne heure, au grand art de l'économie domestique, qui est à l'épouse ce que la théorie est au capitaine ; qu'elle connaisse la valeur et l'usage des choses, comme le général connaît le prix et l'emploi des hommes, et qu'elle ne rougisse pas de toutes ces petites qualités qui sont les grandes vertus de la femme... Et n'allez pas croire, mon cher ami, que cette prosaïque étude des choses positives exclue en rien la poésie des travaux intellectuels ! voyez les Allemandes et même les Anglaises : elles sont généralement initiées aux mille secrets du ménage ; on travaille à en faire de sérieuses mères de famille,

d'habiles maîtresses de maison; les filles de grands
seigneurs ne dédaignent pas plus l'aiguille que le plu-
meau, et, à Londres comme à Stuttgard, ce sont les
demoiselles qui cousent leurs robes et font leurs
chambres jusqu'au jour de leur mariage. La fille
d'Alcinoüs ne rougissait pas de laver son linge à la
fontaine, et les vieux Romains croyaient avoir fait le
plus bel éloge de la femme, quand ils avaient dit
d'elles : — *Elle resta chez elle et fila de la laine...* Or,
les Allemandes et les Anglaises sont beaucoup plus
instruites que les Françaises ; elles parlent toutes
plusieurs langues, connaissent l'histoire de leur pays
et celle des autres nations ; elles sont artistes bien
plus sérieusement que nos filles, dont l'éducation
sommaire est basée, la plupart du temps, sur la connaissance superficielle de trois ou quatre petits volumes adroitement universels. En France, l'histoire
s'apprend dans des extraits, la langue dans des romans, et la science dans des almanachs; ce n'est
qu'en France qu'on trouve des maîtres qui font une
éducation complète en vingt leçons, et qui enseignent
l'histoire, les mathématiques, la géographie, la musique et le dessin, à forfait ; quant à l'orthographe,
c'est ce dont on s'occupe le moins : une femme en
sait toujours assez pour reviser les comptes de sa cuisinière et écrire ses mémoires... de blanchisseuse. Il
résulte de là que, chez nous, une fille qui a ce qu'on
appelle terminé son éducation, n'est ni femme de
ménage, ni femme instruite, et que sa nullité, habi-

lement dissimulée par la mère, passe pour candeur et
timidité aux yeux de ceux qui l'observent. Un beau
jour, un imprudent y est pris ; il demande sa main,
on la marie, et l'époux s'aperçoit bien vite qu'il a
fait asseoir à son foyer une ravissante poupée, qui
n'a d'égal à sa sottise que sa vanité et son ignorance ;
il se résigne en pensant que la dot est une compensation ; mais, bientôt encore, il demeure convaincu
qu'une fille qui n'a que cinquante mille francs et de
solides qualités, est beaucoup plus riche que celle
qui en apporte cent mille, sans se douter le moins
du monde de la façon dont on en règle l'emploi...
Au reste, mon cher ami, rendons justice à qui de
droit : ce vice incontestable d'éducation existe bien
moins à Paris que dans la province. La mère parisienne est généralement assez instruite pour pouvoir
conserver sa fille près d'elle et faire son éducation
elle-même ; elle a d'ailleurs sous la main les mille
ressources de la grande ville : elle accompagne sa
fille dans les cours publics ou privés, et elle peut facilement lui donner, au sein de la famille, le double
exemple du travail intellectuel et du travail domestique ; de là vient que les Parisiennes, tout en étant
femmes du monde et femmes d'intérieur, offrent
certainement plus de sécurité au mari que les autres ; elles sont, en général, beaucoup plus versées
dans l'art si difficile du ménage, qu'elles n'ont pas
appris au pensionnat et qu'elles n'ont cessé d'étudier
sous les yeux de leurs mères. La plupart s'affran-

chissent du joug coûteux de la modiste et de la couturière, et se composent elles-mêmes des toilettes
d'un goût exquis et dont l'élégance n'est point at-
testée, au bout du mois, par un certificat sur facture.
Charmantes, vives et enjouées au bal, elles redevien-
nent sérieuses, laborieuses et économes à la maison,
et ce que je vous dis là se fait sans acception de fortune et de position, depuis la fille de la duchesse jusqu'à la simple grisette, depuis l'héritière du banquier jusqu'à la fille de l'artisan ; c'est là ce qui constitue l'éducation parisienne moderne.

Quant à la province, ne l'accusons pas plus qu'elle
ne le mérite : elle a de très-grands et de très-réels
obstacles à vaincre pour arriver à de si précieux résultats. Peu ou point de ressources, au point de vue
de l'instruction, pas de cours publics, de pitoyables
pensionnats, des maîtres insuffisants, une pénurie
désolante, sous le rapport des arts d'agrément, absence complète de bibliothèques, de musées et de
collections scientifiques ; tels sont les auxiliaires indispensables qui manquent à son bon vouloir ; et
puis, ajoutez à cet absence d'éléments la tyrannie de
la mode, qui entraîne les provinciaux à ne trouver
bien que ce qui est marqué de l'estampille parisienne. Il faut bien alors que la mère de famille, se
sentant incapable de diriger elle-même l'éducation
de sa fille, se décide à s'en séparer et l'envoie dans
un pensionnat de Paris. — Ma fille a fait son éducation à Paris !... tel est le grand mot, et une mère

croit avoir tout dit quand elle l'a prononcé, non sans orgueil... et c'est là précisément où est le vice capital ; car autant l'éducation publique et commune des collèges est nécessaire au garçon, autant elle est nuisible à la fille. Ces pensions sont des sortes d'*omnibus* où l'on rassemble une centaine d'élèves, sans se préoccuper de leur rang ni de leur fortune. Qu'elles soient un jour destinées à épouser un prince ou un manufacturier, un millionnaire ou un employé d'administration, qu'importe ! on leur donne à toutes une même éducation ; on les élève toutes sur le même plan, sur le même modèle, on les taille sur le même patron, comme si elles étaient toutes destinées à avoir cinquante mille francs de rente. Qu'advient-il ? La fille de l'officier, celle de l'employé y apprend à singer la grande dame ; son père meurt, et avec lui son traitement et sa pension. Que deviendra-t-elle avec sa sonate, sa romance, son feston et ses minauderies ? il faudra qu'elle souffre, meure de faim ou se vende. C'est déplorablement évident, et elle eût appris autre chose en restant auprès de sa mère.

— Et puis, ajouta Gaston, à quoi bon la peinture, la musique et toutes ces inutilités qu'on nomme des arts d'agrément et que je serais tenté d'appeler *les désagréments de l'art?*... Ne sait-on pas que le piano, par exemple, ce supplice permanent de la société moderne, est un ennemi d'enfance que toute jeune femme s'empresse de répudier le jour de son mariage ?

— Et savez-vous pourquoi ? répliqua le baron,

c'est qu'il en est de la musique comme de toute chose, et qu'on se fatigue bien vite de ce qui exige des efforts et de la peine. Au lieu de faire du piano un travail, arrangez-vous de façon à en faire un plaisir, et on ne le délaissera pas. Faites en sorte que vos filles deviennent assez fortes musiciennes pour pouvoir déchiffrer une partition aussi facilement qu'elles lisent un roman, et, loin d'abandonner leur art, il deviendra pour elles un salutaire besoin, une charmante distraction. Vous fatiguez-vous de lire chaque matin votre journal? vous admettez donc qu'une femme puisse chaque jour lire avec bonheur une page de Mozart, de Beethoven et d'Haydn. Il en est de même des sciences : au lieu de leur faire effleurer une foule de connaissances dont elles n'ont retenu que le nom, tout au plus, faites qu'elles approfondissent, qu'elles acquièrent et qu'elles sachent ; au lieu de dresser des papillons qui sucent à peine les fleurs, faites des abeilles qui distillent le miel; vous aurez alors des femmes sérieuses, solides, savantes, sans pédantisme, dont la conversation raisonnée et attrayante saura un jour enchaîner l'époux au foyer conjugal. Vous en ferez des filles gracieuses, des femmes vraiment fortes, et surtout des mères capables d'élever leurs filles à leur hauteur. Hors de là, vous n'obtiendrez que de petites femmes lestes, pimpantes, sautillantes, sans fond, sans consistance, rêvant quadrilles et colifichets, s'ennuyant et ennuyant leurs maris, et se préparant un âge mûr sans com-

pensation, et une vieillesse sans consolation rela-
tive.

Tenez, ajouta le baron en se retournant vers sa
voiture, qui suivait au pas : vous voyez ces deux magnifiques chevaux anglais qui m'ont coûté quatre
mille francs pièce ; eh bien, si pour dresser la jeunesse française, les législateurs se donnaient la centième partie du mal que se donnent les éleveurs pour
améliorer les races équinales, nous finirions par obtenir d'immenses résultats. Ces éleveurs se gardent
bien d'éduquer un cheval de trait comme un cheval de course, un limonier comme un sauteur de
manége, et ils s'en trouvent bien. Nous devrions les
imiter, et il y a quelque chose à faire avec la palin-
génésie sociale.

CHAPITRE XVI.

La prostitution. — La femme honnête et... l'autre.

Tout en moralisant ainsi, le baron avait pris le bras de son jeune compagnon, et ils venaient de tourner la rue. Ils se préparaient à appeler leur cocher, lorsqu'une femme, vêtue d'une robe d'étoffe fort légère et surtout fort décolletée, passa près d'eux : elle n'avait pour toute coiffure que ses cheveux hardiment crêpés et relevés à la Marie Stuart ; un châle de fabrique douteuse enveloppait ses épaules, de façon à laisser entrevoir tout ce qu'il était destiné à cacher : l'office de ce cachemire bâtard était, bien évidemment, devenu une sinécure. A l'aspect des deux hommes, cette femme fit un temps d'arrêt sur le trottoir, murmura, lorsqu'ils passèrent près d'elle, quelques mots que le baron seul entendit, sans y répondre, et reprit sa course, en voyant que son action avait été inutile.

— Voilà, dit Gaston de Chavrières, une jeune femme fort brave, mais fort imprudente, qui revient

à pied d'une soirée dansante, si j'en crois sa toilette ;
à moins qu'elle ne demeure fort près de la maison
d'où elle sort, elle s'expose beaucoup à se risquer
seule, à pareille heure, dans une rue déserte.

— A quoi pensez-vous qu'elle s'expose? demanda
Asmodée.

— Mais à être arrêtée.

— Dans quel but?

— Comment!... Selon moi, elle a deux chances
au moins contre elle : elle paraît jeune et jolie; sa
toilette annonce une certaine opulence, et il me semble qu'elle a à craindre pour sa bourse et pour son
honneur.

— Vous tombez parfaitement juste, mon ami!...
Vous signalez précisément les deux points sur lesquels
elle n'est pas vulnérable.

— Elle est donc bien sûre de son argent et de sa
vertu ?

— Plus sûre qu'aucune femme au monde, et cela,
par la raison qu'elle ne possède ni l'un ni l'autre :
ces chaînes qui brillent à son cou sont du plus pur
chrysocale, et cette vertu dont vous parlez n'a même
pas la fausse dorure des morceaux de cuivre soumis
au procédé Ruolz. Quant à être arrêtée, ce serait le
comble de ses vœux et elle espère bien l'être, si déjà
elle ne l'a été, plus d'une fois, cette nuit.

— Quelle est donc cette femme ? dit Gaston, dont
l'étonnement égalait l'innocence.

— Elle exerce une horrible et cruelle fonction,

répondit le vieillard; car elle est bien réellement un fonctionnaire public, membre d'un corps constitué, inscrite sur les registres, payant patente et soumise à la destitution ou à la suspension, tout aussi bien qu'un officier ministériel : elle a droit également à une retraite, et on la lui donne généralement dans une prison ou une maison de correction, lorsqu'elle fait trop bien son métier ; ou bien dans un hôpital, lorsque l'âge et les infirmités ne lui permettent plus de l'exercer. Moins privilégiée que toutes les autres classes de la hiérarchie civile et militaire, elle ne reste point en fonction jusqu'à soixante-dix ans, terme légal de la mise en non-activité administrative : une ride ou un cheveu blanc suffisent pour lui ôter son crédit ; une détérioration plus prononcée est immédiatement suivie de la destitution.

— Voilà, dit Gaston, une administration peu paternelle, et j'ai assez mauvaise opinion des chefs qui la dirigent.

— Prenez-vous en donc à tous, reprit le baron ; car cette administration, c'est tout le monde : c'est vous, c'est moi; ou plutôt, j'espère que ce ne sera ni vous ni moi. Mais plaignez ces pauvres filles, ces belles créatures que Dieu avait formées pour aimer et être aimées, et qui, pouvant être chastes épouses, tendres mères et honnêtes femmes, sont tombées jusqu'au dernier degré de cette échelle sociale dont la tête touche aux cieux et dont le pied plonge dans la boue. Oui, plaignez-les ; car la plupart, avilies

10

malgré elles, prostituées par la misère, vendues avant
l'âge comme des esclaves, ou bien trompées par la
fausse tendresse d'un séducteur de bas étage, puis
délaissées, proscrites, sans pain, sans travail, sans
ressource, ont abandonné le saint asile de la maison
paternelle, pour venir demander à la grande ville ce
qu'elle n'accorde qu'à titre d'échange usuraire... Ne
croyez point que la soif du libertinage ou la propension au plaisir aient jamais entraîné ces malheureuses à l'exercice journalier d'une profession si en
dehors des bons instincts de la femme : oh! non...
Visitez les prisons et les hospices qui les recueillent,
et là, vous serez convaincu que leur répugnance est
unanime; car cette répugnance a sa source dans la
nature même de la femme, dans cette nature qui
développe, dans toute créature du sexe, le germe de
la pudeur et surtout de cet égoïsme féminin qui repousse tout partage de soi-même. Toutes préfére-
raient, sans la moindre hésitation, un éternel célibat
à des voluptés banales, et un cloître à cette liberté
illimitée.

— Elles doivent être fort malheureuses!

— Plus que le monde ne peut le croire : actrices du
carrefour, c'est sur la voie publique que se dresse
leur théâtre. Là, le sourire aux lèvres, la joie dans
les yeux, quand la mort gratte dans leurs cœurs; la
chanson à la bouche, le bonheur peint sur le visage,
et le désir gonflant leurs poitrines où hurlent la faim
et le remords, elles jouent cette horrible et perpé-

tuelle comédie qui aboutit à un drame mille fois plus lamentable. Ce drame se passe derrière la toile, dans ces bouges hideux où le dégoût grimace l'amour, où la froideur singe la passion, où la répulsion mime la volupté... Alors, l'orgie, l'ivresse et l'abrutissement, souvent la rixe, parfois les blessures, peut-être la mort, et toujours l'insulte !... Oh ! je vous le dis, blâmez-les, méprisez-les ; mais plaignez ces anges tombés, sur le front desquels l'avilissement même n'a pu effacer l'empreinte native de leur primitive beauté.

— N'y aurait-il donc aucun moyen de sauver ces malheureuses ? demanda timidement Gaston.

— Pour cela, il faudrait commencer par changer nos mœurs. Le mépris public est un fer rouge qui, loin de guérir les plaies en les cautérisant, brûle et détruit le membre malade ; pour une femme tombée à ce point, il n'est pas, comme dit Montaigne, de *relèvement* possible : c'est un paria que repousse la société ; c'est un excommunié que ses frères rejettent impitoyablement loin du banquet commun, et, vous le savez, pour la femme surtout.

> L'honneur est comme une île escarpée et sans bords :
> On n'y peut plus rentrer lorsqu'on en est dehors.

Dans les républiques anciennes, en Grèce et surtout à Athènes, ces filles étaient moins poursuivies et persécutées ; et, par le fait, elles étaient moins viles et plus faciles à ramener dans le sentier honnête. Dans l'Inde, les Bayadères, les Dévédachis, les Natchés, les Vestiatris et les Cancenis ne sont point regardées comme perpétuellement rayées du livre des femmes qu'on peut, un jour, honorer. Aussi, la corruption y est-elle moins impudique et surtout moins dangereuse, parce qu'elle a la possibilité de la réhabilitation.

— Il me semble, interrompit Gaston, que vos discours tendent à excuser, sinon à justifier, ce que l'égout social renferme de plus abject et de moins réhabilitable ?

— Loin de moi cette pensée! Mais, de bonne foi, n'accueillons-nous pas, n'entourons-nous point souvent de nos hommages la femme adultère, dont la faute est parfaitement avérée ?... Et pourtant, avouez qu'il y a loin, devant la loi divine et devant la loi humaine, de cette femme qui a trahi ses serments, abusé son mari, substitué la paternité, dénaturé la famille et aliéné l'héritage, à cette autre qui n'a fait que se trahir et se tromper elle-même... Si cette dernière fait tort à quelqu'un, ce n'est qu'à elle ; quel serment a-t-elle faussé ? quel mari trompé ? quel héritage détourné ?... Où est son parjure ? où est sa perfidie ?... Elle, parjure ! elle, perfide ! Elle ouvre ses bras à tous, et son cœur à personne... A qui est-elle à charge ? à nul être au monde, car nul ne compatit à ses souffrances.

— Cependant, interrompit Gaston, il me paraît

juste de ne pas mettre sur le même rang la femme mariée qui, entraînée par la passion, oublie un instant ses devoirs, et cette autre femme qui, sans avoir les entraînements de son cœur pour excuser ses égarements, se plonge, sans honte ni pudeur, dans le bourbeux cloaque du vice.

— Et je suis de votre avis, répliqua le baron; seulement, je blâme davantage la première; et, pour vous prouver que j'ai raison, laissez-moi vous lire ce que mon journal de ce soir raconte au sujet d'une femme honnête.

Le Boiteux s'avança vers un bec de gaz, et, déployant sa feuille qu'il plaça dans l'angle lumineux du réverbère, il lut l'article suivant :

« Il n'est bruit, en ce moment, dans le quartier Saint-Sulpice, que d'un événement mystérieux qui s'est produit dans des circonstances fort étranges... Il y a deux jours, une dame, jeune encore et dans une toilette fort élégante, se présente chez un charbonnier de la rue Servandoni. Occupé alors à soigner sa femme qui venait de le rendre père, celui-ci, sur l'appel de la dame, accourt à la boutique; elle lui demande un boisseau de charbon de 35 centimes... Lorsqu'il est mesuré, la dame présente un billet de 500 francs, annonçant n'avoir pas d'autre argent; le charbonnier déclare qu'il est seul et qu'il ne peut quitter sa femme; il préfère ou refuser la vente ou faire crédit. — Qu'à cela ne tienne, dit la dame; je vais attendre votre retour et je veillerai sur votre femme; soyez sans inquiétude.

» Rassuré par cette proposition, le charbonnier se net en route pour changer le billet... A peine est-il sorti qu'une autre femme, dans le costume d'une femme de chambre, portant un jeune enfant au maillot et richement enveloppé, arrive à son tour et entre dans la boutique... Puis après, la dame et la femme de chambre se retirent, cette dernière portant toujours un enfant; et, bientôt, elles disparaissent.

» Le charbonnier accourt, tout haletant, portant un sac d'écus; mais, à son grand étonnement, il ne retrouve plus la dame au billet; il entre dans la chambre de sa femme, lui demande ce qu'est devenue la dame qui était là, il y a quelques minutes seulement; celle-ci répond qu'elle était assoupie et n'a vu personne. Il court au berceau de son enfant... Quelle n'est pas sa surprise lorsqu'il voit un nouveau-né entouré de langes garnis de dentelles, ayant deux billets de mille francs attachés à son bavolet !... Mais, quelle n'est pas sa douleur, lorsqu'il s'aperçoit que l'enfant est *un mulâtre* de la plus noire espèce! Pour un charbonnier, la couleur n'avait certes rien de bien effrayant; mais ce n'était pas son fils. Une substitution coupable avait eu lieu : les 2,500 francs abandonnés au malheureux père ne peuvent le consoler. On se perd en conjectures pour expliquer cette mystérieuse aventure. Nous ne rapportons pas toutes les suppositions auxquelles se livrent les commères du quartier. »

— C'est fort étrange, en effet, dit Gaston.

— Et c'est, de plus, horrible! répliqua Asmodée... Comprenez-vous tout ce que renferme de turpitudes et d'infamies ce seul fait de substitution? Une femme a évidemment trompé son mari... et pour qui? pour un nègre, pour son domestique très-vraisemblablement! Elle fait taire tous ses instincts de femme et de mère; elle abandonne le fruit de ses entrailles, y substitue et apporte dans la famille un étranger qui jouira des caresses paternelles, des prérogatives de sa fortune, de sa condition, et recueillera l'héritage comme fils parfaitement légitime. D'un autre côté, voici un pauvre ménage désolé, frappé au cœur, et que rien dans l'avenir ne peut consoler d'une perte mille fois plus cruelle que les pertes occasionnées par la mort ; et tout cela, parce qu'une femme *honnête* a voulu cacher une faute dont la fille perdue se fût montrée très-fière ; car, s'il est un sentiment qui se développe chez cette dernière, c'est celui de l'amour maternel ; lorsqu'une de ces créatures déshéritées est admise au délicieux banquet de la maternité, il semble que Dieu permette que son cœur s'épure et que son front se relève ; dès lors, elle est soumise à une sorte de transfiguration qui la ramène aux primitives croyances de ses jours passés ; mais, hélas ! l'horrible nécessité pousse et replonge bientôt ces malheureuses dans l'abîme d'où elles ne peuvent plus sortir... Mais aussi, avec quel soin elles se voilent aux yeux de leur enfant, et que de travail pour arriver à lui cacher la source du bien-être dont elles l'entourent! C'est ainsi que leur jeunesse est une honte, leur vieillesse un martyre et toute leur vie un perpétuel opprobre... Pour retraite, quand elles ne trouvent pas, ainsi que je vous l'ai dit, la terre humide d'un cachot ou le grabat d'un hospice, elles ont recours à l'aumône, et comme on la leur refuse toujours, comme on leur ferme toutes les portes, la police, un beau jour, les ramasse au coin d'une borne, et le seul asile qui leur soit tout grand ouvert, c'est la Morgue, suprême refuge de tout ce qui a vécu ou est mort sur la voie publique, sans laisser un nom qu'on puisse hautement prononcer.

— Mais, objecta Gaston, comment se fait-il que les gouvernements — protecteurs naturels de la morale — laissent subsister et fleurir une si hideuse démoralisation sociale?

— Par le même principe, mon enfant, qu'il autorise en certains cas la vente des poisons. Si la mort-aux-rats était prohibée dans le commerce, on verrait en effet moins d'assassinats par l'arsenic; mais qui protégerait nos moissons et nos emmagasinages contre la voracité des milliers de rongeurs qui assiégent nos champs et nos greniers?... La société regorge d'une foule de rongeurs humains chez qui les privations d

célibat allument sans cesse le feu de nouvelles con-
voitises. Nous avons des moissons à défendre : ce
sont nos femmes, et nos filles, et nos sœurs; or, ces
créatures que vous voyez là sont les soupapes par lesquelles se rejette le trop-plein des ébullitions pas-
sionnables; c'est la mort-aux-rats que la police
répand sur le trottoir pour détruire l'excès des aspirations illicites : ces femmes (si on peut leur donner
ce nom sans blasphème) sont un poison salutaire, un
exutoire social, un mal, hélas! nécessaire...

— Personne, en effet, n'est descendu plus bas
dans l'ordre moral! s'écria Gaston.

— Il y a plus bas encore! répondit le baron.

CHAPITRE XVII.

Bas-fonds sociaux. — Le bagne. — Les réhabilitations impossibles.

— Eh quoi! plus bas que toute cette bassesse?...
s'écria Gaston.

— Oh! répondit le mordant vieillard, lorsque la
civilisation se met à descendre la pente rapide qui
mène au bourbier, elle n'y va pas de pied mort!...
elle court, elle se rue, se précipite et s'y jette fran-
chement, de façon à avoir de la boue jusqu'au cou.
Les femmes dont je viens de vous parler, pour obtenir de quoi rapiécer de temps en temps leur hideuse
existence déchirée aux ronces d'un sentier rocail-
leux, viennent, sans vous connnaître, vous offrir par-
devant la police leurs banales caresses, au prix de
quelques sous... Après tout, il en est d'autres qui,
sans vous connaître davantage, acceptent la même
chose par-devant notaire, au prix de quelques cent
mille francs; l'une vous promet du plaisir, l'autre de

l'affection. Les trois quarts du temps, la première
tient sa promesse, ou bien il y a de votre faute ; et la
seconde ne sait véritablement si elle pourra remplir
son serment ; seulement, dans celui à qui elle le fait,
elle trouve un mari, un protecteur, un être que la
nature et l'éducation ont armé de force et de courage pour défendre les droits de sa faiblesse. Pour
l'autre, au contraire, la législation n'a désigné aucun
appui sur lequel elle puisse se reposer ; elle se voit
isolée dans ce grand combat de la vie, où nulle soli-
darité ne vient s'associer à la sienne... Je me trompe ;
elle aussi a trouvé, dans la fange où elle s'agite, un
de ces soutiens sans nom, qui n'appartiennent à aucune caste, à aucune catégorie : horrible compagnon
dont l'ignoble visage reflète les ignominies de l'âme,
monstrueux assemblage des vices du corps et des
vices du cœur, rebut dégoûtant d'une démoralisation
infecte, sorte de Quasimodo physique et morale surgi
des plus obscurs bas-fonds de la Cour des Miracles.
Cet être, ce gueux, ce truand n'est ni son frère, ni son
mari, ni son amant : c'est quelque chose comme
l'eunuque préposé à la garde, non de la vertu, mais
de la prostitution ; son métier serait comparable (s'il
n'était plus abject) à celui de ces fiévreux gardiens de
gibet ou du charnier de Montfaucon. La tyrannie
qu'ils exercent sur ces pâles créatures n'a rien qui
l'approche dans les plus violents excès du despotisme oriental. Sans les aimer, ils en sont jaloux ;
sans les estimer, ils trouvent sans cesse que leurs fa-

veurs sont vendues à trop vil prix, et sans participer
en rien à leurs peines honteuses, ils en partagent le
salaire, comme chose légitimement acquise et gagnée : gorgés de vin, d'eau-de-vie et de tabac, ils se
sont faits les affreux séides de ces divinités pour la
défense desquelles ils sont prêts à employer toute
leur force musculaire, quand ils n'y substituent pas
le poignard. Quant à elles, toujours crédules ou tremblantes, toujours confiantes ou terrifiées, partout elles
sont dupes de leurs protecteurs; méprisées, con-
spuées et battues, elles donnent tout ce qu'elles gagnent, sans qu'il leur vienne jamais à la pensée de
voler ceux qui les volent.

— Mais d'où sortent ces hideuses personnalités ?
demanda Gaston.

— D'où ?... Qui le sait ?... Qui sait d'où sortent la
vipère venimeuse et le crapaud gluant qui apparaissent dans la fange des inondations ?... Tout ce que je
puis vous dire, c'est qu'ils finissent toujours par se
retrouver au bagne, et qu'en y arrivant, la plupart
semblent rentrer dans un pays qui leur était déjà
parfaitement connu.

— Ce sont des forçats libérés ! Je l'aurais deviné :
ce nom seul suffit pour donner la mesure de ce qu'ils
valent.

— Eh! mon Dieu ! repartit le Boiteux, qui avait
une irrésistible propension au paradoxe et à la cri-
tique de toutes les idées admises, si les forçats
libérés sont si dangereux, c'est la faute de la Société,

qui les fait ce qu'ils sont. Elle prend un pauvre père de famille, honnête jusque-là, mais qui, saisi de vertige au cri de ses enfants qui lui demandent du pain, franchit un mur, la nuit, ou force une porte pour voler une gerbe de blé, un sac de pommes de terre ou un sac d'argent. Ce malheureux est coupable aux yeux de la loi ; il y a escalade, effraction, vol nocturne ; il faut qu'il soit châtié, rien de plus juste. Mais ce père égaré, est-il donc un scélérat, un monstre, un membre gangrené qu'il faille impitoyablement retrancher du corps social ?... Que fait alors la Société ?... Cet homme n'était pas un grand criminel, elle le force et le condamne à le devenir : elle avait un rat qui rongeait, elle en fait une hyène, un chacal qui dévoreront.

— Eh quoi ! s'écria Gaston quelque peu choqué de cette justification du crime, eh quoi !... vous prétendez que c'est démoraliser le coupable que le punir ?...

— Jusqu'à un certain point.

— Voilà qui devient fort paradoxal !

— Je vous ai prévenu, jeune homme, que notre promenade était une étude philosophique : or, la philosophie ne repose que sur des systèmes, et le mien consiste à chercher la Vérité partout où elle se trouve ; les poètes de l'antiquité ont prétendu que cette mystérieuse divinité avait son temple au fond d'un puits : ne soyez donc pas étonné que j'aille l'encenser au fond d'un bagne... Le bagne est l'école

11

normale de tous les crimes ; là, on démontre, par
principes, le grand art de voler, de tuer avec adresse ;
le faussaire et l'assassin y sont considérés en raison
directe de leur audace et de leur férocité ; il s'y
distribue des primes au succès et des couronnes à la
récidive, car les vices y sont des vertus, et les vertus
y deviennent des vices ; si la persévérance dans le
mal y est vue et appréciée comme un grand acte de
courage, le repentir et le remords y sont, non-seulement ridiculisés, mais toujours menacés, et souvent
étranglés ou poignardés.

Le bagne est un immense collége, un vaste sémi-
naire, un grand Conservatoire où l'on enseigne la
dépravation, où l'on professe le crime. Cinq ou six
mille élèves, qui passent bien vite professeurs, étudient, dans cette université, sous la direction de
quelques autres mille maîtres, dont les uns sont docteurs à perpétuité, et les autres précepteurs tempo-
raires... Or, ce pauvre père de famille que je vous
citais, où l'envoyez-vous pour purger et détester son
erreur d'un moment ? à quelle école le forcez-vous
d'aller puiser le regret du passé et les bonnes réso-
lutions de l'avenir ?... Vous lui faites prendre, de
force, ses inscriptions dans cette Académie, d'où il
sortira, à son tour, docteur émérite, dans cinq ou dix
ans, et alors son diplôme de scélératesse obtenu, vous le
lâchez, tout démuselé, sur cette société qu'il a appris
à haïr, et dont il connaît l'art de se venger avec plus
de férocité et moins de risques.

— Mais, objecta Gaston, il en est sans doute qui trouvent, dans toutes ces horreurs mêmes, un motif de repentir et des aspirations à bien faire.

— Sans contredit. L'homme n'est pas si profondément dépravé, que la voix de sa conscience ne vienne, parfois, crier au fond de son cœur; mais, voyez ce qui advient alors: éloigné du foyer du vice et sorti de l'abîme où hurlent toutes ces immoralités contagieuses, le voici qui se prend à rougir de sa dégradation; le remords l'ébranle, le repentir l'émeut; il a honte de sa faute; des pleurs coulent de ses yeux, une bonne pensée luit dans son âme, une ferme résolution la fortifie; il redresse son front, qu'illumine l'espérance, il se lève, boucle ses sandales, ceint ses reins, prend son bâton de voyage et repart sur le chemin de la vie; c'est un nouvel homme, qui a dépouillé les hideux haillons de son passé; il marche, il s'avance dans la société: place à lui, place au soleil et au banquet commun! c'est un frère, c'est un enfant prodigue qui revient au foyer natal: tuez le veau gras, soyez heureux; car votre Dieu a dit: « Il y aura plus de joie dans le ciel pour un coupable qui reviendra, que pour quatre-vingt-dix-neuf justes qui seront restés! »

Mais voici que le monde, quand il n'a pas imprimé sur son épaule, à l'aide d'un fer rouge, la marque indélébile de sa honte, s'empresse de coller sur tous ses murs une large et voyante affiche, où brillent les nom, prénoms, qualités, signalement, signes particu-

liers et adresse du libéré ; il le sépare, il le séquestre
du reste de ses frères, lui interdit l'estime, l'excom-
munie, le déclare ladre et lépreux, et le biffe du grand
livre de l'humanité... Le vent, — ce souffle du Créateur, plus juste que la créature, — enlève l'affiche et
la disperse en lambeaux ; l'âge et le chagrin ont mo-
difié les traits de ce paria ; il peut donc espérer que
le signalement du criminel ne va plus s'appliquer au
visage de l'homme repentant... Oh ! le monde a prévu
cette chance de réhabilitation naturelle ; à l'aide d'une
mesure de surveillance, il s'est arrangé de façon que,
chaque mois, chaque semaine, chaque jour et chaque
heure, le passé de cet homme soit ressuscité et ra-
vivé ; c'est l'ignominieuse affiche qui se recolle périodiquement sur le mur de la publicité, et le libéré se
retrouve constamment attaché au carcan de l'infa-
mie et au pilori du mépris collectif. La mythologie antique avait deviné le forçat libéré, lorsqu'elle força Sisyphe, échappé des enfers, à rouler
sans cesse un bloc énorme au haut d'un rocher
escarpé d'où, sans cesse et toujours, il retombait
pour l'écraser.

Alors, signalé, chassé et repoussé, pour lui, ni travail, ni secours, ni pitié, ni aumône ; poursuivi,
traqué comme un chien pris de rage, il s'irrite, s'arrête, se redresse, et, se souvenant des enseignements
du bagne, il finit par se jeter sur cette société qui
lui donne la chasse, et, d'un fautif vous faites un
criminel, d'un voleur un assassin et d'un affamé

de pain un affamé de sang! Voici votre rat passé
hyène!

Gaston, tout ennemi qu'il fût du paradoxe, ne
put s'empêcher de s'avouer à lui-même qu'il y avait
du vrai dans l'argumentation du vieillard, et il marchait, baissant la tête et gardant un silence qui accusait la profondeur de ses réflexions... Un bruit se fit
entendre, il leva la tête et vit, avec effroi, que d'une
fenêtre du troisième étage tombait un corps humain
qui venait s'écraser à ses pieds, sur le pavé. Le baron
qui se préparait à allumer un second cigare, se précipita vers la place où gisait cette masse inerte qui ne
présentait plus qu'un amas de chair et de sang. Quelques personnes sortirent de la maison en poussant
des cris et des gémissements, et on ne releva qu'un
horrible cadavre... C'était celui d'une jeune femme!
Un homme presque nu accourait donnant les signes
du plus violent désespoir. Il se tordait les mains,
s'arrachait les cheveux, et le baron, aidé de Gaston,
eut bien du mal à le contenir, tandis que l'on empor-
tait le cadavre dans la maison.

Lorsqu'ils furent parvenus à s'en rendre maître et
à le calmer, cet homme s'écria : — Je l'aimais tant!...
Voici quatre ans que je travaille à m'en rendre digne;
pendant ces quatre années, ouvrier laborieux, citoyen paisible, fiancé respectueux, j'ai eu sans cesse
devant les yeux le noble but auquel j'aspirais. Je voulais devenir tendre époux, bon père, honnête homme,
travailleur utile ; elle eut foi en mon avenir, elle me

dit : je t'aime! mit sa main dans la mienne, et, aujourd'hui même, Dieu et les hommes avaient sanc-
tionné notre union. Elle était ma femme et je la mé-
ritais!...

A ces mots, comprenant sans doute mieux encore
toute l'horreur de la perte en la comparant au bonheur de la possession, le malheureux se mit à pousser
des cris qui étaient de véritables hurlements; dans
le paroxysme de sa rage, il échappa aux mains qui le
retenaient, et, comme pris de vertige, il tourna deux
fois sur lui-même, s'arrêta une seconde et se précipita contre l'angle du mur où sa tête se brisa, laissant jaillir des flots de sang et de cervelle. Le baron
courut à lui; il était trop tard, et quand il se baissa
pour relever ce nouveau cadavre, il vit que sa chemise s'était déchirée à son épaule; alors, faisant signe
à Gaston, il lui dit :

— Ne semble-t-il pas que le destin ait voulu fournir
le corollaire de mes assertions. Voici un homme devenu honnête; il était parvenu à cacher les plaies de
son passé sous le voile d'un présent honorable; aujourd'hui, il touchait le prix de ses nobles efforts, il
épousait celle qu'il aime et voilà qu'en entrant au lit
nuptial, un accroc fait à cette toile a révélé à la fille
candide l'horrible secret qu'elle ignorait; elle aussi a
fait comme le monde, et ne pouvant chasser le paria,
elle a choisi le chemin le plus court pour rompre une
union qu'elle regardait comme infamante. Elle s'est
jetée par la fenêtre.

— Quoi!... cet homme! s'écria Gaston, en se penchant vers le cadavre.

— Voyez, dit le baron en allongeant le doigt.

Et le jeune homme vit sur l'épaule du mort, et
gravé par le fer rouge du bourreau comme des stig-
mates éternels, ces deux lettres trop significatives:
— TF !...

CHAPITRE XVIII.

Dieu. — Une divinité au sixième étage.

Ils s'arrachèrent bien vite à ce lamentable spectacle, et comme Gaston, fortement impressionné de ce qu'il venait de voir, marchait tête baissée en gardant le silence, le baron, au bout d'un instant, lui demanda à quoi il pensait?

— Hélas! lui dit-il en poussant un soupir de découragement, je tâche de chasser le doute qui s'empare de mon âme ; car, à la vue de toutes ces choses, j'en arrive à me demander si la Providence joue réellement le rôle paternel que les hommes lui supposent, et si Dieu se mêle, autant qu'on nous le dit, des tristes vicissitudes qui régissent notre pauvre existence humaine...

— Où prenez-vous Dieu? et duquel parlez-vous?... répondit le Boiteux en humant une centième prise de sa poudre d'Espagne.

— Nous autres, chrétiens, n'avons qu'un seul Dieu, monsieur, répondit sèchement Gaston, que cette étrange question semblait grandement scandaliser.

— Ah !... permettez, riposta son interlocuteur... je ne songe point à attaquer vos croyances : c'est chose respectable et sacrée que j'ai su honorer dans tous les pays que j'ai parcourus ; mais c'est précisément parce que j'ai visité et étudié la plupart des peuples anciens et modernes, que je sais à quoi m'en tenir sur l'unité ou la pluralité de Dieu ; tous n'en avaient qu'un seul, et pourtant on lui prêtait tant de figures et d'attributs divers, qu'il fallait bien le désigner sous différents noms : c'est ce nom que je vous demande.

— Quoi !... prétendez-vous que l'antiquité n'admettait qu'un seul Dieu, elle qui les comptait par mille ?

— Où avez-vous vu cela?... Est-ce en Egypte, où l'on adorait, il est vrai, Osiris, Isis, Thot, Hermès, Horus ; mais où l'on reconnaissait un Dieu suprême nommé *Knef*, roi du ciel et de la terre?... Est-ce chez les Hindous qui, en tête de leur théogonie, plaçaient *Brahma*, créateur, conservateur et destructeur ?... Est-ce en Perse, où Zoroastre proclame l'Être tout puissant et infini sous le nom de *Zeruane Akerene?* Est-ce en Chaldée, où l'on adorait les astres, en effet, mais au-dessus desquels on plaçait une divinité primordiale appelée *Bel?* Est-ce chez les Hébreux qui, malgré leur polythéisme, tracent dans leurs livres

11.

sacrés le dogme non équivoque de l'unité divine ?
Est-ce en Phénicie, où Sanchoniaton et Moschus,
malgré l'obscurité de leur doctrine, laissent clairement percer leur système également unitaire ? Enfin,
est-ce chez les Grecs et les Romains, où *Zeus* (autrement dit Jupiter) était le maître des dieux qui, eux-
mêmes, n'étaient que ce que sont les anges chez les
Babyloniens et les saints chez les chrétiens de la
communion romaine.

— Comment! s'écria Gaston, vous osez avancer
que nos saints jouent le rôle des dieux inférieurs
de l'antiquité ?... Et il se dit tout bas: — Cet inconnu serait-il, en effet, le Diable habillé à la française ?

— C'est votre dogme lui-même qui le pose en
principe et mon assertion est d'une orthodoxie irréprochable. Est-ce que vos légendaires n'affirment
pas que saint Fiacre et saint Crépin, sainte Marthe,
saint Éloi, sainte Barbe, etc., ne sont autre chose,
à Paris ou à Marseille, que les sous-dieux, les patrons des jardiniers, cordonniers, blanchisseurs, for-
gerons et soldats, comme l'étaient, à Rome ou à
Athènes, Pan, Mercure, les nymphes, Vulcain et
Mars? Lisez les chants à jamais immortels d'Homère,
où l'Olympe — ce Paradis des anciens — revit tout
entier, et dites-moi si, dans les quinze mille vers de
l'Iliade, il y a un seul hémistiche qui tende à constater ou à établir l'égalité des dieux... Loin d'être
une république, la mythologie constitue l'état le plus

aristocratique qu'il soit possible d'imaginer ; elle a
son chef unique avec ses rangs, ses grades et sa hiérarchie ; elle a son Dieu seul et suprême avec ses
demi-dieux, ses divinités inférieures, ses saints ;
(*sancti*, comme les nomme Lucrèce ; *agioi*, comme
les appelle Socrate) ; ces demi-dieux, ces saints, n'é-
taient autre chose que des intermédiaires placés entre
l'homme et la divinité ; ils étaient chargés de porter
jusqu'au pied du trône éternel l'encens de la prière
ou l'écho de la douleur ; ils étaient les satellites de cet
immuable soleil qu'on nommait *Zeus*, Dieu et Jupiter.
Cessez donc, enfant, sur la foi de quelques professeurs de sixième en mauvaise humeur, de calomnier
les religions antiques, car ce serait calomnier les
cultes nouveaux ; l'unité de Dieu est un principe
admis de tout temps et par tous les peuples, et
si la théogonie ancienne comptait ses dieux par
mille, faites-moi le plaisir de jeter un coup d'œil
sur votre calendrier grégorien, et dites-moi si je
n'ai pas le droit, bon an mal an, de vous en attribuer trois cent soixante-cinq, en dehors des années
bissextiles ?

Gaston se mit à rire, car l'objection était plus spé-
cieuse que concluante ; mais le baron était logicien
trop serré, pour ne pas aller jusqu'au bout de son
argumentation ; il continua, en exagérant à dessein,
son paradoxe :

— Le catholicisme n'admet qu'un Dieu, — trinitaire
il est vrai, mais unique dans sa pluralité ; — toute-

fois, comme les religions ses devancières, il lui assigne
différents noms, selon ses divers attributs : j'en prends
un au hasard, et je vous demande à vous-même sous
quelle dénomination vous adorez l'Être suprême qui
règle le sort des batailles ?

— C'est le *Dieu des armées*, répondit Gaston ;
l'expression est consacrée.

— Fort bien !... mais je suppose que, par là, vous
n'entendez pas que le Tout-Puissant se soit fait le
chef du personnel de la guerre, et figure comme
maréchal de France en tête de l'annuaire militaire ?...

— Ce serait absurde ! fit le jeune homme.

— Ce le serait bien plus encore de prétendre qu'il
est, en même temps, le Dieu de deux armées enne-
mies ; par exemple, celui des Anglais et des Français
se combattant à Crécy ou à Waterloo ; car, dans ce
cas, il faudrait bien admettre, implicitement, que
Dieu se diviserait en deux moitiés, pour vaincre les
uns et se faire battre par les autres : cela fait donc
déjà *deux* Dieux que vous contractez en un seul. De
plus, ce Dieu des armées, qui, par son titre même,
doit être irascible, violent, sanguinaire, est-il le même
que celui que vous nommez le Dieu *de paix*, le Dieu
de miséricorde?... Oui ou non !... Si oui, c'est une
étrange contradiction ; si non, cela vous fait deux
divinités de plus, quoiqu'il soit difficile d'admettre
de semblables antinomies, et de supposer qu'on
puisse être, en même temps, juge de paix et colonel

de dragons... Je ne vous parle pas du dieu d'Isaac,
du dieu d'Abraham, du dieu de Jacob, du dieu des
Juifs, du dieu...

— Mais, s'écria Gaston, qui n'approuvait pas
cette discussion, toutes ces qualifications s'appli-
quent à un seul, à la même et unique abstraction, qui est le Dieu grand, maître des hommes et
des anges...

— Juste ce qui se disait à Rome, où on nommait
Jupiter : *Deus optimus, maximus, hominum sator
atque deorum!* Il était donc le père commun des
hommes et *des dieux subalternes*... Concluons donc
avec Maxime de Tyr, que j'ai rencontré à la cour de
Commode au onzième siècle, et qui, après avoir été
chercher la vérité en Arabie et en Phrygie, eut la
gloire d'être le précepteur de Marc-Aurèle ; concluons,
dis-je, que lorsqu'on interroge les hommes sur la
nature de la divinité, toutes leurs réponses sont différentes, mais que, au milieu de cette variété prodi-
gieuse d'opinions, vous trouverez un même sentiment
par toute la terre : à savoir qu'il n'y a qu'un seul
Dieu, qui est le père de tous... Ajoutons avec Platon,
que tout le bien c'est lui qui le fait, et tout le mal
c'est l'homme... *Ne cherchez donc pas à le définir, à
l'analyser,* comme le dit saint Victor ; n'imitez pas
ces malheureux parias des vieux colléges primitifs, qui
rampent, le ventre contre terre, à travers l'inextricable
labyrinthe du fatras gothique, décrétales, capitulaires,
scholastique, logique, sciences occultes, coutumes ,

dialectique et qui, lorsque, de spirale en spirale, ils
arrivent, exténués et blanchis, au bout de l'enseignement de l'école, se trouvent le plus souvent vis-à-vis
de quelque formule vide, vaine, momifiée, telle que
les réaux, les nominaux, les universaux, les entilés
de la substance !... ombre d'abstraction, songe d'une
chimère, inanité d'une inanité, squelette d'un infu-
soire !... Semblables à ces prêtres de l'Inde qui, après
quelques années de flagellation et de jeûne, sont
enfin admis dans la pagode souterraine qui recèle
l'oracle, ils traversent d'interminables couloirs, des
enfilades de cryptes, de passages, de vestibules, —
arcanes du Dieu promis; — à la fin, les voici devant la niche de l'idole, le rideau se tire... Que
trouvent-ils ?... Un vieux singe pelé, un vieux man-
drille galeux qui casse une noisette et cherche ses
puces !...

— Il existe pourtant, dit Gaston, une quantité
innombrable de philosophes, sceptiques ou religieux,
qui passent leur vie à la recherche ou à la discussion
de ces grands mystères...

— Hélas! oui ; et tous le sont au point de vue de leur
égoïsme : cela me rappelle un conte que j'ai lu dans
je ne sais quel recueil indien ou chinois. « Je venais
de faire bâtir un cabinet au fond de mon jardin ; j'en-
tendis une taupe qui raisonnait avec un hanneton : —
Voilà une belle fabrique! disait la taupe; il faut que
ce soit une taupe bien puissante qui ait fait cet ouvrage...— Vous vous moquez, dit le hanneton ; c'est

un hanneton plein de génie qui est l'architecte de ce bâtiment !... » Depuis que j'ai lu ce conte ou cette histoire, mon jeune ami, j'ai résolu de ne jamais discuter les attributs ni la puissance du créateur, au point de vue étroit de l'égotisme humain.

— Oh ! nous n'en sommes plus là à Paris, répondit Gaston ; la France est chrétienne, et les dissidents eux-mêmes sont parfaitement d'accord sur l'essence du Dieu qu'ils adorent : il n'a qu'un nom, qu'un attribut et qu'un culte.

— Vous croyez cela, jeune philosophe !... eh bien, sans sortir de cette rue, sans aller plus loin que cette petite porte, je vais vous convaincre du contraire : tenez, voyez-vous là-haut, sous les combles de cette vieille maison, une lucarne où tremblote une lampe fumeuse ?... c'est le temple d'un Dieu qui a ses adeptes, ses adorateurs, et qui aura ses martyrs... Ce Dieu, je vais vous le faire voir en chair et en os ; il est là, il vient de souper avec son portier, et, comme c'est aujourd'hui qu'il procède à l'initiation de quelques néophytes, c'est le moment de le prendre.

— Que me dites-vous là ! fit Gaston fort étonné... je connais assez la folie humaine pour admettre qu'un charlatan s'avise de se faire le grand-prêtre d'un culte de son invention ; mais vous ne me ferez pas croire qu'il y ait un intrigant assez osé pour se faire Dieu lui-même !

— Cela s'est vu plus d'une fois, sans compter

Alexandre qui se fit déclarer fils aîné de Jupiter, par l'oracle d'Ammon. Dans tous les cas, montons, et vous pourrez acquérir la preuve qu'il existe à Paris un Dieu que vous ne connaissiez pas.

Ce disant, le Mentor prit le bras de son jeune Télémaque et ils se mirent à gravir le péristyle du temple : c'était un étroit escalier vermoulu, dont chaque marche craquait sous les pieds, d'une façon peu rassurante ; Gaston en fit l'observation et trouva que le dieu perchait un peu haut.

— C'est de tradition, dit le Boiteux : les dieux aiment les hauteurs, et tout chemin qui conduit vers eux est étroit : *Alta petunt dii at ardua itinera cœli,* a dit Lucrèce.

Parvenus au sixième étage, ils furent arrêtés sur le palier par une vieille femme qui leur murmura quelques paroles mystérieuses ; le baron lui répondit sur le même ton : — *Schiboack!...* et la vieille, reconnaissant le mot de passe, s'inclina en portant sa main ridée sur son cœur, et nos héros continuèrent.

— Cette prêtresse, dit Asmodée tout bas, est la cuisinière du Dieu : le matin, elle écume le pot au feu et, le soir, elle allume l'encens ; aussi, vous voyez qu'elle a retroussé son tablier et qu'elle a eu l'intention de se laver les mains.

Il ouvrit une porte basse, souleva un morceau de vieille tapisserie et tous deux entrèrent dans le sanctuaire : c'était une assez grande chambre mansardée, sur les murs de laquelle le peintre du coin avait ba-

digeonné à l'encaustique une foule de figures bizarres, mais où le nu dominait ; la plastique y régnait
dans toute sa gloire et dans tout son affranchissement
de la feuille de vigne ; il était évident que l'artiste
qui avait créé ces natures prises sur le fait était un
jeune réaliste de l'école de Courbet. Sur une sorte
d'estrade élevée d'un pied, se voyait une table couverte d'un châle, jadis Ternaux, et dont les palmes
mal dissimulées accusaient la prétention à jouer le
rôle de tapis ; quatre bougies de l'étoile fumaient en
compagnie d'une lampe primitivement Carcel et passée modérateur ; un fauteuil en velours d'Utrech et
d'une couleur mystérieusement inappréciable se pa-
vanait en tendant ses bras, vides mais tout impré-
gnés de la crasse divine : c'était le trône et l'autel
qui attendaient le dieu, lequel était, pour le moment,
dans son tabernacle : le tabernacle consistait en un
cabinet de toilette, pris aux dépens d'une alcôve
et où la divinité passait sa culotte, pendant que
les adeptes se livraient à la méditation contem-
plative.

Gaston jeta un coup d'œil observateur sur l'assistance : elle était surtout composée de femmes ayant,
la plupart, franchi le rude fossé de la quarantaine ;
mais, à la flamme mal étouffée qui jaillissait par les
fissures de leurs ardentes prunelles, on voyait bien
vite que ces natures privilégiées étaient faites pour
comprendre et imiter les personnages qui ornaient le
badigeon du temple. Gaston crut même avoir deviné

les mystères du culte, à quelques particularités mal
dissimulées par l'ombre des rideaux de l'alcôve. Il y
avait aussi plusieurs hommes qui semblaient attendre, avec impatience, l'entrée du Dieu en retard :
quelques coups de canne frappés sur le parquet, in-
terprétèrent alors les désirs des plus jeunes initiés et
un léger murmure parcourut l'assemblée.

L'accord d'un piano, allié de fort loin à la grande
famille d'Érard, se fit entendre : c'était la sous-prêtresse, fille cadette du concierge et accessit futur du
Conservatoire, qui annonçait l'entrée du dieu, sur
l'air varié de *Il pleut bergère*, arrangé par Clapisson
et gravé par Heugel ; l'exécution n'en était pas irréprochable, mais l'accordeur du temple était bien pour
quelque chose dans l'absence de quelques bémols
que la sous-prêtresse n'hésita pas à remplacer hardiment par des dièzes supplémentaires... Au sol final
de ce morceau en ut majeur, (l'ut manquait), le tabernacle s'ouvrit, tous se levèrent et le dieu parut,
dans tout son éclat, précédé d'une jeune femme assez jolie et dont le nez retroussé trahissait les
dispositions religieuses. Le dieu était vêtu d'une
longue robe de chambre blanche, serrée à la taille
par une cordelière de coton rouge, dont la sœur
jumelle avait été oubliée à la sonnette de la che-
minée ; sa chevelure brune avait évidemment accepté
le joug du fer à friser, et sa barbe lui donnait un
faux air de fleuve Scamandre cherchant à plaire aux
nymphes du Simoïs. Au total, le dieu était un assez

bel homme, et Gaston comprit le pieux sourire des adeptes femelles, lorsqu'il promena sur l'assemblée son regard qu'il cherchait, sans conteste, à rendre fascinateur et chatoyant.

Le dieu monta à l'autel, c'est-à-dire sur l'estrade, et s'assit sur son trône... de velours d'Utrecht.

CHAPITRE XIX.

Une religion à la portée de tous. — Exercice d'un culte agréable.

Lorsque le dieu se fut installé carrément dans sa gloire, il tira de sa poche une tabatière en racine de buis, prit une forte prise et éternua trois fois. La mansarde retentit au bruit de cet éternuement; Gaston se rappela involontairement ce que Virgile dit de Jupiter en pareille occasion :

Annuit... et totum nutu tremefecit Olympum !

tous se levèrent et s'inclinèrent en portant la main sur leur cœur.

Gaston ne put s'empêcher de sourire à l'idée de cette divinité prenant du tabac et se mouchant comme un simple mortel, et il murmura quelques mots à l'o- reille du baron.

Celui-ci lui répondit :

— Gardez-vous de rire de tous ces mystères; toute

religion a ses fanatiques. Vous vous feriez infailliblement jeter par la fenêtre si vous laissiez percer
votre incrédulité... et nous sommes au sixième étage
au-dessus de l'entresol.

— Mais, lui répliqua Gaston, il n'est pas possible
que des citoyens de Paris, vivant en pleine civilisation du dix-neuvième siècle, soient assez fous pour
croire à une pareille divinité et à une semblable religion... c'est invraisemblable.

— Pourquoi donc? fit Asmodée. Est-ce qu'ils n'ont
pas cru aux Swedemborgiens, aux magnétiseurs, aux
apparitions galvaniques, aux familles spirituelles de
Goëslin, à l'abbé Chatel, Vintras, Chénau, Madrolle
et Constant, à l'école de Buchez, aux frères Moraves
et aux Mormons? Est-ce qu'ils ont repoussé l'Irvin-
gisme, Hoëne Wronski, André Towianski, Adam
Mickiewicz, les Saint-Simoniens, Jean Reynaud, Fou-
rier, Hennequin, Cabet et Lamennais?... Est-ce qu'ils
n'ont pas fourni des adeptes à la religion évadienne
de Ganneau, à la religion fusionienne de Toureil et
Guyard, et à la religion rationnelle de Fauvety?...
Croyez-moi, mon cher, l'esprit humain est capable
de tous les égarements : législateurs, philosophes,
économistes, historiens, poëtes, publicistes, hommes
d'État, penseurs de tous les temps, de tous les pays,
de toutes les écoles et de toutes les sectes, en couronne, en manteau, en habit brodé ou percé au
coude, les célèbres et les obscurs, les délaissés et les
influents, tous ceux enfin qui ont émis un principe,

risqué un sophisme, échafaudé un système, lancé un
axiome, affirmé ou nié une opinion, se sont laissé
aller, plus ou moins, au plaisir de se forger une divinité quelconque. Le dieu qui a le plus de chances
de succès auprès de certains croyants est toujours
celui qui arrange son dogme et ses pratiques de façon
à flatter les propensions, les goûts et les passions de
ses sectaires. Le dieu que vous voyez là a parfaitement compris le cœur humain, aussi lui a-t-il bâti
une petite religion fort agréable. Il s'est dit, qu'ici-bas
et quoique l'homme fasse, la femme est toujours
le premier pouvoir social ; loin d'approuver l'aphorisme de Molière, qui était un impertinent,

Du côté de la barbe est la toute-puissance,
Et la femme n'est là que pour l'obédience ,

il a posé en principe que le sexe faible doit être le
sexe fort ; que la femme à quarante ans acquiert des
qualités plastiques qui la rendent fort appréciable ;
que jusque-là elle est une fleur embaumée bonne à
respirer, mais qu'alors elle devient un fruit savoureux bon à cueillir. Vous vous doutez, mon très-cher,
que ce principe seul lui a valu immédiatement une
foule d'adhésions empressées : réhabiliter la patte
d'oie et préconiser la fausse natte est un coup de
maître ; aussi, vous le voyez, bien des fruits mûrs
sont venus se ranger sur les degrés de l'autel, ce qui
n'exclut point de nombreuses jeunes fleurs qui ne

sont pas fâchées de rêver au bonheur prochain d'une
maturité anticipée. De plus, ce brave dieu, se rappelant que Mahomet avait trouvé un puissant point
d'appui dans le dogme de la pluralité des femmes,
s'est demandé pourquoi il ne renverserait pas le principe de l'islamisme, et s'il n'aurait pas un bien plus
solide levier dans la promulgation d'une loi autorisant
la *pluralité des hommes?*... C'était accaparer, d'un
seul coup de filet, tout ce qui porte une âme sensible,
une tête tant soit peu volcanisée et une constitution
convenablement prédisposée. Il s'est dit que le cœur
féminin est un coffre-fort qui n'a qu'une clef qu'on
ne donne qu'une fois, mais qui peut fort bien se
prêter souvent ; que le mariage est une pièce de
monnaie frappée à l'effigie d'un seul, mais qu'on met
en circulation au profit de tous ; et alors il a décrété
un immense harem dont les femmes sont les sultans
et dont il est, lui, le premier favori ; il s'est réservé,
pour lui seul, le droit exceptionnel d'aimer au plu-
riel, et, en sa qualité de tout-puissant, il s'acquitte assez bien jusqu'ici des fonctions fort complexes de ses
nombreux devoirs.

— Quoi ! fit Gaston fort scandalisé, c'est dans ce
but ?...

— Oh ! ce côté-là est l'agréable, mais l'organisa-
teur n'a pas oublié l'utile : à la porte figure un tronc
dans lequel chaque adepte verse son offrande en
quittant le sanctuaire, car ici c'est comme à la foire,
on ne paye qu'en sortant si on est content, et il pa-

raît qu'on l'est toujours, car les profits du culte permettent à ce dieu de vivre d'une façon assez confor-
table. Il y en a qui se font ingénieurs, cordonniers,
magistrats ou marchands d'allumettes chimiques, car
item il faut vivre : lui, a trouvé plus simple et moins
coûteux de se faire dieu tout de suite, et il rend justice à sa condition en s'avouant à lui-même que le
métier est lucratif... quoique fatigant; aussi songe-
t-il parfois à s'adjoindre deux ou trois sous-dieux
qui pourraient l'aider dans l'exercice de son terrestre ministère.

— Quelle est la jeune femme au nez retroussé qui
l'aidait dans ses invisibles mystères du tabernacle, et
qui vient d'entrer avec lui ?

— C'est la prêtresse de service ; chacune a son
jour, et dès qu'elles ont été honorées de cette se-
crète initiation, elles deviennent sacrées ; de fleurs
qu'elles étaient elles passent fruits et on les nomme
en langage mystique : *Sirva...* Depuis six mois que
la religion marche, le dieu a fait trois cent quarante-
cinq sirvas.

— Les dieux sont grands ! dit Gaston en s'incli-
nant.

En cet instant, le susdit dieu qui était resté comme
plongé dans un océan de réflexions, et qui semblait
se complaire silencieusement dans la contemplation
de sa majesté, leva lentement les yeux, secoua sa
brune et luxuriante chevelure, puis promena sur
toute cette féminine assemblée le velours chatoyant

de son regard. Une sorte de fascination s'empara des
adeptes, les joues s'empourprèrent, les poitrines
poussèrent de tendres roucoulements et les *fruits* de
quarante ans parurent l'emporter sur les *fleurs* de
dix-huit dans cette subite inhalation de l'Esprit
inspirateur. Celui qui soufflait ainsi sur les âmes
tint, à son fervent auditoire, au discours tel que Gaston, jeune homme fort moral, se crut obligé de se
boucher les oreilles, ainsi que le sage Ulysse, son modèle, l'avait fait à son passage, près de Charybde et
Scylla. Il entendit donc peu ou point de la passion-
nelle homélie, et il serait, dès-lors, difficile à l'historien de raconter les détails dogmatiques de cette
séance.

Gaston fut tiré de son isolement volontaire par un
geste mystérieux que fit le dieu. Ce geste consistait
à agiter au-dessus de l'assistance un mouchoir con-
sacré par certains signes cabalistiques. Tous les yeux
bleus et noirs se tendaient vers ce bienheureux mouchoir, et, enfin, le dieu le laissa tomber sur la tête
d'une jeune fleur blonde, au grand désespoir des
fruits châtains ; la jeune fleur s'en fit comme un voile,
se leva lentement et suivit le dieu qui rentra avec elle
dans le tabernacle, dont la porte se referma sans bruit.

— Ce sera, dit le baron, la trois cent quarante-
sixième sirva.

— Les dieux sont de plus en plus grands, répondit
le jeune homme.

La porte s'ouvrit avec fracas, et Gaston reconnut le

même commissaire qu'il venait de voir dans la maison
de jeu. Son entrée ne produisit point un effet pareil
à celui dont il avait été témoin ; personne ne songea
à s'enfuir, et l'aspect de l'écharpe tricolore n'effraya
aucun des adeptes. Seulement, lorsque le magistrat,
qui paraissait connaître les êtres et détours du temple, se dirigea vers le *tabernacle*, toute l'assistance
en masse se jeta sur la porte pour en défendre l'entrée... Jeunes et mûres, jolies et douteuses, fleurs et
fruits se précipitèrent, faisant un rempart de leurs
corsets, de leurs crinolines et des mille autres boucliers dont la nature a amplement fourni la plus
dodue moitié du genre humain. Le commissaire,
aidé de son escouade, perça victorieusement ce ba-
taillon sacré, et lorsqu'il porta la main sur la clef du
tabernacle, un cri d'horreur jaillit de toutes les bouches et les mots : sacrilége ! anathème ! tombèrent
drus comme grêle sur le fonctionnaire public, qui,
malgré la gravité de sa mission, avait bien du mal à
ne pas éclater de rire.

Enfin, force resta à la loi, la porte fut ouverte, le
commissaire entra ; mais le baron, entraînant Gaston
vers le palier, profita, comme il l'avait déjà fait dans
la maison de jeu, du tumulte général, pour s'esquiver ; en descendant l'escalier, ils aperçurent une
longue robe blanche qui disparaissait derrière une
petite porte.

— Le Dieu est sauvé ! dit le baron, il avait une
porte dérobée à son tabernacle.

— Et où donc se réfugie sa divinité ? demanda Gaston.

— Dans l'endroit où Calvin trouva la mort et où M. Domange trouve la fortune !...

— Les dieux ne sont pas toujours grands et tous ne sont pas en bonne odeur ! fit le jeune homme en descendant de ce paradis perdu.

— Eh bien ! jeune théiste, que vous disais-je ? lui dit le baron, lorsqu'ils furent redescendus dans la rue, vous ne vous attendiez certes pas à trouver ici même un cinquante millième dieu qui succède à tant d'autres ; et pourtant Paris, en ce moment, en compte quatre autres à ma connaissance. Ce que vous venez de voir n'est pas une plaisanterie ; ce Dieu existe, il a son dogme, son culte, ses mystagogues, ses religionnaires, ses dévots et ses fanatiques ; ce n'est pas une histoire inventée à plaisir, et, il y a huit jours, les tribunaux avaient à juger un autre dieu qui, sous prétexte que l'Être suprême ne doit de compte qu'à lui-même, refusa de répondre aux interpellations du président qui lui demandait son âge : il fut condamné, en correctionnelle, à quinze jours de prison et à vingt-cinq francs d'amende. Il avait rêvé le martyre et n'obtint que le ridicule.

— Eh quoi ! dit Gaston, il y a donc des âmes assez crédules pour se prêter à d'aussi absurdes jongleries, et comment peut-il se faire que de telles folies aient cours dans le progrès moderne ?

— Voulez-vous, reprit le Boiteux, vous faire une

idée du succès de ce que vous nommez folie et jon-
glerie ? Tenez, je ne parle point seulement de Paris,
ni même de la France ; mais allez en Angleterre, pays
civilisé par excellence, et vous y trouverez de bien
plus remarquables aberrations en fait de déïsme. A
Birmingham, par exemple, vous pourrez voir une
fabrique de dieux, et si vous êtes désireux de vous
monter une petite religion de poche, voici le tarif
exact et le prix courant : — « *Yamen* (dieu de la
mort), en cuivre fin, ciselé avec beaucoup de goût,
une guinée et demie ; *Nirondi* (roi des démons), modèles très-variés, dessin hardi, dorure solide, deux
livres sterling ; *Varonnin* (dieu du soleil), avec char
d'airain et fouet en argent garanti, quinze dollars ;
Couberen (dieu des richesses), travail admirable et
superfin, six livres. On entreprend les demi-dieux à
prix réduits ; escompte au comptant.»

— Voilà qui dépasse toute croyance, et véritablement c'est à dégoûter des autres religions ? s'écria
Gaston.

— Peuh ! fit le baron, en cherchant sa tabatière.

— Il est vrai, continua le jeune homme, que, dans
tout exercice de culte, il y a abus, fraude et exploitation de l'homme par l'homme.

— Ah ! ah ! dit le petit vieillard en riant d'une
façon étrange, voici que vous devenez philosophe !...
Qu'entendez-vous par là, cher ami ?

— Mais... que, dans toute religion, il y a quelqu'un

qui paye les frais du culte et quelqu'un aussi qui les empoche.

— Qui donc les empoche ?

— Mais... l'inventeur ou le continuateur...

— Que vous nommez ?

— Le dieu ou le ministre, le prophète ou le prê-tre... le *sacerdos*... que je traduis par *doté* d'une façon *sacrée.*

— Bravo ! exclama le baron ; l'étymologie est ingé-nieuse et un peu bien spirituelle !... — Seulement, appliquée généralement, elle devient tout bonnement un sacrilége... Tenez, jeune philosophe, écoutez-moi quelques instants, et, sans aller plus loin, je veux vous prouver qu'en fait d'étymologie, presque tou-jours le mot grammatical est en désaccord avec le sens logique... Et puisque c'est le mot et la qualité de *sacerdos* qui vous inspirent ces édifiantes idées, c'est en vous peignant le plus humble représentant des hiérarchies sacerdotales, que je veux vous prouver que vous avez le tort d'être ingrat et l'ingratitude d'avoir tort.

————

CHAPITRE XX.

Monsieur le curé.

— Quel plus gracieux modèle des vertus sacerdotales que celui qui s'offre, chaque jour, à l'admiration du chrétien?... Qui de nous, le soir, dans une de nos promenades le long des bois et des prés, n'a parfois rencontré un bon vieillard vêtu d'une soutane noire, marchant lentement et lisant dans son bréviaire les saintes prières du jour? De beaux cheveux blancs ornent son front, comme une couronne devant laquelle s'incline tout regard; dans son œil limpide et doux rayonne un suave reflet de bonheur et de sécurité; le sourire de son âme a passé sur ses lèvres, et, s'il parle, sa voix seule suffit pour vous attirer à lui. Son empire, c'est ce petit hameau, dont là-bas vous apercevez le modeste clocher presque noyé dans les flots de verdure qu'il dépasse à peine; son peuple, c'est quelques paisibles et pauvres villageois qu'il a baptisés, qu'il

a mariés, qu'il ensevelira peut-être, et tout l'horizon
de sa puissance ne dépasse point le revers de cette
verdoyante colline autour de laquelle, depuis cinquante ans, il se promène en priant, à la tombée du
soir... Pour qui donc prie-t-il ainsi, avec tant de fer-
veur, que le bruit de vos pas n'a pu le distraire de
sa pieuse oraison?... Il prie, le saint pasteur, pour le
petit troupeau que Dieu a confié à son amour; il prie
pour que la rosée du ciel descende sur les moissons,
pour que le chaud soleil féconde les rameaux et les
sillons, pour que la semence germe au champ du laboureur. Il demande au Tout-Puissant d'écarter les
vents et l'orage des épis, les mauvaises passions du
cœur et de faire fleurir et fructifier le grain de la
terre, comme la sainte parole dans les âmes. Et puis,
s'il prie pour lui-même, c'est pour supplier Celui qui
l'a envoyé de lui donner la force et la grâce : la force
pour faire le bien, la grâce pour le faire faire aux
autres. Si quelqu'un souffre au hameau, c'est son
oreille attentive qui entend le premier cri de la douleur ; si une misère se révèle au fond de quelque
chaumière, c'est toujours sa vénérable figure qui
apparaît sur le seuil. Que dis-je?... tous ces maux il
les devine avec l'admirable instinct de sa charité, et
il a appris, — seul artifice qu'il sache pratiquer,—
l'art de découvrir le secret des infortunes et de leur
éviter les troubles de l'aveu. Jamais, dans sa longue
carrière, il ne s'est surpris à envier la richesse; son
pauvre presbytère lui a toujours paru un palais trop

grand pour abriter ses humbles désirs, et si parfois,
en songeant à la majesté du Seigneur, il s'est arrêté à
quelque pensée ambitieuse, c'est qu'il lui semblait
que rien ne serait comparable à son bonheur, si sa
petite église pouvait refléter un peu des magnifiques
splendeurs de la cathédrale. Cet ami, les enfants le
vénèrent, les hommes l'estiment et les vieillards l'aiment comme un fidèle compagnon de voyage qui ne
les quitte même pas au bout du chemin ; car, bien
longtemps après leur mort, ils savent que sa voix s'é-
lèvera encore pour murmurer leur nom dans sa
prière commémorative de chaque jour... A ces hommes
qui vieillissent et s'usent dans le travail, il ne défend
point le repos qui est un plaisir et le plaisir qui est un
repos; il se mêle souvent à leurs jeux pour les
purifier par sa présence, et double ainsi leurs joies
en les sanctifiant par l'offrande qu'il en fait à Dieu.
Sa vie est une longue suite de bienfaits : il moralise
et adoucit la rude nature de ceux qui l'entourent; il
les console des maux du présent, en leur faisant
entrevoir les félicités futures ; il leur fait oublier la
terre en leur montrant le ciel, et sacrifiant sans cesse
la houlette au troupeau, il accomplit le précepte divin
et *donne sa vie pour ses brebis.*

Cet homme, quel est-il?... quel est son nom?... Nul
ne le sait. Les bonnes gens qui l'écoutent et l'aiment
depuis cinquante ans ne pourraient dire ce nom, et
les petits comme les grands, les jeunes filles aussi
bien que les vieilles fileuses de la veillée ne savent

qu'une chose, c'est qu'on appelle cet apôtre... Monsieur le Curé.

Voilà les hommes qui accomplissent véritablement
la grande et imposante mission !... Voilà ceux qui
ont vraiment été utiles à l'humanité !... Ce sont ceux-
là que les Turenne, les Vauban, les Fabert et les
Condé ont honorés à l'égal des grands capitaines,
sachant bien que ces courageux soldats de l'Évangile
remportaient d'aussi utiles victoires avec la croix que
d'autres avec l'épée. Et qui sait ce que le cœur de
ces obscurs héros de l'Église militante renferme de
mystères connus de Dieu seul ? Qui connaît leurs
luttes secrètes, leurs combats ignorés, leurs décou-
ragements ou leurs victoires ? Oh ! il y a parfois tout
un long poëme dans l'existence, en apparence si
calme, de ces hommes à l'œil limpide et doux ; leur
sécurité ne leur vient pas de la terre, et si leur front
semble paisible, c'est qu'ils sont un peu comme
l'azur du ciel, qui peut rester pur malgré les agita-
tions d'ici-bas.

Le baron avait prononcé ces paroles avec le feu
d'un saint enthousiasme, et Gaston regardait avec
étonnement cet homme qui, semblable au Protée de
la Fable, avait le don de lui apparaître sous mille
formes différentes : tantôt croyant, tantôt athée,
pieux ou impie... et, comme il gardait un silence qui
dénotait sa stupéfaction, le baron reprit :

— Vous êtes étonné, mon ami, de me voir proférer
des paroles aussi édifiantes ; mais, tout diable que

vous me croyez, soyez certain que je n'en suis pas moins orthodoxe, et vous allez en juger...

Dans une excursion que je faisais, il y a bien long-temps déjà, sur les bords de la mer, non loin du Tréport, je m'arrêtai pendant une journée chez le curé d'un petit hameau perdu dans les sables, et que les géographes ont peut-être oublié de mentionner sur leurs cartes dédaigneuses. Le presbytère, sorte de cottage enfoui dans les falaises, dans la verdure et dans les flots, m'avait séduit par son aspect véritablement pittoresque; et j'ajoute que, par le plus heureux des hasards, le vieux prêtre qui l'habitait se trouvait être précisément un de mes anciens amis, mon meilleur ami, puisqu'il avait été mon confesseur. Pour les hommes de croyance et de foi, il y a dans ces rencontres fortuites, après les longs jours de l'absence, une indicible félicité que viennent sanctifier les douces souvenances du passé; il y a alors d'intimes émotions qui se réveillent dans le fond du cœur, comme lorsqu'on retrouve un ami qu'on croyait disparu, soit dans la mort, soit dans l'oubli. Ce fut donc et pour le vieillard et pour le jeune homme un de ces jours aimés où tout est joie et soleil, souvenir et espérance; où, remontant tous deux par la pensée vers les heures si fugitives écoulées dans l'étude et la prière, nous repassions ensemble toutes les péripéties de ce drame qu'on nomme la vie... Sa vie à lui, saint prêtre de Dieu et sujet fidèle du roi, ç'avait été la persécution, presque l'exil, puis, après tout, la résignation et le pardon des offenses. La mienne à moi, je la lui racontai comme autrefois, comme au temps où il répondait à chacun de mes aveux par le conseil et l'absolution ;... comme autrefois aussi sa voix me conseilla, puis sa main me bénit.

Nous eûmes bientôt parcouru et visité tout son petit domaine enclos de haies vives et dans lequel Dieu avait fait éclore plus de fruits que de fleurs. Une vieille servante, un chien fidèle, deux ou trois couples de pigeons domestiques et une poule entourée de ses poussins, telle était la paisible famille au milieu de laquelle ce bon vieillard oubliait les splendeurs envolées de son brillant sacerdoce, et nul moins que moi sans doute, pas même sa pieuse et naïve compagne, ne se doutait que cet homme si simple, si obscur aujourd'hui, avait été l'un des plus illustres orateurs sacrés de son ordre... On a dit que l'humilité était une vertu chrétienne ; je crois, avec Bossuet, qu'elle est bien plutôt une essence du catholicisme.

Il y avait toutefois chez ce pauvre curé une chose qui tranchait par son luxe sur toutes les autres ; c'était sa bibliothèque. Là, on retrouvait toutes les plus précieuses créations de l'esprit humain : historiens, poëtes, orateurs, théologiens ; en un mot, tout ce qui constitue le fond d'une bibliothèque sérieuse était là occupant la seule salle un peu vaste du presbytère... J'admirais, depuis un moment, ce trésor

dont j'étais loin de soupçonner l'existence en pareil
lieu, lorsque ma vue tomba sur un petit corps de bibliothèque isolé et dont les rayons en palissandre incrusté d'ivoire étaient chargés de brochures toutes re-
liées en noir : cette particularité était d'autant plus
remarquable que presque tous les autres volumes
offraient des couvertures bigarrées de diverses couleurs.

J'en fis tout haut la remarque, et mon curé répondit à ma curiosité en prenant une des brochures
qu'il me présenta. Je l'ouvris et vis qu'elle avait pour
titre : *Office des morts*... Il m'en présenta une seconde, puis une troisième et presque toutes enfin,
et je fus plus étonné qu'auparavant quand je m'a-
perçus que toutes portaient le même titre et étaient
le même ouvrage absolument semblable, renfermant
la messe des morts, les vêpres, les matines, les lau-
des, etc., etc.

« Vous paraissez étonné, me dit-il enfin, de me
voir donner ainsi la place d'honneur à tous ces petits
livres qui, tous ensemble, n'ont peut-être pas coûté
dix francs ?... Mais, pour moi, pour mon cœur, ces
quelques brochures grossièrement imprimées ont un
prix bien supérieur à celui de toutes ces pompeuses
éditions qui brillent autour d'elles. J'appelle cette
petite collection de brochures ma *bibliothèque commémorative*, parce que, en effet, dans chacun de ces volumes est déposé un souvenir qui, bien souvent,
éveille en moi la mémoire des choses éteintes, et que

ces pages sont pour mon âme comme ces vases mystérieux d'où s'échappent parfois les suaves émana-
tions de parfums ignorés. J'ai longtemps habité un
pays où l'usage veut qu'à chaque enterrement on
distribue aux assistants un de ces petits livres noirs
où se trouve l'office complet des funérailles ; comme
prêtre, et souvent, hélas ! comme ami, il m'a fallu
conduire bien des cadavres à la fosse où viennent
s'effeuiller toutes les roses de la vie. Il m'a fallu, moi,
pauvre âme détachée de toutes les âmes d'ici-bas,
pleurer et prier sur bien des tombes entr'ouvertes...
et je pleurais et je priais, mon fils ; car parmi tous ces
livres funèbres, il en est peu qui ne rappellent à ma
mémoire une triste et mélancolique souvenance. A
la première page de ces brochures, vous voyez
que ma plume a inscrit le nom de chaque défunt, avec la date de sa naissance et de sa mort :
joie et tristesse, sourire et larmes, heur et malheur !... Et quand, parfois, je me trouve dans un
de ces moments où l'âme inquiète a besoin d'a-
mertume et de rêverie ! quand il faut une pâture
à cette imagination que saint Augustin appelle *l'en-*
nemie du logis, alors je prends au hasard le premier venu de ces livres, et sur cette première page,
sans jamais la retourner, mon cœur lit bien des
volumes tracés par le souvenir, bien des drames
lugubres avec leurs nœuds, leurs péripéties et leurs
dénouements qui sont tous la mort ; car, mon fils,
il n'est ici-bas qu'une seule vérité vraiment vraie,

13

c'est qu'il faut retourner à Dieu, comme le dit le divin Maître dans le livre admirable de son *Imitation*. »

Et, sur un de ces petits livres, je lus l'histoire touchante d'une jeune fille qui avait adoré un gentilhomme de la maison du roi Louis XVI. Le jour même fixé pour son mariage, elle était morte... morte dans les bras de sa mère et de son fiancé... Ce fiancé se nommait *Maurice*, comte de S... Il adorait cette femme, et en la perdant il voyait s'écrouler tout son avenir de gloire, d'amour et de fortune.

Cette histoire était écrite à la main sur quelques feuilles ajoutées au livre des morts...

Je quittai le bon curé, et je crus voir que les larmes qui brillaient dans mes yeux brillaient aussi dans les siens.

Six mois après, je reçus une lettre de part encadrée de noir, qui m'annonçait la mort de M. MAURICE, comte de S..., chevalier de Saint-Louis, ex-gentilhomme de la maison de S. M. Louis XVI, mort à l'âge de quatre-vingt-six ans, *curé du village de B...,* près de Tréport.

Dieu venait de lui dire de la rejoindre...

Ce saint prêtre, je le connaissais depuis vingt ans ; ses bons paroissiens l'aimaient depuis un demi-siècle, et nul n'eût pu lui donner un autre nom que celui qu'il avait choisi lui-même, en renonçant volontairement aux brillants titres qu'il tenait de ses aïeux : pour tous, comme pour moi, il avait toujours été

MONSIEUR LE CURÉ, et sa personnification s'était humblement résumée dans cette banale appellation qui recouvrait comme d'un linceul son passé, son présent et son avenir.

Vous qui méprisez les grandeurs du sacerdoce et qui niez l'héroïsme dans l'humilité et dans l'abnégation chrétiennes, philosophes, venez donc contempler un pareil spectacle, et dites-nous si le passage du prêtre ici-bas n'a pas quelque chose de magnifique et de sublime qui imprime aux fonctions sacerdotales un caractère admirable de force et de majesté. Comme un pasteur qui marche en tête du troupeau, le prêtre avertit, enseigne, excite, modère ou encourage, et guide toujours ; son exemple est une sorte de drapeau qui flotte en avant des peuples et sur lequel le doigt de Dieu a inscrit les commandements de sa toute-puissance. Aussi, voyez comme à toutes les époques de la civilisation, les nations elles-mêmes (ces brebis du Maître) se précipitent sur les pas de ces conducteurs de peuples ; à leur voix, les empires s'améliorent, les royaumes se fortifient, les mœurs se polissent. Les saint Augustin, les Basile, les Ambroise, les Benoît, les Dominique, les Grégoire impriment leur magnifique cachet à leur siècle, et, dans les jours du combat comme aux heures du triomphe, on les retrouve sans cesse en tête des phalanges chrétiennes, pour y crier le nom du Seigneur, dont ils sont les plus vaillants défenseurs. La vie du prêtre est un reflet

de l'éternelle existence de l'ange : faire le bien
et en inspirer l'amour à tous ; reporter à Dieu
l'hommage de toutes les adorations ; bénir les jóies
de la terre pour mieux les épurer ; bénir encore les
douleurs du corps et les douleurs de l'âme pour
mieux les sanctifier, telle est la sainte mission du
représentant de Dieu parmi nous... Et qu'est-ce donc
que cette mission, lorsqu'à l'accomplissement sacré
de ses pénibles devoirs, vient se joindre l'éternel
combat des regrets et des riantes souvenances du
passé?... Quel martyre que celui de l'homme dont
nous venons d'esquisser une des mille souffrances !
et que de ronces à écarter, pour arriver au but
rêvé pendant les quatre-vingt-six ans d'un pareil
voyage !...

Un tel héroïsme est exclusivement catholique : il
vient de Dieu ; il n'appartient qu'à ceux qui ont pris
pour sceptre le roseau moqueur de la flagellation et
pour couronne les épines du Calvaire.

Le baron se tut, et Gaston le regarda avec
stupéfaction, ne comprenant pas que des idées
aussi complétement orthodoxes entrassent dans
les croyances d'un homme qu'il regardait comme
un athée ; aussi, pour sortir d'embarras, s'écria-
t-il :

— Qui sait?... c'est peut-être là qu'est la vérité !

— La vérité ! riposta le baron en haussant les
épaules... Encore un mot tout fait, une locution

toute sellée et bridée, dont chacun se sert et que
personne ne comprend... On a tant inventé de vérités,
et on a donné à ce trisyllabe tant d'acceptions élasti-
ques !... Mais, naïf enfant, une vérité n'est vraie
qu'en raison du degré de longitude sous lequel elle
est proclamée... Il est humain de tuer les enfants
contrefaits, ou de les jeter dans le Tibre : vérité
spartiate ou latine, enfantée par la cherté des subsis-
tances, ou par l'orgueil des races, dans cette avare
république de Lacédémone ou dans cette fière monarchie romaine, que j'ai pu étudier tout à mon
aise... Les grands sont les représentants de Dieu ici-
bas : — vérité européenne qui ne tend à rien moins
qu'à représenter l'Être suprême comme un bourreau,
un incestueux et un voleur ; vérité née de la faiblesse de tous et de l'audace de quelques-uns... Les
nègres sont faits pour être esclaves :... vérité colo-
niale née du besoin de sucrer son café, et qui, bien
qu'en pensent les lecteurs des premiers-Paris, n'est
pas tombée devant l'argumentation des philantropes,
mais tout bonnement devant la surabondance du
sucre de betterave. Nous pourrions aller ainsi jusqu'à
demain, sans épuiser l'inépuisable nomenclature des
vérités controversables. N'allez donc pas si loin pour
trouver le motif de cette grande chasse à la vérité :
ceux qui la poursuivent visent un tout autre gibier et, depuis le marchand de contremarques qui
pousse des hurlements enroués à la porte de l'Am-
bigu, jusqu'au dieu qui renifle voluptueusement

l'encens de ses adorateurs, tous n'ont qu'un but :
celui de savoir, le matin, comment ils dîneront le
soir.

— Eh quoi, s'écria Gaston, tout cela ferait de la
spéculation ?

— Jeune homme, il existe dans Paris, selon les
staticiens, vingt-huit à trente mille particuliers qui
ignorent complétement, en s'éveillant, de quelle
façon ils pourront, non pas seulement se procurer
un petit pain d'un sou, mais qui en sont à résoudre
des problèmes cent fois plus insolubles; et pourtant
ces hommes respirent, marchent, rient, boivent, man-
gent et parviennent à passer une longue vie sur la
terre : quelques-uns mènent un train fort confor-
table.

— Comment cela peut-il être ?

— Ce sont ce qu'on nomme *les existences problématiques,* et ce que j'appelle les X de l'équation sociale.

Jugez en vous-même.

CHAPITRE XXI.

L'art de vivoter. — Les existences problématiques.

— Je vous dirai donc, continua le baron, en puisant dans sa boîte inépuisable, qu'il existe dans cette immense cité quelque chose comme trente mille affamés qui, sans gîte, sans argent et sans industrie connue, trouvent pourtant le moyen de se coucher tous les soirs dans un excellent lit, après avoir parfaitement dîné, pris leur café et fumé d'assez convenables cigares. A quel Pactole ignoré, à quel Sacramento mystérieux vont-ils puiser le minerai dont ils extraient l'or nécessaire à leur inexplicable entretien?... Voilà précisément ce qui constitue la vie de ces problèmes humains; problèmes insolubles, dont l'inconnue est impossible à dégager, et que nul algébriste, si fort qu'il soit, ne parviendra jamais à expliquer... Et ne croyez pas que je m'amuse à ranger dans les *existences problématiques* ce négociant failli

qui, après avoir déposé son bilan, éclabousse ses
créanciers, sans qu'on devine d'où lui viennent ses
ressources : chacun sait qu'il n'y a que les banque-
routiers qui fassent rapidement fortune. Je ne parle
pas non plus de ces fils de famille, jeunes mineurs à
qui la générosité paternelle accorde mille écus par
an et qui en dépensent vingt mille ; je laisse de côté
ces gracieuses femmes, qui n'ont que leur beauté et
s'arrangent de façon à rouler voiture; l'usurier se
charge des premiers ; quant à ces dernières, ne cherchez pas si loin, elles possèdent un capital qu'elles
savent placer fructueusement... Non, en fait de problèmes, je veux vous en poser de plus inextricables
et qui pourtant existent et se pavanent au grand
jour.

Quel est, par exemple, cet homme au maintien
simple et modeste que vous rencontrez tous les soirs,
fumant son cigare, aux Champs-Élysées? Sa tenue est
bourgeoisement soignée, sa moustache proprement
cirée ; il est ganté, chaussé et culotté comme un honnête employé qui émargerait au grand-livre. Ses amis
le nomment *Duval* ; c'est donc un Français, et il a
sans doute un état... Rien de tout cela: il n'a jamais
figuré sur le contrôle d'aucune administration ; il
n'occupe aucun emploi, n'émarge aucun traitement
et ne jouit d'aucun revenu, salaire ni rémunération.
Et cependant, il a un petit appartement fort propre,
il dîne dans un restaurant assez choisi, fait sa partie
de dominos le soir dans un café fort avouable, et il

n'est pas rare qu'on le rencontre à l'orchestre d'un
de nos petits théâtres, quand l'affiche est appétis-
sante... Si, parfois, vous sautez d'un wagon du chemin de fer du Havre dans le débarcadère de Saint-
Cloud, Saint-Germain ou Asnières, et que vous vous
égariez sous les délicieux ombrages de ces paradis
champêtres, il n'est pas impossible que vous aperce-
viez M. Duval, en jaquette et pantalon de nankin,
donnant le bras à un canezou blanc égayé de rubans
roses. Comme il n'a que quarante ans, il se reconnaît
encore le droit de batifolage, et il en use honnêtement, abritant sa gaieté sous l'ombrelle de sa compagne, qui l'appelle *mon oncle*. S'il vient à sauter ou
à courir le long des charmilles ou sous les arbres
séculaires du parc impérial, vous entendrez distinc-
tement le son argentin de quelques pièces de cinq
francs, qui semblent chanter d'avance les mille refrains
imprimés à l'encre bleue sur la carte du restaurateur.
Après avoir dîné sous les marronniers, dansé sous les
tilleuls et conversé sous les coudriers, il reprend le
chemin de fer avec *sa nièce*, chargée de bottes de
lilas odorants et... et voilà !

— Ah ! mais... décidément, s'écria Gaston, il faut
bien qu'il ait de quoi solder tous ces petits plaisirs ;
la carte à payer se paye.

— Aussi a-t-il je vous l'ai dit, les poches assez
décemment garnies.

— D'où lui vient cet argent ?... Ah ! je comprends...
il est attaché à la police !...

— Bon ! je vous y prends; voilà le grand mot des
bourgeois et des badauds. Pour eux, toute existence
incomprise s'explique par là, et le caissier de la préfecture tient la clef de toutes les charades et énigmes
sociales ; défaites-vous, très-cher, de ces façons pro-
vinciales qui n'ont plus cours depuis 1804, et qui ne
sont pas mieux portées en 1858 que les bottes à re-
troussis ou les boucles de culottes... Il y a une police,
c'est vrai; elle est bonne, elle est nécessaire ; mais
souvenez-vous que le policier le mieux rétribué, à
l'heure qu'il est et à une époque où les gouvernements sont assez forts pour mépriser l'espionnage
occulte, touche deux francs par jour, ce qui autorise
peu les coûteuses excursions sur les bords de la
Seine... Tenez, ayez la patience de vous poster
demain matin à la porte où vous avez vu entrer
M. Duval; il est midi, le voici qui va sortir... Il sort,
ou plutôt est-ce bien lui ?... Sa démarche est raide,
sa tournure militaire ; il a donné à sa moustache une
courbe rappelant la lèvre supérieure des vieux gro-
gnards de l'Empire ; une sorte de capote, ornée de
brandebourgs, se croise sur sa poitrine ; ses bottes
bien cirées sont éculées ; son chapeau, quoique soigneusement brossé, accuse une évidente vétusté; il y
a, dans toute sa personne, un reflet d'ancienne splendeur, de grande infortune et de misère imméritée...
Il est propre, mais râpé ; fier, mais modeste... Si
nous pouvions le suivre, nous le verrions consulter son
carnet, se diriger vers quelques maisons notées sur son

agenda, monter, sonner et se faire annoncer sous un
nom en *ki* ou en *ko*. Il a bonne façon, il se dit recommandé par un général également en *ko* ou en *ki*, que
nul n'a connu ; c'est égal, on le reçoit, on lui présente un siége et on lui demande le motif de sa
visite... Il est réfugié, réfugié polonais (son baragouin
l'atteste), il occupait le grade de capitaine dans la
légion Blaguinski, il était très-protégé par la princesse Karotinska ; voici des papiers qui en font foi,
et même il fait voir, en écartant sa capote, un bout
de ruban jaune et noir, décoration qu'il obtint à la
bataille de Krakinski, et qu'il a la douleur de ne pouvoir porter ostensiblement... Bref, on l'écoute ; peut-
être est-ce un de ces escrocs comme on en voit tant ;
pourtant, il a des larmes dans la voix, il comprime
des soupirs mal étouffées ; si c'était une des mille
victimes de *l'infâme* Nicolas, du Chacal du Nord, du
moderne Attila ?... Oh ! si cette misère était vraie !...
Elle peut... elle doit l'être ; mieux vaut, dans tous les
cas, être dupe que cruel... et on lui sert la main, en
y glissant... Diable ! on ne peut pas donner dix sous
à un protégé de la princesse Karotinska et à un ex-
capitaine de la légion Blaguinski... On le force d'accepter un louis, qu'il reçoit en détournant la tête et la
rougeur au front ; il sort en portant la main à son
mouchoir et vous-même sentez une larme perler
sous vos paupières ; car cet homme, c'est le malheur
ennobli par la pudeur et la probité ; c'est un héroïque
continuateur du brave Koskiuko, qui, comme lui,

saurait tomber percé de coups, en s'écriant : —
Finis Poloniæ!

M. Duval n'est donc *problématique* que pour ceux
qui n'ont pas approfondi le problème ; son métier,
c'est d'être réfugié de n'importe quoi : réfugié polo-
lais aujourd'hui, réfugié espagnol demain ; sous Es-
partero, il est carliste ; sous Montémolin, il devien-
drait progressiste. La semaine dernière, il était
conspirateur allemand, victime du despotisme au-
trichien, ruiné et écrasé par la lourde charge de
la *Kriegsbereitschaft* (mot fortement bourré de con-
sonnes exotiques et convenablement empreint de
couleur locale) ; tout à l'heure il se disposera à
paraître en proscrit fuyant devant la tyrannie de
l'absolutisme et refusant de couper ses moustaches
ou de réformer son chapeau pointu... Il est, on le
voit, réfugié en gros et ne faisant le détail que par
occasion.

Quel est cet autre qui trouve moyen de se faufiler
dans votre escalier, dans votre antichambre, et glisse
comme un sylphe sur le tapis de votre cabinet, sans
que vous sachiez par quelle fente il a passé ?... Le
voici devant vous, l'air humble, timide et humilié :
c'est un homme de lettres, à qui il n'a manqué que
du bonheur pour devenir célèbre ; il termine en ce
moment un immense travail sur les poëtes scandinaves comparés aux bardes calédoniens et aux trouvères de la langue d'oil. Voilà son manuscrit, veuillez
y jeter un coup d'œil. Cinq cents pages, c'est moins

que rien!... Vite vous fouillez dans votre poche, car vous n'avez pas le temps de l'écouter; vous lui jetez cinq francs... alors, il exhibe une longue liste crasseuse où figurent les signatures les plus honorables : Lamartine, Musset, Viennet, Saint-Marc, Girardin, Sainte-Beuve, etc., etc., toute l'Académie française; vous êtes supplié d'ajouter votre nom *illustre* (c'est son mot), à cette brillante pléiade. Les *poëtes scandinaves* pendent sur votre tête comme une épée de Damoclès; il faut vous débarrasser, vous prenez la plume, vous signez; mais à côté de chacun de ces noms et à la colonne de la souscription, vous voyez que tous ont contribué pour dix francs... — J'ai quatre enfants bien malheureux! murmure l'historien des bardes et des trouvères; vous ajoutez cinq autres francs, et il part en glissant sur le tapis, sans que vous ayez le temps de voir par où il s'est échappé... Supposons que *cet homme de lettres* réussisse seulement deux fois par jour dans ses démarches (ce qui est facile) voilà une existence problématique qui se fait très-honnêtement six à sept mille francs de rente, sans capital et sans immeubles, sans patente et sans contributions directes ou indirectes.

Cette dame, tout de noir habillée, c'est la marquise de..... quelques étoiles : elle est dame de charité; elle quête pour les pauvres de Chandernagor ou pour les victimes du tremblement de terre de Guatémala.

Cette autre rachète des petits Chinois pour les faire baptiser : Cinq francs pour sauver des millions d'âmes!... c'est pour rien.

Voici un inconnu qui vous arrête sur le boulevard; il vous saute au cou, vous brise le métacarpe dans une chaleureuse poignée de main... — Tu ne me remets pas?... Comment!... dix ou vingt années d'absence peuvent-elles effacer du cœur les traits d'un intime ami de collége?... Je suis un tel. Te rappelles-tu notre professeur de rhétorique à Bourbon, notre chef d'institution rue de Clichy, notre maître d'études, notre pion?... Ah! les bons tours que nous lui avons joués!... Un jour, tu te souviens?... car tu étais le plus farceur et aussi le plus aimé de toute la pension... Et, alors, une longue histoire d'escapades de collége, qui s'applique à tout passé universitaire; vous avez comme une sorte de réminiscence de tout ce joyeux printemps de l'adolescence, et vous souriez, tout en vous demandant quel peut être cet ami intime dont le nom ne s'applique à aucune de vos remembrances... Enfin, six heures sonnent, vous êtes vis-à-vis le *Café de Paris*, vous saluez votre ex-camarade, en disant : — Charmé de la rencontre : au revoir; je vais dîner... — Volontiers! répond l'inconnu; et, quelque abasourdi que vous soyez du quiproquo, vous n'osez, pour une fois, risquer une impertinence envers un homme qui peut bien avoir été votre *copin*, votre camarade. Cette *une fois* se renouvelle tous les jours avec d'autres, et voilà comment avec un peu d'aplomb et une redingote propre et des gants demi frais, on peut chaque soir se passer la douzaine d'huîtres et la poularde truffée, arrosée de clos-vougeot et humectée de fleur de Sillery. Comme cet homme est gai convive, parlant sec, buvant à l'avenant et qu'il possède un exhilarant répertoire d'anecdotes et de chroniques du jour, il n'est pas rare que *l'ancienne* amitié en produise une nouvelle : on se revoit, on se retrouve, on redîne, et l'on ne se sépare que le jour où, entre la poire et le fromage, il vous emprunte cinq ou six louis, sous prétexte qu'il a oublié son porte-monnaie à la campagne.

Cet autre jeune homme que vous rencontrez en habit noir, cravate de batiste, chapeau crêpé et gants de deuil, se rend à l'enterrement d'un riche défunt. Suivez-le à l'église, vous le verrez pleurer; poussez jusqu'au Père-Lachaise, vous l'entendrez sangloter...

— Il a perdu un parent aimé?... demanda Gaston.

— Je ne crois pas, car, en revenant des funérailles, le voici qui change de toilette : habit bleu à boutons guillochés, pantalon gris-perle, cravate de fantaisie et gants jaunes; il va dîner en ville; il charmera ses voisins de table par sa gaieté, et le soir, comme l'on dansera, il ne manquera ni un quadrille, ni une valse, ni une rédowa.

— C'est donc un nouveau Protée?

— Vous avez deviné; et il trouve son profit à

l'être. Il est de tous les enterrements et de toutes les
noces : il se fait cinq francs chaque matin en reven-
dant le crêpe, les gants noirs et le livre des morts qui
sont distribués à tout homme qui se rend à la maison mortuaire, il dîne le soir dans tout hôtel dont la
maîtresse du lieu a besoin de jeunes et d'infatigables
danseurs. Il suffit d'une maison qui lui ouvre toutes
les autres.

— Ah!... s'écria Gaston, voilà qui est de pure invention ?

— Rien n'est à inventer à Paris, mon jeune ami;
tout y existe, et je vous étonnerais grandement si je
vous initiais à tous les étranges mystères qui sont la
vie cachée — mais réelle — de la grande cité... Paris
est comme les princes, que le vulgaire ne voit jamais
qu'en. représentation et en costume officiel; mais,
pour les courtisans qui vivent dans l'intimité des
rois, il y a autre chose que le sceptre et la couronne:
Louis XIV en robe de chambre et Charlemagne ayant
ôté son haut-de-chausse, deviennent quelque chose
de très-différent du vainqueur de la Hollande ou du
rédacteur des Capitulaires; les grandes capitales sont
comme les grands de la terre : elles ont leurs passions, leurs faiblesses, leurs ridicules et leurs besoins ;

> Et la garde qui veille aux barrières du Louvre
> N'en défend pas les rois.

Il faut, pour bien connaître Paris, le prendre en déshabillé, au saut du lit, et s'appliquer surtout à soulever les pans du manteau de pourpre dont il recouvre ses haillons... Vous mettez en doute ce que je viens de vous raconter touchant les industries problématiques; que diriez-vous donc si je vous affirmais que les choses les plus saintes, les plus sacrées, celles qui sont la base des intérêts du cœur, celles qui se rattachent à tout ce que la vie sociale a de plus sérieux, sont aussi une des branches les plus productives de l'arbre de la spéculation commerciale?.. Vous paraissez étonné, mon jeune ami?... Mon Dieu, levez la vue vers ces millions d'affiches qui garnissent et placardent les murailles de la moderne Babylone; qu'y voyez-vous?... Entre l'annonce de l'*Eau indienne* qui teint les cheveux à la minute et l'éloge du fameux onguent qui ne guérit pas les cors aux pieds, vous lisez :

« Les personnes *des deux sexes* qui désirent se marier peuvent en toute confiance s'adresser à Mme de X..., qui s'occupe avec succès de ces sortes d'*affaires*, ayant à sa disposition un riche et nombreux RÉPERTOIRE, tant en France qu'à l'étranger... (*Affranchir.*) »

Et, chose qui va vous étonner davantage, c'est que des centaines de mariages se négocient par cette voie et que la plupart sont fort heureux; et cela se comprend facilement, du moment qu'il est admis que

l'hymen est une affaire, et qu'un placement de cœur
est une opération comme un placement de fonds.
Voulez-vous du 3?... voulez-vous du 5? du Nord ou
de l'Ouest ? du Londres ou du Hambourg ? Désirez-
vous une blonde, une brune, une grande, une petite? de la crinoline ou du réel? du gras ou du maigre?... Approchez! Voici le *répertoire* par lettres al-
phabétiques; nous avons un choix des plus variés...
Nous ne prélevons qu'un simple droit de commis-
sion pour les préliminaires : un louis de provision;
plus cinq pour cent, — taux légal, — en cas de
réussite.

— C'est raisonnable! direz-vous: on n'écorche pas
trop la clientèle.

— C'est vrai !... Mais pour peu que l'agence fasse,
par an, une dizaine de mariages à cent mille francs
de dot, — ce qui lui est facile — cela forme un droit
de cinq pour cent sur le capital d'un million: soit
cinquante mille livres de rente.

C'est gentil.

Voilà, cher ami, des existences fortement problématiques; ce sont là les douteux chardons qui croissent et vivotent sur les pentes abruptes de la vie :
Dieu, qui est bon pour tous, les a semés sur les sommets inaccessibles, sachant bien qu'il se trouverait
des *ânes* assez savants pour trouver le moyen de les
brouter. Rien ne fut créé en vain : les abeilles ont les
fleurs, les oiseaux ont l'azur ; si la dorade poursuit le
moucheron sur les lames argentés du lac, l'âne, à son

tour, va conquérir le chardon sur les cimes escarpées du rocher social.

Dites, après cela, que l'*Ane* est un animal inutile !

Mais, toutes ces petites industries sont le menu fretin de cette grande pêche qu'on nomme la vie... c'est la pêche à la ligne ! — Voyons la pêche au filet.

CHAPITRE XXII.

Artistes en plein vent.

Le baron allait continuer, lorsqu'un homme passa près d'eux, portant sur la tête quelque chose que Gaston ne distingua pas tout d'abord, empêché qu'il était par l'obscurité que n'avaient pas encore dissipée les premières érubescences de l'aurore.

L'homme, en marchant, soit hasard, soit maladresse, heurta l'épaule du baron, et la planche qui se balançait sur sa tête, tomba par terre avec un grand fracas. Des débris de plâtre roulèrent dans le ruisseau, et le pavé fut, en un instant, jonché de tous ces éclats blanchâtres qui, à travers la brume du matin, semblaient des flocons de neige tombés dans le ruisseau.

L'homme, sans se fâcher, se mit à contempler ce grand désastre, essuya une larme et se contenta de murmurer : — Et moi qui comptais sur la vente de cette coulée pour donner du pain à mes pauvres enfants et à leur malheureuse mère !

Le baron, en souriant, lui demanda à combien il estimait tout ce qu'il venait de briser involontairement.

— Hélas! monsieur, fit l'inconnu en portant un simulacre de mouchoir à ses yeux... Hélas! c'était toute ma fortune ! Il y avait là quatre Pradier, trois Duret et deux Phidias, sans compter une douzaine de vases d'après l'antique.

— A combien tout cela? répéta le baron.

— Le sais-je, monsieur? je comptais toujours bien en retirer un louis... peut-être plus.

— En voici deux, fit le baron en tirant deux pièces d'or de son gilet.

— Quand je dis un louis, s'empressa de répondre l'homme, je ne compte pas le temps que je mettrai à remplacer tous ces objets qui m'étaient commandés, et que peut-être on refusera, si je tarde à les livrer.

— Mon cher, riposta le baron, vos clients doivent être habitués à ce genre de retard, car voici la seconde fois — si ce n'est la troisième — que je brise vos commandes.

L'homme, sans attendre d'autres explications, ramassa la planche veuve de son fardeau, et disparut dans les nombreuses sinuosités de la rue.

— Qu'est-ce que cela? exclama Gaston, qui ne comprenait pas.

— Ça! répondit le baron, c'est un des nouveaux problèmes commerciaux dont je vous parlais précisément à l'instant : j'allais vous montrer la pêche au filet, et c'est encore un pêcheur à la ligne qui nous arrête. Celui-ci est un marchand de figurines de plâtre qui, ne trouvant pas assez de débouchés pour son industrie, s'est imaginé de forcer la consommation de ses produits, en les faisant briser par ceux dont la bonne mine lui permet une ample indemnité.

— Est-il possible ?

— Vous venez de le voir : tout est possible à Paris... Mais gardez-vous de juger tous les marchands de figurines sur ce modèle : cette classe compte, au contraire, une notable quantité de braves gens ; les statistiques de la police attestent que rarement les tribunaux ont maille à partir avec ces artistes en plein vent ; c'est un peu pour eux qu'a été fait le proverbe : — *Pauvre, mais honnête.*

Le marchand de figurines, vous l'avez certainement remarqué, mon cher ami ; peut-être ne l'avez-vous pas étudié dans ses nombreux rapports avec la civilisation, et pourtant vous le trouverez sans cesse sur votre passage : à l'angle des rues, sur l'asphalte des trottoirs, sur le bitume des ponts, sur le macadam du boulevard ; dans la ville, dans les faubourgs, sous le porche des églises, sous le péristyle des théâtres, qu'il fasse jour ou qu'il fasse nuit, chaud ou froid, pluie ou soleil : son Louvre, à lui, c'est une planche qu'il porte en équilibre sur sa tête ; là sont rangés tous les grands hommes de son musée ; c'est sa galerie des antiques et des modernes ; c'est son Parthénon : que dis-je ? c'est son monde et c'est lui qui en est l'Atlas !...

Et que d'esprit d'observation, que de connaissance du cœur humain ne lui faut-il pas à cet homme, dont toute la fortune est basée sur les caprices de la mode, sur l'inconstance de l'enthousiasme et sur la variabilité des engouements publics !... N'a-t-il pas contre lui les revirements politiques, les passions religieuses, les vicissitudes philosophiques, les combats d'écoles, et tout ce qui constitue la fragilité des grandes vogues d'ici-bas ?... Si le canon de 1830 lui brisa tous ses bustes de Charles X, est-ce que les balles de 1848 ne firent point voler en éclats tous les Louis-Philippe qui se dressaient, en statuettes, sur sa modeste planche de sapin ?... Le jour où le peuple de France eut le bon sens d'en revenir aux belles et sublimes croyances de ses pères, est-ce que le pauvre mouleur ne fut pas obligé de jeter au baquet ses Voltaire et ses Rousseau pour en confectionner des Fénélon et des Jeanne-d'Arc ?... Ah ! en vérité, je vous le dis : estimez tant que voudrez vos savants conservateurs de musée ; faites la part de leur talent et de leur science ; vantez-les, je le veux bien ; mais tous ces chefs - d'œuvre qu'ils offrent à l'admiration des peuples, ces peintures de Raphaël, ces marbres de Phidias, ces bronzes, ces émaux, ces ivoires, et tous ces magnifiques monuments qui sont comme un arc de triomphe jeté entre le passé et l'avenir, qu'en font-ils?... *Il les conservent*; ils en sont conservateurs, le mot l'emporte! Les révolutions n'y peuvent rien; le flot de l'émeute s'arrête au seuil du temple dont ils sont les grands prêtres; car les peuples respectent ce qu'ils admirent, et, que ce soit la Ligue ou le roi qui triomphe, rarement un mousquet ou une hallebarde s'attaquera à une Vénus de Milo ou à une toile de Paul Véronèse.

Loin de jouir de cette éternelle sécurité, mon pauvre *artiste* en plâtre s'estimerait le plus heureux des mortels, s'il pouvait se dire *qu'il conserve*, et c'est précisément là sa grande pierre d'achoppement : Paul et Virginie, Bolivar, le général Foy, la Fayette et son cheval blanc, Cavaignac et Ledru-Rollin, les épagneuls à tête mobile et les perroquets rouges ont tous eu le même sort; tous ont figuré sur la planche ambulante et tous ont fini par retourner au baquet natal, où vont se noyer périodiquement toutes les espérances du malheureux mouleur de célébrités... *Conserver* est un bienheureux vocable qui n'existe point dans l'idiome du marchand de figurines. Si encore il avait des compensations!... Mais où sontelles?... Je me trompe : il en a une, une seule; mais elle est grande, elle est belle, et, — ce qui vaut mieux pour lui, — elle est sûre, car elle s'appuie sur l'amour et l'admiration. Cette compensation, — toute commerciale à ses yeux, — réside dans la figure his-

torique de celui qui grava les impérissables souvenirs
de sa gloire dans la chaumière du laboureur comme
dans le palais des rois ; pour le mouleur, *Napoléon*
coiffé de son petit chapeau, les bras croisés sur sa
redingote grise, est un fonds de magasin d'un écoul-
lement rapide ; c'est un objet de consommation quo-
tidienne, une *denrée* de première nécessité, comme
le pain ; et, quand il veut désigner un produit d'une
vente sûre, il a coutume de dire dans son langage
pittoresque : — Ça, c'est du Napoléon !... comme
d'autres disent : — C'est de l'or en barre!... En effet,
le petit caporal est une mine inépuisable, dont notre
marchand sait tirer le meilleur parti ; et remarquez
que cet homme est un véritable baromètre vivant
qui passe à travers la civilisation, pour constater les
variations de l'atmosphère publique. L'examen de
ces musées en plein vent peut donner, à coup sûr,
la connaissance de l'opinion et des croyances d'une
nation ; on peut, sans crainte de se tromper, y étudier les mille variations de la popularité et y lire l'histoire des peuples : ainsi, sous le premier empire, la
planchette du mouleur était invariablement chargée
de tous les maréchaux et généraux de nos armées
triomphantes : c'était la préface de l'histoire des
Victoires et Conquêtes, que M. de Norvins a certes
bien volée à mon brave colporteur d'images ; voilà
pour la politique. Quand l'esprit d'incrédulité souffla
sur la France, on vit apparaître, près des bustes de
Voltaire et Rousseau, déjà nommés, ceux de Volnay

et Mirabeau ; voilà pour la philosophie. Les figures gothiques furent remises en vogue, par le mouvement qui entraîna vers l'étude du moyen âge ; plus tard, les bustes de Goethe, de Schiller, de Byron, de Shakspeare constatèrent la révolution littéraire, et, de nos jours, les pastiches Pompadour démontrent notre propension à rétrograder vers Louis XV, si on n'y prend garde. Un écrivain a dit : — Les anciens élevaient des statues d'airain *que la guerre et les révolutions renversaient bien vite* ; plus sages, du moins en cela, nous nous contentons de mouler sur le plâtre nos admirations et nos caprices du moment, comme si nous voulions symboliser, par la fragilité de la matière, la fragilité de ce qu'elle représente... C'est donc quelque chose qu'un pauvre homme qui lève au-dessus de la foule cette planche incorruptible, du haut de laquelle descendent tant d'enseignements irréfutables.

Mais le marchand de figurines a une autre mission à remplir, et cette mission se rapporte précisément à ce que nous disions au commencement de cette étude monographique : il popularise l'art, il le met à la portée du vulgaire, il familiarise les masses avec la représentation des chefs-d'œuvre, et quelque imparfaites que soient ces représentations, elles n'en sont pas moins comme un miroir qui reflète le progrès aux yeux de la multitude ; au reste, il est évident que le moulage en plein vent a fait un pas immense depuis quelques années ; le métier est presque un art, et c'est beaucoup pour le petit rentier et même pour l'ouvrier, de pouvoir se faire, à bon marché, une sorte de musée domestique, où, avec un peu de bonne volonté, on finit par trouver une lointaine ressemblance entre l'original et la copie : Pradier, Jouffroy, David, Lechêne, Debay père et fils, Cavelier, Marochetti, Gayrard, Duret et tous les grands maîtres de notre époque, n'ont jamais songé à se plaindre de la popularité d'une semblable reproduction : on aime ses enfants, même après leur petite vérole, disait la marquise de Créquy ; et M. Scribe nous a affirmé à nous-même qu'il prenait toujours grand plaisir à entendre défigurer ses spirituelles comédies par les troupes de province, voire de Carpentras, au pied du mont Ventoux... Et cela se comprend : être reproduit, bien ou mal, c'est revivre ; et c'est précisément en cela que la planche du marchand de figurines est un véritable théâtre, une vraie scène, — de Pézénas, si vous voulez, — où l'artiste n'est jamais fâché de se voir représenter. Aussi le moulage à bon marché est-il l'expression la plus éloquente du succès ; il est au statuaire ce que l'orgue de Barbarie est au compositeur ; il popularise le sculpteur, comme l'autre fait du musicien, et demandez à Rossini, à Auber, à Halévy et Meyerbeer, s'ils ont eu jamais l'idée de s'inscrire *en faux* contre les notes, souvent douteuses, de ces orchestres en plein vent.

Le marchand de figurines est donc une sorte d'artiste, qui se tient au courant de tous les succès et qui

nous initie aux sublimes mystères du progrès humain :
si nos grands statuaires sont les prêtres de l'art, lui,
n'est-il pas le cicerone qui explique à la foule tous
les chefs-d'œuvre renfermés dans le temple ?...

Ne le méprisons pas, messieurs !... Laissez-lui suivre
sa route, à cet homme qui s'est fait le héraut de toutes
vos gloires ; qu'il garde sa place au soleil et sa part au
grand banquet de vos triomphes ! Prenez le festin,
mais ne lui disputez pas les miettes et n'oubliez jamais que si vous êtes le rayon, il est le reflet ; que si
vous êtes la voix, il en est l'écho.

Gaston avait écouté le baron, sans l'interrompre ;
il comprenait que dans les choses en apparence les
plus fertiles, il y a toujours une observation philosophique à glaner et il se réjouissait de se voir initier si commodément aux mille secrets de la vie parisienne.

En ce moment, il vit un autre homme qui s'occupait à tendre des cordes et des ficelles à l'angle de
la rue.

— Quel est celui-ci ?... demanda-t-il. Est-ce encore par hasard un nouvel industriel dans l'exercice
de ses mystérieuses fonctions ?

— Précisément ! répondit son guide ; cet homme
est un négociant, et bien plus, c'est un artiste.

— Un artiste !

— Oui ! et vous le connaissez depuis longtemps.

— Moi !

— Jugez-en, et puisque l'homme qui nous quitte m'a donné l'occasion de quelques utiles réflexions, je vais vous peindre, en quelques mots, celui qui arrive là...

Gaston se disposa à écouter, tandis que son compagnon, après s'être un instant recueilli, commença en ces termes :

CHAPITRE XXIII.

Le marchand d'estampes.

—Pour peu que le tiède soleil de la paresse ait laissé descendre sur vous un de ces doux rayons que le bon Nodier appelait l'amour de la flânerie ; pour peu que vous vous soyez pris, par une joyeuse matinée de liberté, à égrener vos heures et vos minutes, sans vous rendre compte de leur emploi, à peu près comme le lazzarone égrène les *pater* et les *ave* de son chapelet, sans penser à la prière ; pour peu enfin que vous soyez artiste, vous avez dû, cent fois, vous laisser prendre à cet hameçon, composé d'une ficelle tendue à quelque coin de rue, et à laquelle pendent tant de poissons d'avril qu'on nomme *gravures*. Hélas ! l'homme qui tient cette ligne si diversement amorcée n'est pas toujours un heureux pêcheur, et il advient trop souvent que la nuit arrive sans qu'il ait pris les quelques maigres goujons qu'attendait son repas du soir.

Et pourtant, cet homme que vous voyez là, avec
sa casquette de loutre, sa redingote incolore et son
pantalon jadis immaculé ; cet homme qui, comme le
Bias des anciens jours, porte toute sa fortune sur son
dos, est aussi un de ces prêtres de l'art qui ont à
remplir une mission de propagande et de civilisation
sociale... Ainsi que le marchand de figurines, dont
nous avons esquissé l'imparfaite silhouette, le marchand d'estampes passe à travers les peuples pour
leur annoncer les messies de l'art, pour enregistrer
le progrès, constater les triomphes et asseoir les popu-
larités conquises. Sa place est partout, car elle n'est
nulle part ; celle qu'il a occupée la veille, l'occupera-
t-il demain ?... Tel est le problème insoluble de toute
sa vie : hier, il tendait des filets à l'angle d'un hôtel ;
la rue était passante, la lumière y tombait dans une
inclinaison favorable, le vent n'y bruissait que juste
ce qu'il fallait pour faire frissonner *ses articles* d'une
façon provocatrice, le *local* était bon ; il y avait écoulé
un Gérard, deux Girodet, et il avait failli placer un
David... tant le bourgeois mordait à l'appât !... Mais,
voilà que le marteau des démolisseurs s'est levé avant
l'aurore et que la muraille, l'angle, l'hôtel et même la
rue ont disparu tout à coup : alors, repliant ses gravures, roulant ses ficelles et fermant ses cartons,
il s'assied, un instant encore, sur ces ruines de
Minturnes, y pleure sa défaite et ses déceptions :
c'est Marius chassé par Sylla, Marius dont aucun
Plutarque n'écrira la vie ; mais qui, du moins,

aura la consolation de n'être pas mis en tragédie par Arnauld.

Et pourtant, disons-le, en dehors de ces migrations soudaines et trop imprévues que cette seconde moitié du dix-neuvième siècle a rendues si fréquentes, le marchand d'estampes en plein vent est soumis à moins de vicissitudes que le mouleur de statuettes : son art repose sur une base certainement plus large et évidemment moins fragile ; les chefs-d'œuvre de la peinture sont plus nombreux que ceux de la statuaire, et la reproduction en est moins coûteuse et plus facile ; elle est surtout plus féconde : pour deux sous, l'homme du peuple peut se procurer un reflet de Paul Véronèse, de Rembrandt ou de Gérard Dow, et la photographie moderne a mis l'art véritable à la portée de toutes les bourses : Vernet fait piaffer tous ses magnifiques coursiers dans la chaumière du pauvre ; Alfred de Dreux illumine la mansarde du doux rayon que lancent les yeux bleus de ses gracieuses amazones ; si les princesses appendent les pastels parlants de Giraud à leurs lambris dorés, bien de charmantes grisettes, perchées au sixième étage, les attachent avec des épingles sur leur papier à quatre sous le rouleau.

Quel artiste, quel amateur, n'a connu ce type vivant du marchand d'estampes qui, depuis vingt ans, suspendit les trésors volants de son musée aux murs qui s'étendent de l'hôtel de la Monnaie au coin de la rue du Bac ? C'est là que *le père Antoine* livre,

depuis un quart de siècle, le combat quotidien qui
consiste à s'emparer, pour vingt-quatre heures, d'une
place convenable à ses expositions ; plus matineux
que le matinal soleil, il s'est fait l'amant de l'Aurore,
dont les doigts pour lui ne sont pas toujours de
rose ; la concurrence lui tend d'incessantes embû-
ches ; il est souvent forcé de courir du nord au sud,
du Pont-Neuf au Pont-Royal : c'est un nomade moins
la tente, c'est un kabyle dont la rive gauche est l'in-
constant Sahara.

Ce père Antoine, messieurs, saluez son tabouret de
velours d'Utrecht ; inclinez-vous devant ses lunettes
bleues et son abat-jour vert, car le père Antoine n'est
pas seulement un marchand : fi donc !... Arrêtez-vous
un instant le long de ce quai et causez avec ce patient
collectionneur des choses disparues, vous ne tarderez
pas à vous apercevoir que c'est un artiste, une sorte
de bénédictin qui a passé ses plus beaux jours à la
recherche des plus poudreuses souvenances du passé
xilographique. Parlez-lui de ses trésors, et bientôt
vous l'entendrez vous initiant à tous les arcanes des
âges antérieurs à la découverte de l'imprimerie : il
connaît toutes les enluminures, toutes les vignettes,
les miniatures, les encadrements, les lettres ornées et
les culs-de-lampe du moyen-âge ; il ne les a pas toujours sous la main, tant s'en faut ! oh ! non ; mais il
sait où les trouver, quelle obscure boutique les tient
cachés à l'œil profane du vulgaire, et, dans une
heure, il est homme à vous exhumer la *Bible des*

pauvres, les images de l'Ancien Testament, la *Chiro-mancie du docteur Spartlick*, telles qu'elles ont paru en Allemagne au commencement du quinzième siècle. Il vous nommera tous les grotesques personnages qui grimacent sous le crayon de Callot, car il vit avec eux au sein de cette Bohême dont, hélas! il expérimente chaque jour les réalités et dont sa vie est un trop fidèle tableau. Voulez-vous des Johnson, des Bellangé, des Karl Girardet, des Morel Fatio, des Coster, des Albert Durer ?... Tout cela se balance et se berce à l'escarpolette bigarrée de cet Alphonse Giroux du trottoir. Voulez-vous... ce qu'il n'a pas, ce qui n'existe pas ? Que lui importe ! il répond toujours *oui*, comme ces adroits garçons de restaurant à qui vous demandez le vin d'un clos imaginaire et qui vous répondent invariablement : Voilà !... Il vous trouverait le portrait du Père éternel peint par lui-même et la lithographie de Cléopâtre exécutée par Octave... C'est ainsi que les révolutions politiques ont exercé sur lui une moindre influence que sur le mouleur son confrère ; quand les opinions changent, il lui suffit parfois de changer la lettre de ses estampes pour rajeunir ses sujets et leur imprimer un cachet d'actualité : le Siége de Sarragosse s'intitule le Siége de Sébastopol ; la Bataille des Pyramides a pris successivement, sous son grattoir, les noms de Bataille d'Isly, de Passage des portes de fer, d'Inkermann et d'Alma : du moment qu'il y a des burnous et des yatagans, cela s'applique indifféremment aux Turcs ou aux

Arabes, et bien des acheteurs n'en demandent pas plus. Il possède des recettes infaillibles pour confectionner des empereurs et des impératrices, ressemblance garantie : Winterhalter a beau faire, son pinceau a tort et le badigeon de mon homme triomphe !

Aussi, quelle intéressante et curieuse revue rétrospective ne peut-on pas faire devant son étalage multicolore? Quelle magnifique réunion de nez, de bouches et d'oreilles, que nous avons tous dessinés jadis au fusain ou à la sanguine!... Que de groupes, que d'académies, que de têtes dont nous maudîmes à quinze ans les illustres auteurs! Là, je trouve l'éternel *Bélisaire*, l'inévitable cuisse de *Romulus*, et le terrible casque de *Fingal;* ici, c'est *Niobé* avec sa grimace maternellement stéréotypée ; *Páris* avec sa bouche en cœur et *Ugolin* avec son cœur en bouche... O Gérard, ô David, ô vous tous qui fûtes les Lhomond de cette grammaire de nos premiers crayons noirs, salut, trois fois salut, et mille fois adieu!... Du reste, notre étalagiste ne partage pas cette opinion; il professe et arbore des tendances éminemment classiques et il gémit fréquemment sur la nécessité que lui impose la mode de sacrifier aux fausses divinités du romantisme moderne. Néanmoins, il estime Gavarni, ne méprise pas Tony Johannot et trouve du bon chez Marillat ; il admet les ébauches de Théophile Gautier et les pochades de Cham, en faveur de leur esprit ; s'il supporte Delacroix, sans cesser d'encenser *Môssieu*

ingres, en revanche, sa vertu se refuse à donner les
honneurs de l'exposition aux trop palpables vérités
de Courbet... qu'il ne vend qu'en secret ; car il a
coutume de dire que le réalisme est la charge de la
réalité.

Mais hélas ! toute médaille, — quelque romaine
qu'elle soit, — a son revers ; cet artiste est bien forcé
de descendre jusqu'au dernier bâton de cette horrible et prosaïque échelle qu'on nomme *commerce* ;
la pratique a ses exigences et la vente ses nécessités :
de là, ce cataclysme de choses coloriées, ce déluge de
bonhommes à deux sous la douzaine, ce déborde-
ment de petits portraits de grands hommes et de
grands portraits de petits hommes ; de là, cette invasion des affreux chefs-d'œuvre d'Épinal et de
Tours, qui se sont attribué l'épouvantable monopole
des illustrations gravées sur on ne sait quel bois barbare... C'est là l'éternel vautour qui ronge le foie de
Prométhée... je veux dire du père Antoine ! Lui, dont
le rêve serait de se baigner dans un fleuve d'*aqua-
tinta* et d'*eaux fortes* ; lui, artiste ! lui, éclectique ! lui,
qui porte un béret allemand et des cheveux méro-
vingiens, comme un étudiant de Goëthe ou de Kot-
zebue !!! Le voici réduit à débiter aux voltigeurs de
la ligne et aux bonnes d'enfants de la capitale le portrait de *Malbrouck* et la complainte illustrée de
M. Fualdès ou du *Juif errant !* Humiliation ! Toute
rose a donc son épine ; tout laurier peut être roussi
par la foudre... Il faut l'entendre déplorer l'*incurie*

du Corps législatif, — le mot est de lui, — qui n'a pas *créé une loi* pour ordonner la gravure de certains chefs-d'œuvre qui n'existent qu'en peinture : tant qu'il aura un souffle sur les lèvres, il réclamera la reproduction du *Thermidor* de Müller et de la *Smala* de Vernet... Le bon Fontaine poursuivait les passants en leur criant invariablement : — Avez-vous lu Baruch ?... Müller et Vernet sont les Baruchs du père Antoine, avec cette différence que leur talent n'est de l'hébreu pour aucun de leurs admirateurs.

Maintenant, vous me demandez d'où vient, d'où sort le père Antoine, marchand d'estampes en plein vent?... Il sort et vient de partout et d'autres lieux ; son passé remonte loin, sa vie fournirait dix-huit in-8° aux Alexandre Dumas les moins prolixes. Neveu du cousin du concierge de David, — de *môssieu David,* comme il le dénomme toujours, — il entra dans son atelier en qualité de balayeur : là, il assista à la création des *Horaces,* de l'*Enlèvement des Sabines* et du *Léonidas* ; plus tard, il fut admis à préparer la palette de Gros, — de *môssieur le baron,* comme il l'appelle encore, — et il raconte avec orgueil qu'il eut l'honneur de broyer l'ocre jaune et la terre de Sienne qui dominent dans les *Pestiférés de Jaffa...* Il serait infailliblement passé rapin, si la persécution et la mort n'étaient venues successivement briser ses hautes destinées. David mourut en exil, Gros mourut dans les flots de la Seine, et voilà pourquoi le père An-

15

toine, privé de son dernier protecteur, affectionne
les bords de ce fleuve dont il ne troquerait pas les
parapets contre la devanture de tous les Goupils de
la rive droite. Sa prédilection pour l'école de David
est poussée jusqu'au fanatisme ; aussi, il adore *M. Ba-*
zin qui, non content d'une gloire légitimement acquise avec son pinceau, vient de consacrer son habile
burin à la gravure des œuvres de Gérard : encore *un*
baron, si j'en crois le père Antoine.

Voilà son passé ; vous connaissez son présent :
quant à son avenir... il a coutume de répéter que
les *artiste* meurent toujours où sont morts Gil-
bert, Camoëns et André del Sarte... et c'est peut-
être par modestie que parle ainsi le père Antoine,
marchand d'estampes à Paris, département de la
Seine.

— En vérité ! dit Gaston, vous avez une façon de
montrer les choses qui m'intéresse vivement, et je
ne soupçonnais pas tant d'enseignements dans les banales réalités du trottoir.

— Il y en a bien d'autres, mon jeune ami ; et, si
vous le voulez, je vais vous dévoiler mille autres industries, que vous ne sauriez jamais découvrir tout
seul.

— Ah ! il y a, non pas une industrie, mais un véritable commerce en grand qui, aujourd'hui, prend
des proportions telles, que, si on n'y met bon ordre,
il finira par envahir toute la société moderne, au profit de l'antiquité.

— Vous voulez parler de la manie des vieilles choses et des vieux meubles... précisément j'allais vous en dire un mot.

— Parlez, fit Gaston ; je vous écoute de toutes mes oreilles.

Le baron prit une pincée de tabac, et dit :

CHAPITRE XXIV.

Le marchand de bric-à-brac.

Si je consulte les enseignements de l'histoire du moyen âge, j'y trouve que les ruines de l'antique palais des Thermes eurent successivement pour possesseurs, pendant les treizième et quatorzième siècles, les sires Jehan de Courtenay, Simon de Poissy, Raoul de Meulan, l'archevêque de Reims et l'évêque de Bayeux : ce fut vers l'an de grâce 1350 que l'abbé de Cluny, — Pierre de Chalus, — fit l'acquisition de cette noble enceinte, pour y installer son ordre... Après une longue suite de différents maîtres, l'abbaye de Cluny subit, — comme toute la France d'alors, — une immense humiliation : 93 la déclara *propriété nationale*, et elle vit transformer tour à tour sa magnifique chapelle en amphithéâtre d'anatomie, en magasin de chardons... je veux dire de librairie, et en boutique moderne, jusqu'au jour où un homme de cœur et de savoir... — un âne des plus savants celui-là !... — vint lui rendre un admirable reflet de sa primitive splendeur : ce fut M. *Du Sommerard* qui eut cet éclatant honneur, et grâce à lui, une riche collection de meubles, de bijoux, d'ustensiles, d'armures et d'objets d'art du moyen âge vint faire de cet hôtel déshérité le futur musée de nos antiquités nationales.

Telle est l'origine du *musée de Cluny.*

Mais qui de vous tous, ô lecteurs, me dira l'origine de ces mille autres musées qui se dressent à tous les coins de rue et qui semblent vouloir donner à certains quartiers du Paris moderne le vénérable aspect de l'antique Lutèce ?... D'où sortent, je vous prie, ces innombrables Du Sommerard qui passent leur vie à ressusciter le passé, et dont la voix étrange vient, chaque matin, crier aux vieux morts : — Lazare, levez-vous !... — Ceux-là du moins ne ressemblent en rien aux *artistes*, dont nous essayerons de vous crayonner le portrait : leur costume, leurs mœurs, leur langage et surtout leur mission sont complétement différents ; loin de marcher à grands pas dans l'éternelle voie que creuse incessamment le progrès humain, ils ne sont jamais plus fiers et plus heureux que lorsqu'ils ont rétrogradé vers la primitive enfance de ce vigoureux vieillard qu'on nomme l'Art ; loin de glorifier la reproduction des chefs-d'œuvre du présent, ils conspirent sourdement contre toute innovation ; le moderne les irrite, le contemporain les exaspère ; ils méprisent le nouveau, ils conspuent le neuf, et, à leurs yeux,

Rien n'est neuf que le vieux ; le vieux seul est nouveau !

Plus heureux que la plupart de ses confrères, *le marchand de bric-à-brac*, — car vous l'avez reconnu, — n'a point à voler, à chaque lever du soleil, à la conquête d'un domicile problématique : il n'est point nomade ; il possède un abri fixe ; il est locataire, contribuable, patenté ; il vote, il est du jury et il serait garde national, si le capitaine de sa compagnie n'eût reconnu l'incompatibilité de sa barbe antique et de sa chevelure mérovingienne avec la tunique et le képi de la milice moderne ; car le marchand de bric-à-brac, à force de vivre au milieu des héros d'un autre âge, en a pris instinctivement les formes et le costume : il porte un surcot et un haut-de-chausses ; sa redingote s'appelle *pourpoint* et ses bottes *poulaines* ; il ne refuserait pas son billet de garde si le caporal voulait l'admettre à la parade avec un mousquet et une hallebarde, avec un haubert et la cotte de mailles, pour faire *la veillée des armes*... C'est le Chilpéric de sa légion !...

Les mille objets qu'il entasse dans son pandémonium forment un tout impossible à décrire ; c'est un mélange, une confusion, un chaos qui échappent à toute analyse : orfévrerie, ciselures, émaux, niellures, cabochages y étalent toutes les plus bizarres excentricités de la céramique ancienne ; c'est un encombrement de poteries, de plats et coupes de Faenza, de grès de Flandre, de terres cuites de Nevers, de Rouen et d'Avignon ; de bassins, d'aiguières, de salières, de cruches, d'encriers, de *fiascone*, de clepsydres, de couvre-feux, le tout invariablement attribué à Luca della Robbia ou à Bernard de Palissy... Voulez-vous des armures damasquinées, des trousses de chasse, des ferrures de coffret, des glaces de Venise, des figurines en bronze italien, des bahuts fouillés de sculptures, des lits où dormirent les rois de la première race, des dyptiques d'ivoire, des panneaux *authentiques* signés Fra Beato, Jean de Bruges, Israël de Mecknen, Cranack ou Primatice ?... tout cela se presse dans les quelques toises carrées qui forment la galerie de notre antiquaire... Des armes ?... son échoppe est un arsenal des plus complets où l'amateur peut se procurer tout ce qu'il a rêvé : depuis la massue de Caïn jusqu'au couteau de Ravaillac ; depuis le crik du Malais jusqu'au fusil à rouet du ligueur. Le marchand de bric-à-brac n'hésite jamais devant le désir de l'acheteur : Voulez-vous le hanap de Chilpéric, les éperons de Charlemagne ou le plat à barbe de don Quichotte ?... ils sont là dans ce cabinet d'ébène incrusté de cuivre ; souhaitez-vous le bouclier d'Achille, le poignard d'Oreste ou des cheveux d'Héloïse et même d'Abeilard ? ne vous gênez pas, il tient tous ces articles, et s'ils sont épuisés, repassez demain, il aura eu tout le temps néces-

saire pour les confectionner : sa fabrique est au faubourg Saint-Antoine ; c'est là qu'on tourne le moyen
âge et qu'on rabote l'antique, sans préjudice du
renaissance. Son habileté à l'endroit des imitations
est portée, de nos jours, à un haut degré de perfec-
tion, et plus d'un véritable connaisseur s'y laisse
prendre. Aussi, qui se sent le facile courage de rire
à l'aspect de ces crédules adultes de la bourgeoisie
française qui entassent naïvement dans leurs paisibles
demeures des terres de pipe de Creil, des miroirs de
Saint-Gobain, des couteaux de Châtellerault, des
zincs de la Vieille-Montagne et des Ruolz oxydés,
sous prétexte de terres de Limoges, de glaces de
Venise, de lames de Tolède, de bronzes florentins et
de bijoux antiques?... L'art de défigurer le présent
au profit du passé est une des bases du métier. Grâce
à cette sorte de sophistication, il n'est pas jusqu'au
bois qui, malgré son innocence native, n'ait aussi
trempé dans cette conspiration générale : on le teint,
on le contourne, on le tord, on lui donne des allures
de vieillard, et de même que sous Louis XV les coif-
feurs-pompadours vieillissaient les cheveux en leur
mettant de la poudre, de même aujourd'hui on
vieillit les jeunes chênes et les joyeux ormeaux en
les passant au vernis-bitume et au brou de noix.
Aussi, pénétrez dans tous ces domiciles innombrables
qui constituent le Paris du dix-neuvième siècle, et
partout vous rencontrerez des échantillons de cette
audacieuse mais très-adroite parodie de l'art ancien.

Le carton-pierre et la galvanoplastie sont deux impudents faussaires qui ont fondé une société anonyme, dont les opérations sont d'autant plus sûres, qu'elles ont pour base la crédulité publique et l'impuissance du Code pénal. Lorsque, vers 1820, Wallet et Romagnesi inventèrent leur fameuse pâte imitative, ils ne se doutaient guère que leurs innocentes rosaces de plafond se changeraient plus tard en casques, en boucliers, en haches d'armes et même en statues *plus belles* que l'antique... Je connais un avoué, — et ceci peint d'un seul trait le caractère bourgeois de notre époque, — l'avoué, selon moi, — et j'ai le courage de mon opinion, — personnifie, après le fabricant de caoutchouc, le type le plus prosaïquement positif de la société moderne... ce desservant du temple de Thémis s'est constitué un musée, au sein duquel il prépare ce qu'il appelle la défense de la veuve et de l'orphelin. La décoration de son cabinet est empruntée à la magnifique *église des Miracles* de Venise et dont la construction fut confiée à Pietro Lombardo ; pour bureau il a le précieux lutrin sculpté du chœur de Saint-Pierre, à Pérouse ; à gauche, le Moïse de Francavilla, ayant pour piédestal l'autel en bronze de Laurenzo Ghiberti ; à droite, la statue de la Guerre par Leoni Aretino, assise sur un socle de Baldazar Peruzzi ; les candélabres sont de Riccio, les boiseries proviennent de la chapelle de Saint-Paul de Léon, les tentures sont en cuir de Cordoue, et son fauteuil est tout bonnement le siége en fer ouvré du

15.

roi Dagobert ; des panoplies émaillent les murs ;
deux chevaliers, armés de toutes pièces, veillent de
chaque côté de la porte, visière baissée, dague au
poing et hallebarde à l'épaule : tout cela nage dans un
demi-jour dont les rayons austères sont tamisés à
travers de sombres verrières de Jean Ack; c'est un
ensemble imposant qui pénètre l'âme d'un sentiment
de respect, dont les clients doivent se ressentir longtemps... même après la perte d'un procès. Eh bien,
frappez légèrement du doigt tous ces chefs-d'œuvre
de l'antiquité et de la renaissance; interrogez les
échos pâteux de ces aiguières, de ces statues, de ces
armures et de ces bahuts fouillés de sculptures, et
vous aurez le secret de toute cette poésie de la pro-
cédure de première instance. Une *requête* au président a payé ce Benvenuto, une *pose de conclusions* a
amplement compensé l'emplette de cette coupe de
Ptolémée, et une petite affaire de mur mitoyen a
suffi pour amener là ces deux statues, qui auraient
pu aussi bien être la Vénus de Milo ou l'Hercule Far-
nèse. Tels sont les bienfaits du carton-pierre; tel est
l'art mis à la portée de toutes les bourses... et de
toutes les intelligences !...

Grâce à qui ?... au marchand de bric-à-brac ; à cet
homme qui a pris à tâche d'initier son siècle à tous
les secrets perdus dans la nuit des âges; à ce nouveau
Josué qui a dit au soleil qui marchait : — « Arrête-
toi! et laisse-nous contempler les rayons que tu
voulais éteindre dans l'obscur océan du passé !... »

Mais cet homme, ce prophète rétrospectif, quel
est-il ?... Règle générale, lorsque ce n'est pas un juif,
c'est toujours un *modèle* d'atelier en retraite, et souvent c'est l'un et l'autre tout à la fois. Sa jeunesse
et son âge mûr se sont artistiquement écoulés dans
un milieu tout imprégné des parfums d'autrefois :
à force de poser pour les Jupiter et les Charles Martel,
il a fini par croire de bonne foi à sa qualité de dieu
ou de héros. N'ayant parfois, hélas ! que le manteau
d'Agamemnon pour redingote et que le maillot d'A-
chille pour culotte, il s'est pris à révérer, par reconnaissance, ce qu'il aimait par habitude ; puis, il en
vint un jour à se dire que, puisqu'il avait été tour à
tour antique, moyen âge et renaissance, il pouvait
bien faire passer dans la pratique ce qu'il avait si
longtemps rêvé dans la théorie : il prit la chose au
sérieux, se constitua un Olympe au rez-de-chaussée
d'une rue aux Ours quelconque et fit concurrence
aux divinités officielles de l'hôtel des Fermes et de la
rue Drouot... Avec les classiques, il jura *par le Styx* ;
avec les romantiques, il invoqua sa *bonne dague de
Tolède* ; il eut du *ventre-saint-gris* ! ou du *palsem-
bleu* ! selon les goûts de sa clientèle, et s'il ne poussa
pas encore jusqu'à la *paole d'honneu panachée* ! c'est
que son commerce et son érudition s'arrêtent là où
commence l'histoire *peu intéressante* de nos annales
modernes.

Somme toute, le marchand de bric-à-brac est-il
une fraction utile de la société ? Je n'hésite pas à

répondre : — sur mon honneur et conscience, devant
Dieu et devant les hommes, oui !... — S'il trompe
parfois, — et toujours sciemment, — ceux qui pé-
nètrent dans le capharnaüm de son obscur sanctuaire,
il a du moins le noble privilége d'initier ses adeptes
aux grands secrets des choses du passé ; c'est à lui
que revient l'honneur d'entretenir dans les masses
bourgeoises de la société cet amour des chefs-
d'œuvre dispersés, cette *curiosité des souvenances*,
comme dit Rabelais, et ce bon goût qui fait apprécier
et honorer la mémoire des aïeux. Il est une des roues
qui impriment l'éternel mouvement à cette immense
machine qui s'appelle l'art et qui elle-même est le
premier mobile de la civilisation. Donc, salut au marchand de bric-à-brac ! bonne chance à ses efforts...
mais aussi gare à ce Prométhée qui a trouvé le secret
de *l'art de faire de l'art !*

Gaston riait encore du portrait, lorsque le baron.
qui tenait à épuiser ses sujets, lui dit sans lui donner
le temps de respirer :

CHAPITRE XXV.

Témoins à forfait. — Bravoure à trois francs le cachet.

— Où s'arrêtera le génie de l'industrie ? continua
le baron, et quel est l'Hercule assez puissant pour oser
dire à l'esprit humain : — Tu n'iras pas plus loin !...
On a beaucoup écrit, mon cher ami ; on a longue-
ment disserté sur les mille professions étranges, dont
on ne trouve le spécimen que dans les bas-fonds de la
bohême parisienne ; j'ai moi-même utilisé mes rêveries sur l'asphalte par l'observation des mœurs po-
pulaires, et j'avoue que, pour le philosophe, il y a
le long des trottoirs une mine féconde de découvertes
et d'études des plus intéressantes à exploiter. Aux
trente et quelques mille bouches mâchant à vide,
dont je vous ai parlé, lesquelles se multiplient par
trente-deux dents parfaitement aiguisées, il faut
quelque chose de plus substantiel que l'espoir, et
c'est cet impérieux besoin de trouver une place quelconque au banquet commun, qui sert d'inspiration à

tous ces affamés *Paturots* en quête d'une position sociale.

De là, ces nouvelles industries qui existent et qui fonctionnent, industries vraies, quoiqu'elles ne soient pas vraisemblables ; jugez de celle-ci :

Depuis que les sévérités de la législation ont rendu très-difficile la complète perp;étation des duels, il s'est établi une sorte d'entreprise destinée à aplanir les obstacles en cette matière. Voici ce qui vient d'advenir à M. de... appelons-le M. de Beaufort si vous le voulez bien..., et je vous prie de ne pas croire que la chose soit inventée à plaisir... M. de Beaufort, il y a deux jours, a une discussion au théâtre à propos d'une stalle d'orchestre ; quelques gros mots, un geste offensant, bref, une provocation amènent un échange de cartes ; on n'a plus qu'à chercher ses témoins... Or, vous savez que le personnage de témoin est devenu un rôle assez désagréable. En certaines circonstances la position des combattants est préférable, puisque, pour peu que vous receviez la plus insignifiante égratignure, le parquet vous met hors de cause et ne vous appelle plus que comme témoin accessoire au procès.

M. de Beaufort chercha donc parmi ses amis : l'un partait pour le mariage de sa sœur, l'autre pour l'enterrement d'un oncle millionnaire, un troisième avait un rendez-vous d'affaires, un quatrième un rendez-vous d'amour... Les plus disponibles étaient à sa discrétion, mais à la condition expresse qu'on

prendrait le chemin de fer du Nord, et qu'on irait se
battre, le pied droit sur la frontière de France et le
pied gauche sur la terre de Belgique. Le malheureux
en était là de ses préparatifs de combat, lorsqu'il
reçut une lettre timbrée d'un cachet représentant
deux épées en croix :

« Monsieur, vous êtes prié de passer le plus tôt
possible au cabinet de M. X... rue X... nº X... pour
vous entendre sur votre différent avec M. un tel. »

M. de Beaufort ne comprenait pas trop qu'un arrangement d'honneur pût se dénouer dans un cabinet
d'agent d'affaires ; toutefois, il se rendit à l'invitation
contenue dans la missive.

En entrant dans un bureau assez propre, il s'a-
dressa à une sorte de commis qui était très-sérieusement occupé à écrire ; ce commis, après l'avoir salué,
prit la lettre, et voyant le cachet, lui dit de l'air le
plus naturel du monde : — *Section des rencontres*,
troisième porte à droite.

La troisième porte à droite donnait accès dans un
cabinet fort élégant, dont les lambris étaient ornés
de panoplies de fleurets, pistolets et autres armes of-
fensives et défensives. Un petit môssieu, tout de noir
habillé et de blanc cravaté, l'accueillit avec les marques de la plus exquise politesse. M. de Beaufort
s'apprêtait à lui demander l'explication de la lettre
qu'il avait reçue, lorsqu'il l'arrêta, en disant :
« Monsieur, je connais l'affaire parfaitement, depuis

son premier jusqu'à son dernier mot ; vous avez un
duel, mais vous n'avez pas de témoins, et je suis
charmé de vous en offrir. — Comment, monsieur !
fit M. de Beaufort, tout confondu d'une telle marque
d'intérêt de la part d'un homme qu'il n'avait jamais
vu, tant de dévouement et sans me connaître !... —
Je vous connais fort bien, monsieur, dit le petit
homme noir en saluant de rechef : vous êtes M. le
comte de Beaufort, riche propriétaire, demeurant
telle rue, n° tant ; vous occupez le premier au-dessus
de l'entresol ; vous recevez la *Revue des deux Mondes*
et la *Patrie* ; vous déjeunez à midi et dînez à sept
heures ; vous payez exemplairement votre cote per-
sonnelle et mobilière ; vous montez votre garde le
plus irrégulièrement possible ; vous êtes grand amateur de spectacle et fort paisible de caractère ; vous
avez, en ce moment, une affaire que vous n'avez pas
provoquée ; il vous manque deux témoins, je vous
les offre ; il ne s'agit que de s'entendre sur la façon
que vous les désirez. — Comment, la façon ?... —
Mais oui, nous avons plusieurs qualités : le témoin
simple, dix francs ; si vous tenez au paletot noir
avec gants de Suède et bottes vernies, c'est vingt
francs... Nous nous chargeons aussi de fournir la
voiture et le docteur ; alors, c'est vingt-cinq francs en
sus. Quand l'affaire s'arrange et se termine par un
déjeuner, nous percevons de plus un droit de cinq
pour cent. — Et pourquoi cela ? objecta M. de Beaufort, que cette exposition intriguait passablement.

— Ah! fit le petit môssieu en souriant, ceci est le
plus clair de notre affaire : sur dix rencontres, il y
en a toujours neuf qui se terminent au restaurant de
la grille de Ville-d'Avray, et nous avons basé notre
opération sur la connaissance du cœur humain. —
De sorte que votre maison est... — Une agence générale de témoignage, môssieu, fit le bureaucrate en
saluant itérativement. Nous tenons des témoins pour
baptêmes, mariages, actes de l'état civil et religieux ;
nous fournissons des danseurs aux maîtresses de
maisons qui sont en disette de jambes ; nous pro-
curons des pleureurs pour enterrement et des chan-
teurs pour *lunch* et soirées assises... Nous avons en
ce moment une forte partie de gentlemen très élégants et parfaitement convenables pour assister un
homme tel que vous, dans une affaire d'honneur.
Les moustaches et le ruban se payent en dehors, et
nous ajoutons deux francs cinquante, si vous tenez
à ce qu'on arrive sur le terrain avec un panatella
aux lèvres et un stick à la main. »

Le comte de Beaufort se mit à rire comme un fou
et, — ce qu'il y a de plus drôle, — c'est qu'il accepta
la *fourniture* de deux témoins première qualité, avec
cigare, ruban, stick, coupé et docteur... Duel de première classe... le tout coté à cent francs net, et
dégagé de tous autres frais. Au moment où il sortait
du bureau, il manqua de heurter un visiteur qui y
entrait, et il n'eut que le temps de se détourner, en
reconnaissant son adversaire qui, probablement, ve-

nait pour le même motif. Les témoins, de part et
d'autre, appartenant à la même administration, on
comprend que l'affaire devenait des plus faciles à
arranger : le droit de cinq pour cent, dès lors, s'expliquait. Le duel, en effet, n'eut pas lieu, et, moyennant vingt pièces de cinq francs, plus la percep-
tion légale du cinq, nos combattants n'eurent à se
mêler de rien autre chose que d'acquitter en espèces
la facture de *l'Agence générale des témoignages.*

Gaston rit beaucoup de cette étrange industrie,
dont il n'avait aucune idée, et il fallut toute la confiance que lui inspirait la gravité du baron, pour ne
pas essayer de réfuter un si incroyable récit ; mais,
tout à coup le rire s'éteignit sur ses lèvres ; il passa
comme un nuage sur ses yeux ; car cette aventure, ce
duel, ces épées, ces témoins, lui rappelaient que, lui
aussi, avait une affaire d'honneur à vider. Il fit un
retour sur lui-même, consulta sa montre et leva la
vue vers l'azur du ciel, comme pour y chercher
l'heure.

Les étoiles commençaient à pâlir, quelques lueurs
phosphorescentes rougissaient vaguement l'horizon,
et déjà les échos mystérieux de la grande ville répétaient, par intervalles, ces mille bruits indécis qui an-
noncent le réveil de la nature. Des voitures chargées
de toutes les provisions nécessaires à l'alimentation
d'un million d'hommes, apparaissaient, çà et là, dans
l'ombre des carrefours ; les filous attardés regagnaient
leurs repaires, fuyant devant les approches de l'au-

rore, que les cœurs vertueux aiment seuls à voir
lever. Bien des maris commençaient à s'éveiller, bien
des femmes commençaient à dormir ; c'était aussi le
réveil de Paris qui allait ouvrir ses boutiques et fermer ses alcôves.

Gaston qui, tout en s'intéressant beaucoup à tout
ce que le baron lui faisait voir, n'avait pourtant point
oublié ce qui s'était passé, au commencement de
cette nuit, chez la marquise de Meyran, fut facilement rappelé à la réalité de sa position. Et comment
eût-il pu oublier cette gracieuse image d'Alice qui
venait se refléter perpétuellement dans ses yeux et
dans son cœur ?... Alice, tendre et belle, c'était pour
lui le bonheur, et rien ne pouvait le distraire de la
douce pensée qui, sans cesse, le ramenait auprès
d'elle. Mais aussi, entre elle et lui, se plaçait obsti-
nément une autre image que rien ne pouvait chasser,
et le nom détesté du vicomte de Silly venait crisper
les lèvres de Gaston, qui le murmurait avec une
colère mal contenue. Le baron, qui s'apercevait bien
vite de tout ce qu'on eût tenté vainement de lui
cacher, allait l'interroger, lorsque Gaston lui rappela
qu'à la pointe du jour, son rival devait les attendre,
avec des armes, au bois de Boulogne.

— C'est juste ! lui répondit-il ; et moi-même j'allais vous en faire souvenir ; mais, auparavant, dites-
moi quel est le genre de coup que vous avez adopté
pour blesser ou tuer votre adversaire ?

— Je ne vous comprends pas, fit le jeune homme.

— En d'autres termes, de quelle botte comptez-vous vous servir pour sortir du combat à votre honneur ?

— Mais ce ne sont pas là de ces choses qui se raisonnent d'avance ; arrivé sur le terrain, je saurai me défendre et attaquer : la vengeance a son génie, et la colère ses inspirations.

— La phrase est parfaitement ronde et sonore, répliqua le Boiteux en lui riant au nez; mais, permettez, mon très-cher : avec de tels principes, vous êtes sûr de vous faire percer un poumon, ou tout au moins crever un œil. L'homme qui va sur le terrain doit s'y préparer, comme l'acteur qui s'apprête à jouer dans une première représentation. Le duel a ses coulisses et ses répétitions, et négliger les moyens préparatoires, c'est s'exposer à être sifflé... je veux dire tué... Voyons : est-ce en tierce ou en quarte que vous attaquerez? procéderez-vous par feintes ou coups-droits? adoptez-vous la garde basse ou haute, les coupés perpendiculaires ou horizontaux? marchez-vous à l'épée ou rompez-vous? fouillez-vous le cœur ou simplement le froissé de fer? êtes-vous de l'école allemande ou italienne?...

— Mais tout cela ne s'analyse pas : on tire comme on peut.

— Mon cher, faites-moi le plaisir de me définir le duelliste.

— C'est... c'est... ma foi! c'est... je n'en sais trop rien.

— C'est un individu qui, au lieu de tirer au blanc
et de viser sur un mur, une cible ou une hirondelle, préfère tirer sur un homme ; il a, en outre, la
chance de passer pour un brave, en ne s'en prenant
qu'aux poltrons ou aux maladroits : or, vous n'êtes
pas un lâche, tâchez donc d'être expérimenté.

— Comment faire ? demanda Gaston, qui comprenait peu la bravoure à trois francs le cachet.

Le baron fit signe à son cocher, qui arriva au
grand trot ; le valet de pied baissa le marchepied, et, sur l'indication du maître, qui venait de
monter ainsi que Gaston, l'équipage partit rapidement à travers les voitures de maraîchers qui
commençaient à encombrer les rues.

L'équipage s'arrêta bientôt sur le boulevard, et
nos deux observateurs descendirent ; le baron souleva le marteau d'un hôtel ; le bruit sec du cor-
don retentit immédiatement ; la porte s'ouvrit et ils
entrèrent.

Au fond de la cour et au rez-de-chaussée, deux
larges fenêtres étaient brillamment éclairées : le petit vieillard appuyé sur sa canne à pomme de diamants, fit signe à Gaston de le suivre, et ils allèrent
tous deux s'accouder sur ces croisées à hauteur
d'appui et d'où, sans être vu, on pouvait découvrir tout ce qui se passait à l'intérieur... C'é-
tait une salle spacieuse dont les murs, blanchis
à la chaux, étaient couverts de fleurets, de sabres
et d'épées de combat, couronnés de masques en

fil de laiton et accostés de plastrons et de gros
gants en peau tuméfiés par des pelotes de crin :
il était évident que c'était là une salle d'escrime
et que le propriétaire était un maître d'armes.
Deux hommes seulement veillaient dans cette salle,
et Gaston n'eut pas de peine à reconnaître celui
des deux qui lui faisait face : c'était le vicomte
de Silly, son rival, qui, le corps nu jusqu'à la
ceinture et les pieds dans des sandales légères,
tenait un fleuret et suait sang et eau à parer et
porter des bottes à son adversaire. Celui-ci était un
homme dont le bras musculeux tenait également
un fleuret, et qui, à chaque coup qu'il essuyait
ou attaquait, ripostait par une observation faite
dans un langage fort inintelligible pour beaucoup :
— « L'épée droite ! partez ! une, deusse ! la pointe
au corps ! coupez ! une, deusse ! marchez à l'épée !
le poignet en quarte ! tournez la tierce ! feinte seconde ! une, deusse ! fendez-vous ! en garde ! »

— Savez-vous ce que fait là votre adversaire ?
dit tout bas le baron.

— Il est clair, répondit Gaston, qu'il fait la répétition dont vous parliez tout à l'heure...

— Et que, de plus, il apprend par cœur une petite leçon qu'il vous répètera au point du jour.
Remarquez bien ce que lui démontre le professeur ; c'est le coup de Jarnac qui vous tuerait
infailliblement, si vous n'étiez venu ici pour en
apprendre la parade et la riposte : tenez !... le maître

les lui indique; retenez cela, car c'est le seul moyen
d'en sortir sain et sauf.

— Mais c'est une lâcheté! dit Gaston ; c'est un as-
sassinat prémédité !

— Et cela ne coûte qu'un louis... fit le baron;
vingt francs de plus que bien des gens ne donne-
raient pour apprendre l'art de sauver une femme
qui se noie ou un homme qui tombe d'une voiture.

— Le duel alors est une duperie, dans de telles
conditions !

— Le duel !!... Écoutez, mon jeune ami.

CHAPITRE XXVI.

Du duel. — Un coup d'épée pour une salade. — Un duel au vin
de Champagne. — Un coup de fleuret.

Le baron attira Gaston de Chavrières à quelques
pas de la fenêtre ; un banc de pierre régnait le long
du mur, ils s'y assirent, et le Boiteux, après s'être
recueilli un instant, continua :

— Rousseau est, sans contredit, celui qui a écrit
les plus éloquentes pages sur le duel ; tout le monde
connaît et vous avez lu, mon cher ami, le magnifique plaidoyer de l'acerbe moraliste, et bien peu
l'ont médité sans jurer de briser leurs fleurets ou
leurs pistolets. Le lendemain peut-être ceux qui
partageaient ses vertueuses opinions s'en allaient
plonger leur épée dans la poitrine d'un ami !... Les
duels entre gens du monde *civil*, — sans calembour,
— ont souvent pour fondement des motifs en apparence assez plausibles ; ils sont presque toujours sé-

rieux ; c'est chose grave, en effet, que de briser le crâne d'un citoyen à quinze ou seize pas !... L'effusion du sang est contre nature, c'est un bouleversement effrayant de toutes les lois physiques, et la morale en a horreur tout aussi bien que l'instinct vital. Un père de famille s'y décide rarement, et il ne faut pas moins que l'honneur compromis d'une sœur, d'une fille ou d'une épouse, pour qu'un homme de quelque valeur aille sottement tendre sa poitrine au fer d'un rival furieux, ou se placer comme une cible à douze mètres de son pistolet chargé à balle.

Chez le soldat, au contraire, presque jamais rien ne justifie l'action de celui qui provoque son adversaire ; ses motifs de duel sont quatre-vingt-dix-neuf fois sur cent puérils, et, en cela, mon cher Gaston, je ne crains pas un démenti en affirmant que les exceptions sont rares... J'ai vu passer un sabre dans la poitrine d'un vieux soldat reconnu par tous ses camarades comme l'ami le plus sincère et le plus dévoué ; il avait fait toutes les campagnes de la grande armée : une croix, trois chevrons et six blessures honorables étaient ses récompenses de trente années de bons et loyaux services. Il s'avisa de dire un jour à un de ses amis, vieux et brave comme lui, que *son cheval était une rosse...* L'ami se crut insulté dans la personne du coursier poussif ; un coup de sabre, puis la mort vengèrent le noble animal sur l'homme échappé aux boulets d'Austerlitz, d'Iéna, de Wagram et de Waterloo !...

16

Il arrive toujours que les deux champions militaires prêts à s'entr'égorger, font une halte au café de la Barrière, — c'est l'usage, — pour y puiser, dans un verre de liqueur stimulante, le nerf et la vigueur indispensables pour une semblable opération. On appelle cela *se donner du toupet* (je ne sais l'étymologie de cette triviale expression); on y trinque avec ses témoins et son rival, ni plus ni moins que s'il s'agissait d'une partie de campagne, et le choc des verres qui veut dire : — *A ta santé* ! ne manque jamais de précéder chaque libation... et on en fait beaucoup. A ta santé!... c'est-à-dire : Puisse le destin favorable te donner d'heureux jours! puisse ta vie couler douce et heureuse au sein des plaisirs! que le présent te soit léger, que l'avenir s'ouvre à toi, beau d'espérances, brillant de jouissances et de bonheur ! Absurde ironie ! cruelle dérision ! amère contradiction ! et le verre ne se brise pas en servant d'instrument à l'immoralité d'une aussi audacieuse trahison...! En méditant de telles aberrations, il n'y a qu'à gémir ou éclater de rire : point de milieu ; j'ai trouvé, cher enfant, plus commode d'en rire. La philosophie d'Héraclite vaut-elle mieux que celle de Démocrite?...

Moi qui vous parle, j'ai le lobe droit du poumon percé d'un coup d'épée, pour avoir soutenu, en pleine table d'officiers, qu'on devait commencer par verser l'huile dans la salade avant d'y mettre le vinaigre ; je restai couché six mois, faillis en mourir et m'en ressens encore aujourd'hui, après soixante ans de convalescence!...

— Est-il possible ! s'écria Gaston... Quoi ! pour un motif aussi futile ?...

— Mon Dieu, oui!... Et ce qu'il y a de remarquable, c'est que, cinq minutes avant, mon voisin avait gravement compromis, par une parole plus que légère, la réputation de la cousine d'un jeune sous-lieutenant qui l'écoutait, et qu'on n'avait fait qu'en rire.

— Et l'on ne s'oppose point à de pareilles folies?... interrompit le jeune homme.

— Au contraire; ces folies, on les autorise et on les réglemente : le duel a ses règles, et elles ont un côté vraiment comique, lorsqu'on les envisage de sang-froid : on fait des conventions, on pose des conditions préalables, pour se tuer, tout aussi bien que s'il s'agissait d'une partie de paume ou de billard. Ce sont les témoins qui se chargent de tracer le protocole, espèce de programme de la fête : on commence d'abord par demander l'exposition des motifs qui vous amène sur le terrain, et, bien que tous ceux qui sont là les connaissent parfaitement depuis la provocation, l'usage exige qu'on recommence une explication, qui finit toujours par redoubler la fureur belliqueuse des deux champions; car il est évident que l'on ne peut se justifier sans accuser l'autre. En pareille occurrence, dire : — *J'ai raison !* c'est répéter à son adversaire : — *Tu as tort !...*

Voici toute la base des duels : Tu as tort !... Ce grand
mot une fois lâché, il est bon que vous sachiez qu'il
faut du sang.

Il y a mille façons fort ingénieuses de tirer cette
réparatrice goutte de sang : on sabre, on pointe, on
espadonne, on badine avec la feinte, comme vous
venez d'en voir la répétition par cette fenêtre ; celui
qui peut arriver à la poitrine de son rival, par *un
coup de seconde* bien développé, bien arrondi, bien
moelleux, est cité comme un beau tireur ; tel autre
serait peu satisfait d'étendre son homme sur le gazon
sans l'avoir préalablement fait reculer une dizaine de
pas : on appelle cela *marcher à l'épée* ; il y a des
règles, des principes, des raisonnements et des tra-
ditions, tout aussi bien qu'en stratégie, en hydrau-
lique, en statique et en physiologie, et ce qu'on
appelait, du temps de Montaigne, un *spadassin* et, il
y a trente ans, un *maître d'armes*, se nomme aujour-
d'hui un *artiste*, ni plus ni moins que Rossini, Vernet
ou Pradier. L'escrime a ses Michel-Ange et ses Ben-
venuto-Cellini.

— Ce serait à mourir de rire, si ce n'était pas à
donner envie de pleurer ! dit Gaston ; et tout cela
pour venger quoi et qui ?

— Il s'agit bien de sentiment en pareille matière !
reprit le baron ; le plus souvent, c'est une partie de
plaisir, une gloriole et une vanité. J'ai connu un bri-
gadier de carabiniers qui avait la facétieuse habitude de parier une bouteille de vin blanc *au premier*

sang : celui qui était touché le premier payait la consommation... Un jour, il appuya un pouce de plus qu'à l'ordinaire et gagna son litre par la mort de celui qui avait été assez fou pour accepter ce défi...

— Et... s'écria Chavrières, la justice ne poursuivit pas un pareil crime ?

— Oh! que si fait ! dit le baron ; le vainqueur fut mis quatre jours à la salle de police... Maintenant, si vous me demandez pourquoi le duel est moins fréquent chez les bourgeois que chez les militaires, je vous répondrai que le soldat, obligé par des préjugés de corps, à se battre pour les plus *faibles* motifs, se contente également d'une *faible* réparation. Aussi, voyez-le : c'est toujours le sabre, — et le sabre ne coupe pas, en temps de paix, — qui tranche, ou plutôt ne tranche que fort peu toutes ces difficultés : rarement l'épée, jamais le pistolet; or, sur cinq cents duels au sabre, il y en a tout au plus un qui soit mortel ; l'épée estropie ou tue, le pistolet donne presque toujours la mort et c'est précisément l'arme bourgeoise. Aussi, l'homme du monde hésite-t-il parfois, — comme, bien certainement, hésiterait le soldat, — lorsqu'il s'agit d'aller affronter la terrible perpendiculaire d'un canon rayé, rubané ou carabiné. Et la preuve, tenez : j'ai connu un judicieux colonel qui, fatigué des rapports journaliers des duels de son régiment, fit déposer au corps de garde une paire de sabres fraîchement émoulus et terriblement appoin-

tés, avec ordre de les remettre à tous les braves qui
sortiraient de la caserne, pour aller se battre sur le
terrain. Les deux premiers qui usèrent des armes
officielles se coupèrent chacun une bonne paire de
muscles ; au bout de quinze jours, on fit le relevé de
la balance des duels, et il se trouva que la suscepti-
bilité morale du susdit régiment avait diminué des
trois quarts ; le colonel fit donner un nouveau tour de
meule aux sabres ; quinze jours après, le quatrième
quart des braves était réduit à zéro. Voilà toute la
différence du courage civil et militaire, en matière
de duel : une égratignure au bras venge amplement
le soldat d'une égratignure faite à son amour-propre
et qu'une goutte de sang suffit pour réparer et guérir ; tandis que, la plupart du temps, la mort seule
peut laver les offenses sérieuses qui déterminent un
citoyen à exposer sa vie. Tous les deux sont donc
conséquents avec leurs principes, et il est tout simple
que le premier se batte souvent, comme il est ra-
tionnel que le second ne s'y décide qu'après un mûr
examen de l'affaire.

— C'est très-vrai et très-conséquent, dit Gaston.

— Et puis, ce qui distingue encore ces deux classes
de duel, c'est que jamais un soldat, rendu sur le terrain, n'en reviendra sans s'être battu : il serait honni
et vilipendé de tout son escadron. Le bourgeois, au
contraire, se dirige presque toujours vers le menaçant rendez-vous avec l'espoir que l'*affaire sera
arrangée* : c'est même le premier devoir des témoins.

Sur vingt rencontres militaires dont j'ai dû être le second, je ne suis jamais venu à bout d'en prévenir une seule ; tous les duels bourgeois où j'ai été appelé, se sont terminés par des déjeuners plus ou moins bien servis, — toujours d'après le principe que je posais tout à l'heure. De là, le ridicule fort immérité qui forme la base inévitable de tous les vaudevilles passés, présents et futurs, où l'on met en présence deux braves bonnetiers ou épiciers, brûlant avec prudence de s'immoler réciproquement... *L'embrochement du canard* est devenu proverbial, et le restaurateur de la Porte-Maillot doit une bonne part de sa rapide fortune, à l'ardeur plus ou moins guerroyante et surtout à l'appétit matinal des champions du bois de Boulogne. Supprimez le duel, ce champêtre établissement est ruiné.

— A quoi tiennent les bilans humains ! s'écria Gaston.

— A propos de déjeuner, reprit Asmodée, en riant... je me rappelle le plus joli duel dont j'aie jamais été témoin. Deux de mes amis, après une violente explication, finirent par lâcher le grand mot ; et le terrible : *Tu m'en rendras raison !* une fois articulé, il fallut bien songer au choix des armes ; les deux adversaires étaient tout juste assez braves pour se laisser conduire sur le pré, et je pourrais peut-être me reprocher un peu de les y avoir excités. L'un et l'autre auraient bien voulu pouvoir oublier le passé et, bien certainement, sans deux ou trois jeunes fous

que nous étions là, — il y a longtemps, je vous prie
de le croire, — les deux ennemis se fussent embrassés
du meilleur de leur cœur. Je vois encore leur physio-
nomie écarquillée, lorsque je m'avisai de prononcer
le mot terrible de *pistolet à bout portant*; Charlet et
Gavarni eussent donné vingt-cinq louis pour pouvoir
croquer cette double caricature!... Enfin nous par-
tîmes dans un fiacre dont le cocher eut ordre de toucher au bois de Vincennes. Chemin faisant, je m'a-
musai à ouvrir la fatale boîte qui renfermait les
pistolets vengeurs; j'en fis jouer, — méchamment,
je l'avoue, — les ressorts menaçants, et, à chaque
craquement des pièces de la platine, je voyais le
tressaillement involontaire de mes deux paladins,
qui semblaient simultanément frappés d'étincelles
électriques. « — Parbleu! dit l'un des témoins, il me
semble qu'il n'est guère d'usage de se battre à jeûn
et, en tout cas, c'est une étrange sottise!... c'est bien
le moins qu'avant de mourir, on se mette en état de
faire le grand voyage: à déjeuner d'abord et la mort
après!... » Et il appuyait mélodramatiquement sur
ces mots: *se battre, mourir* et *mort*... On eût dit
Bocage dans *la Tour de Nesle* ou Frédérick dans
Ruy-Blas! — « Soit! » répondirent les rivaux, entre-
voyant peut-être un arrangement ou du moins un
retard à leur *exécution*. — « Cocher! rue Montor-
gueil, chez Borel... »

L'honnête automédon comprit de suite le fond de
la chose, et il se mit à sourire finement, comme un

homme initié aux mystères du duel parisien; aussi, l'entendis-je crier au garçon qui se présenta pour baisser le marchepied: — « Plumez les canards!... » Ce cocher avait étudié le cœur humain.

Le déjeuner fut exquis, comme il l'était toujours alors au *Rocher de Cancale*, ce vieux monument détruit de nos antiques gloires culinaires: les huîtres étaient d'une fraîcheur provocatrice, et nous pûmes en avaler à discrétion, grâce au peu d'appétit de nos deux commensaux, bien et dûment rassasiés par l'idée terrible qui voltigeait à leurs yeux, au-dessus de cette table moqueuse; cependant, ils buvaient assez bravement... Au dessert, je me mis à leur raconter le fameux duel des apothicaires, qui prirent deux pilules, dont l'une, empoisonnée, devait donner la mort à celui que le sort désignerait pour la prendre, et nous tombâmes tous d'accord que ces disciples d'Esculape avaient montré certainement autant de courage que ceux qui se battent à l'épée ou au pistolet. — « Eh, parbleu ! m'écriai-je tout à coup, il me semble que ce serait perdre un temps bien précieux que d'aller courir jusqu'à Vincennes : que n'imitons-nous ces deux célèbres apothicaires?... Garçon!... quatre bouteilles de vin de Champagne... »

Tandis qu'on exécutait mes ordres, j'expliquai en deux mots à mes auditeurs le plan de mon duel, que je nommai *duel au champagne* : une once d'arsenic dans une bouteille ; les combattants en tireront deux au sort, ils boiront, et l'un des deux adversaires mourra gaiement, comme le duc de Clarence, qui se noya dans un tonneau de vin de Malvoisie; tandis que, suivant l'antique usage qui veut que les témoins prennent une part quelque peu active au combat, nous consommerons, nous, les deux autres flacons...

— Eh bien, soit encore! répondirent les deux rivaux, échauffés déjà par l'ample consommation du bordeaux et du rancio.

Cinq minutes après, je revenais muni de la poudre vengeresse.

— Quoi! vous avez osé!... interrompit Gaston.

— Rassurez-vous, sensible enfant; c'était tout prosaïquement du sucre râpé... Les bouchons sautent, nous formons le cercle autour des deux bouteilles élues, mais de façon à n'être point vus des *combattants*, attendu qu'ils ne devaient pas reconnaître le récipient qui contenait *la mort*, et je vidai adroitement une petite fiole d'huile de ricin dans l'une et l'autre bouteille...

— A vous donc, messieurs! dis-je du ton le plus solennel que je pus prendre... choisissez!

Leurs mains tremblantes s'approchèrent et chacun saisit, en frémissant, le vase *empoisonné;* ils burent ensemble; ensemble ils avalèrent, et le premier verre dut leur paraître bien amer, car je doute que Thyeste découvrant le sang de Plisthène dans la coupe d'Atrée, ait fait une grimace plus dramatique... Chacun but bravement sa bouteille, et l'affaire fut honorablement *vidée.*

Une heure après, ils étaient parfaitement étendus dans leur lit, et comme le terrible purgatif les obligea plus d'une fois d'en sortir, il ne tint qu'à eux de se croire victime de l'arsenic... Et voilà comme l'honneur fut sauf... et la vie aussi!

— Mais ces gens-là ne manquaient pas de courage! repartit Gaston; il est évident que le duel au pistolet ne se serait pas consommé, et cependant ils savaient bien que l'arsenic est aussi dangereux que le plomb: c'était donc moins le fond que la forme qu'ils redoutaient dans le combat.

— Eh parbleu! fit le baron; n'est-ce pas l'histoire de la mort de Cléopâtre, qui, bien certainement, eût reculé devant une lame de poignard, et qui n'hésita pas devant le baiser mortel d'un joli petit aspic rose, dardant sa langue mignonne à travers les mailles d'or d'une corbeille de pêches et de jasmins?

Tous deux se mirent à rire du rapprochement, lorsqu'un grand cri, parti de la salle d'armes, leur fit quitter le banc où ils étaient assis; ils se précipitèrent à la fenêtre et virent le comte de Silly qui, percé d'un coup d'épée, était tombé sur le parquet inondé de sang. Ils coururent à la porte de la salle, ils y entrèrent et virent que, dans l'ardeur de la démonstration, le maître ne s'était pas aperçu que son fleuret s'était démoucheté: il avait donc transpercé la poitrine du vicomte, qui recevait ainsi le coup qu'il destinait à Gaston de Chavrières... Ce dernier, qui avait l'âme noble et élevée, oublia bien vite ses ressentiments et fut le premier à relever son malheureux rival, qui poussait des râlements de sinistre augure. Le baron courut à sa voiture, donna ordre à ses gens d'aller quérir un médecin, et bientôt revint auprès du blessé, qui vomissait des flots de sang mêlé d'écume.

CHAPITRE XXVII.

Deux systèmes de médecine. — Une médecine sans système.
La sœur de charité.

Tandis que le baron, aidé de Gaston, essayait d'arrêter la violente hémorragie du vicomte, le maître d'armes, en sa qualité d'ex-prévôt des dragons de la garde, voulait expérimenter de la médecine militaire : nos deux amis eurent beaucoup de peine à l'empêcher de faire *avaler* au blessé une bouteille d'eau-de-vie camphrée qu'il venait de retirer d'une armoire ; son raisonnement thérapeutique était fort simple et il soutenait qu'un remède qui, appliqué à l'extérieur, était réputé comme salutaire, le serait, bien plus encore, pris à l'intérieur. Bientôt la porte s'ouvrit et deux hommes entrèrent : l'un était vêtu de noir et portait sur son visage l'empreinte d'une sévère gravité ; l'autre, couvert d'un par-dessus de fantaisie et culotté d'un pantalon gris-perle terminé par des bottes d'un vernis irréprochable, avait le

17

sourire sur les lèvres et agitait galamment une petite
badine d'écaille fondue, tandis que son compagnon
affectait de s'appuyer sur un gros jonc à pomme
d'ivoire.

— Ah! enfin, s'écria le maître d'armes, voici les
médecins !

Le baron fit une légère grimace et dit à Gaston:
Deux docteurs, c'est beaucoup contre un malade : —
les chances ne sont pas égales.

Les deux hommes de la science se saluèrent réciproquement.

— Collègue, dit le plus âgé, je m'estime heureux
de me rencontrer avec un homme chez qui l'expérience n'a pas attendu les années.

— C'est bien plutôt moi, répondit le plus jeune,
qui me félicite de pouvoir enfin connaître celui que
nous nous plaisons à nommer le Nestor de la Faculté.

— Vous en serez l'Achille, fit le vieux docteur : *tu
Marcellus eris!...*

— Cette prédiction m'est surtout précieuse dans
la bouche du plus docte, du plus savant praticien
moderne.

— L'indulgence est l'apanage du vrai mérite et je
ne m'étonne pas d'en rencontrer beaucoup chez vous:
c'est à vous, honoré collègue, que je dois renvoyer les
bénéfices de l'éloge.

— Oh! ils vous doivent rester tout entiers...

Nos deux grands hommes seraient restés longtemps à se frotter ainsi ; mais le baron leur fit observer que le blessé ne pouvait attendre la fin de ce mutuel panégyrique ; alors ils se décidèrent à porter leur attention sur le malade.

L'homme grave s'avança, regarda le vicomte, lui tâta le pouls en consultant sa montre et dit : « Le cas est sérieux ! il y a perforation de la plèvre, déchirement du péricarde, lésion des vaisseaux, des nerfs et des vésicules membraneuses : *pulmones afflicti vehementer percutiuntur !* »

Et il aspira une énorme prise de tabac de la régie.

L'homme au pantalon gris-perle braqua son lorgnon d'écaille, se pencha légèrement vers le malade et dit en pirouettant : « C'est une misère ! plaie simple et non pénétrante ; écorchure, égratignure, bobo ! »

Et il se mit dans la bouche une pastille de menthe, qu'il venait d'extraire d'un charmant drageoir en vermeil guilloché.

Le premier reprit : « Je suis d'avis de phlébotomiser largement et de faire une vigoureuse application de ventouses scarrifiées et d'annélides de Hongrie : *sanguisua crassamentum purificat !* »

Le second continua : « Du repos, la position horizontale, des calmants, et, pour tout traitement, de l'eau sucrée avec une cuillerée de fleur d'oranger. »

Et il se mit à fredonner la cavatine de l'*Étoile du Nord*.

L'homme grave leva ses besicles et dit : « Permettez, mon honoré collègue ; il m'appert que les prodromes symptomatiques échappent à votre diagnostique et que vous confondez les probabilismes pathognomoniques : *sanguis sanguine curatur*, a dit Broussais. »

— Allons donc ! fit l'homme au lorgnon ; le sujet a déjà perdu assez de sang, et une bonne nourriture suffira pour le réparer : le bordeaux fait du chyle et le champagne le fouette, a dit Brillat-Savarin.

— Mais Brillat n'a jamais été docteur ! s'écria l'homme noir.

— C'était un profond physiologiste ! répliqua l'homme gris-perle.

— Collègue, prenez garde !... vous attentez aux priviléges du diplôme et aux droits de la Faculté !... *Qui medicos contemnit, medicinâ peribit !*

— Vos citations sont charmantes, docteur, et prouvent surabondamment votre exubérante érudition ; mais je persiste à soutenir en simple français du dix-neuvième siècle, que si on affaiblit le malade, il sera mort dans deux jours.

— Et moi, répliqua l'homme noir, en levant majestueusement son gros jonc vers le plafond, je prends Dieu à témoin que si, à l'instant même, *illico et sine morá*, on ne tire pas deux palettes de sang, ce blessé n'a pas une heure à vivre.

— Essayez ! essayez, pour voir ; cela sera curieux, et je ne serais pas fâché de voir le journal de médecine enregistrer une centième de vos bévues !

— Bévues !... bévues vous-même, monsieur !... vous êtes un impertinent !

— Et vous, un ignorant !

— Un sceptique !...

— Vous, un âne !...

— Vous, un mulet !...

— Vous, tous deux ensemble : *mulus et asinus copulati !* riposta l'homme au lorgnon, en riant comme un fou de s'entendre, lui aussi, citer du latin.

— Messieurs ! s'écria le baron ; le blessé perd tout son sang ; de grâce, songez plus à la médecine et moins aux médecins ; arrêtez au moins l'hémorragie, car cet homme va mourir.

— Qu'est-ce que je disais ! s'écrièrent ensemble les deux Esculapes.

— Voyons, entendez-vous, reprit le baron, tandis que Gaston et le maître d'armes s'efforçaient vainement de s'opposer à l'effusion du sang.

— Il faut saigner !... dit l'homme noir en tirant ses lancettes.

— Je m'y oppose ! cria l'autre en se jetant à la traverse.

— Eh bien, finissez-en : saignez, exclama le maître d'armes.

— Oh non ! interrompit Gaston que tant de sang perdu effrayait ; ce serait peut-être mortel.

— Je vois que l'on n'a pas confiance en mon expérience, riposta le docteur phlébotomisant : *medicus abstinet*... J'ai bien l'honneur...

Et il enfonça son large chapeau, s'appuya sur sa canne, et sortit en lançant à son honoré collègue des yeux où fulguraient toutes les lueurs sinistres d'une rancune médicale.

L'autre fit une seconde pirouette, tira un cigare, salua gracieusement la compagnie et partit en reprenant la cavatine interrompue.

— Bravo ! nous voici bien plantés ! hurla le maître d'armes.

En ce moment, la porte s'ouvrit de nouveau ; une jeune religieuse, vêtue d'une longue robe noire, à la ceinture de laquelle pendait un gros chapelet de grains de coco, apparut sur le seuil ; une guimpe couvrait ses épaules, une large cape de toile blanche empesée flottait sur sa tête.

— Dieu soit loué ! dit le baron en se levant et en saluant respectueusement : voici la Science qui part et la Charité qui entre. Les chances sont pour nous.

La sainte femme courut droit au blessé, et, le soulevant avec adresse, elle le plaça sur ses genoux, dans une direction légèrement inclinée, puis, tirant de ses vastes poches, de la charpie, des compresses et des bandes qu'elle humecta avec une eau contenue dans un petit flacon qu'elle portait sur elle, elle fit en un instant un pansement improvisé qui eut pour effet immédiat d'arrêter complétement l'hémorragie; alors, tirant d'une autre poche un second flacon, elle en versa quelques gouttes dans une timballe, les fit couler sur les lèvres du malade, et sembla interroger l'effet de son remède... et elle était belle à voir ainsi! On eût dit une jeune mère allaitant son enfant, ou plutôt elle rappelait les touchants tableaux du moyen âge, où la Vierge divine est représentée tenant sur ses genoux le cadavre du Dieu descendu de la croix.

Au bout de quelques minutes, le pauvre vicomte donna des signes de sensibilité; l'horrible pâleur qui couvrait son visage fit place à une légère teinte rosée, ses lèvres s'entr'ouvrirent; la jeune religieuse lui tâta le pouls, et, comme elle semblait réfléchir :

— Eh bien, ma sœur, demanda le baron avec douceur, que pensez-vous du malade?

— Avec l'aide de Dieu, monsieur, nous le sauverons, dit modestement la sainte femme : ce cordial a bien fait et l'essentiel, en ce moment, serait de coucher le blessé, ajouta-t-elle en paraissant regarder autour de la salle, comme pour savoir s'il n'y avait pas un lit. Le maître d'armes devina, et, toujours en sa qualité d'ex-dragon de la garde, il courut dans la chambre à côté, et revint bien vite, apportant dans ses bras vigoureux, des matelas et des couvertures qu'il se mettait en devoir d'empiler sur le parquet; mais la sœur, déposant mollement le vicomte sur les genoux de Gaston, s'empara de la fourniture et, en deux tours de main, dressa un lit, dont les draps entr'ouverts provoquaient vraiment au repos. Le vicomte y fut transporté et, lorsque douillettement couché, couvert et bordé, il parut convenablement installé, la sœur faisant signe qu'il commençait à dormir, dit à demi-voix:

— Le bruit et la chaleur lui seraient contraires; veuillez vous retirer, je vais le veiller.

— Quoi! seule, fit le baron.

— Non, pas seule; répondit-elle avec un ineffable sourire; n'ai-je pas Dieu avec moi? et d'ailleurs, avec ceci, le temps passe vite et bien...

Et elle montra son gros chapelet; puis faisant le signe de la croix, elle se mit à égrener le saint rosaire, comme si elle eût été à la chapelle du couvent... Gaston et le baron, comme dominés par l'ascendant de la vertu, saluèrent en silence et sortirent sur la pointe des pieds.

— Sublime religion que celle qui inspire de tels dévouements! s'écria Gaston.

— Et ajoutez, à la gloire de la vôtre, répondit le Boiteux, que la religion catholique est la seule où la charité, poussée jusqu'à l'abnégation, soit pratiquée comme vous venez de le voir... Ces saintes filles que nous nommons du doux nom de sœurs, sont des

anges auxquels Dieu permet parfois de descendre ici-
bas, pour faire briller sur la terre les splendides reflets de son ciel: partout où germe une douleur, où
murmure une souffrance, elles accourent les premières ; l'amour de Dieu et l'amour du prochain leur
tiennent lieu de science et elles puisent, dans les
étranges inspirations de leur cœur, des ressources
que toutes les théories humaines ne sauraient donner
même à l'expérience des docteurs ; sans cesse au
chevet du malade ou du mourant, ne craignant ni la
fatigue ni la contagion, ni les plaies physiques, ni les
plaies morales, vous les voyez descendre dans l'hu-
midité fétide des cachots, ou gravir les sombres escaliers des mansardes ; riche ou pauvre, grand ou petit,
coréligionnaires ou dissidents, peu leur importe !
tous les hommes sont leurs frères et elles pansent
toutes les blessures, quel que soit le drapeau sous
lequel on a combattu. Dans ces frêles femmes s'allume
un magique et perpétuel courage ; elles ont la force
de la vertu et la vaillance de la charité !

— Il faut sans doute, dit Gaston, qu'elles soient
nées dans une condition telle, que de pareils travaux
ne les rebutent point ?

— Celle que vous venez de voir, répondit le baron, et qui ne m'a pas reconnu, bien que je l'ai ren-
contrée cent fois dans les plus brillants salons il y a
deux ans, est la fille du duc de Valmont-Chevreuse.

— Elle n'était pas heureuse, et peut-être que d'in-
justes préférences ?...

17.

— Elle est fille unique, adorée de sa famille, adulée de tout ce qui l'approchait et, de plus, ayant cent mille francs de rente en perspective.

— Mais alors, un amour contrarié...

— Ah! vous voilà bien tous! s'écria le baron dans une noble indignation; eh quoi! il faut, aux yeux des hommes, que la vertu même ait sa raison d'être et justifie son existence par des moyens humains! vous prêtez un vil sentiment d'intérêt au plus pur désintéressement, et vous n'admettez pas le dévouement, sans lui soupçonner un motif terrestre! Ce que le soldat fait pour la patrie et la mère pour ses enfants, vous n'admettez pas que d'autres le fassent pour Dieu, et vous accordez à la bravoure et à l'amour maternel, ce que vous refusez à la foi, à l'espérance et à la charité! Mais, injuste que vous êtes, ne savez-vous pas que ces trois admirables vertus suffiraient à elles seules pour établir la divinité d'un culte et la sainteté d'un dogme? Ignorez-vous que c'est au nom de ces trois magnifiques principes, que le christianisme a fait flotter l'étendard de la civilisation moderne, transmué les peuples, converti les nations, renversé les idoles et cimenté le nouvel édifice social du sang généreux de ses martyrs?... Oh! jeune homme, continua le baron, en posant sa main sur le cœur de Gaston; tenez, il y a là quelque chose qui vaut mieux que ce qui est sorti de votre bouche. Écoutez la voix qui parle au fond de votre âme et elle vous dira, mieux que je ne le pourrais faire, pourquoi la vertu existe et pourquoi surtout Dieu a voulu qu'ici-bas ce fût la femme qui en donnât les plus sublimes exemples.

Gaston baissa la tête ; car il comprenait, en effet, qu'il avait procédé d'une façon purement humaine, et qu'il y avait un grand fond d'égoïsme dans sa manière de raisonner ; toutefois, il ne pouvait s'expliquer comment tant de vertueuse indignation et d'orthodoxie pouvaient s'allier, chez son compagnon, à tant de scepticisme, dont il lui avait donné des preuves pendant cette nuit :

— Ma foi! pensa-t-il, si ce n'est pas un diable, ce doit être un saint!

Puis, voulant sans doute tenter une excuse, il dit tout haut :

— C'est vrai, j'ai tort et grand tort ; mais c'est qu'en voyant tant d'abnégation, je n'avais pas tout à fait oublié le sot égoïsme de ces deux médecins, et que l'amour-propre de ces hommes m'empêchait de me souvenir de l'humilité de la femme.

— C'est une raison, répondit le baron. Et que pensez-vous donc de ces deux fous ?

— Oh! dit Gaston, ils confirment ce que déjà je savais : c'est que la médecine est une religion pratiquée par des sectateurs qui ne croient même pas au dogme qui les fait vivre ; c'est que les médecins sont comme les anciens augures, qui ne devaient pas pouvoir se regarder sans rire ou sans s'arracher les yeux ; c'est que tout ce qu'en a dit Molière, est bien au-dessous de la réalité de leur charlatanisme.

— Encore votre maudite exagération, repartit le vieillard. Les charlatans pullulent là comme partout, c'est vrai ; mais voyons ensemble, mon enfant, et vous me direz après si, dans toutes les hiérarchies de la société moderne, il existe une classe d'hommes plus éclairés, plus nécessaires, plus véritablement savants et utiles que les médecins.

CHAPITRE XXVIII.

La vraie médecine. — Les étudiants qui n'étudient pas. — Du baccalauréat.
La pépinière des hommes sérieux

Le baron continua :

— Aux yeux du vulgaire, qu'est-ce qu'un médecin ?... c'est un homme qui, comme l'avocat, le
bottier ou le marchand de peaux de lapins, exerce
un métier, qui rapporte ou ne rapporte pas ; qu'est-
ce qu'un malade ?... c'est une denrée qui produit,
une matière qui s'exploite. Et, à bien voir, mon jeune
ami, cette définition est généralement assez juste : je
vais peut-être vous émettre un gros paradoxe ; mais,
selon moi, la médecine est un détestable abus dans
les grandes villes : là, le médecin est une sorte de
nomade qui court de quartier en quartier, de maison
en maison, traitant des malades qu'il ne fait qu'entrevoir au passage, dont il ignore les habitudes et les
antécédents, la vie physique et la vie morale, et ne
pouvant offrir, à ses investigations, que des symp·

tômes vagues et insuffisants : une telle visite est
inutile...

— Mais, objecta Gaston, la province est loin de
partager vos opinions ; dans les maladies un peu
sérieuses, elle appelle immédiatement les grandes
célébrités médicales de Paris.

— Mon Dieu ! cher ami, rappelez-vous que la province est un immense parc peuplé de moutons de
Panurge, pour qui l'imitation et la routine sont
devenues une sorte de besoin et d'instinct naturels :
copier et singer la grand'ville, est son incessante tendance et son but le plus sérieux. Tout ce qui lui
vient de Paris lui semble parfait : elle a d'excellents
bottiers et d'habiles tailleurs, mais elle se fait chaus-
ser et habiller à Paris ; il n'est pas de femme du plus
mince procureur de petit tribunal qui ne s'attife d'un
chapeau de chez Laure ou d'une robe de chez Mme Ro-
ger ; quand la province donne un dîner, elle fait
venir son brochet de chez Chabot et Potel, sa truite
saumonnée de chez Ricard, et sa dinde truffée de
chez Chevet, oubliant que c'est elle, province, qui a
envoyé à la métropole son poisson et ses volailles, et
que, sans sortir de sa basse-cour ou de son vivier,
elle a sous la main tout ce qu'elle va chercher au
loin et à grands frais, tout ce qu'elle a vendu cinq
francs et qu'elle rachète bêtement un louis. Elle fait
de même quand elle est malade ; elle quitte son médecin qui l'a vue naître, qui l'a vue grandir, qui a
suivi ses habitudes, étudié ses indispositions, qui est

l'ami de la famille, l'homme de la maison, qui connaît ses passions, qui a découvert la source de ses souffrances et qui, seul, pouvant indiquer la cause et le siége du mal, peut, seul aussi, y appliquer le remède convenable. Que diriez-vous d'un fervent chrétien qui, à l'heure de la mort, demanderait un prêtre étranger pour l'aider à franchir le rude passage de l'éternité ?... N'y aurait-il pas folie à quitter le pieux confesseur qui, pendant cinquante ans, a étudié, approfondi et dirigé sa conscience, qui, connaissant ses forces et ses faiblesses, saura infailliblement le soutenir et l'encourager au moment suprême? et celui qui a su lui inspirer la foi, n'est-il pas le plus apte à lui montrer l'espérance ?... La vie du corps est comme celle de l'âme; lorsque le mal s'en empare, il y a plus que de l'imprudence à en remettre la cure et la guérison à l'étranger qui n'en a pas étudié les phases antérieures, la marche et les différentes périodes; le vieux Boerhaave l'a dit il y a deux cents ans : — « La maladie appartient à qui en a dépisté les symptômes. » Sur quoi donc s'appuie le médecin de Paris?... On l'envoie quérir; il arrive, avec son indifférence, dans une famille qu'il ne connaît pas même de nom; il ignore l'origine, la marche et les progrès de la maladie; ses observations sont jetées au hasard et au passage; dix minutes de consultation vont lui suffire pour juger la cause et les effets, le mal et le remède, le fort et le faible: c'est absolument un pilote qu'on irait chercher pour diriger un

navire dans une mer dont il n'aurait jamais entrevu
les rivages... Eh bien, sans contredit, un pareil médecin est un spéculateur fort méprisable, pour qui le
malade est une denrée et une matière dont il fait une
infâme spéculation, et qui devrait être justiciable de
la police correctionnelle, comme escroc, et de la
cour d'assises, comme coupable d'homicide volontaire.

—Eh quoi! interrompit Gaston, vous prétendez que
la médecine, qui est au corps ce que le sacerdoce est
à l'âme, soit une spéculation?...

— Purement mercantile; oui, très-cher, dans la
plupart des cas, et j'ajoute qu'on agissait très-large-
ment à Sparte, en décrétant la peine de mort contre
tout citoyen qui se mêlait de traiter son semblable
sans réussir à le guérir... C'était encore l'application
de la peine du talion. Notez qu'en criant anathème
sur le charlatanisme médical, j'entends surtout m'é-
lever contre les abus impudents de la médecine parisienne: ma préférence, en ceci, hautement acquise
aux docteurs provinciaux, ne saurait vous être suspecte; car vous avez dû déjà remarquer que mon
cœur n'est pas grandement épris à l'endroit des
choses départementales: mais il est juste de rendre à
Gros-Jean ce qui appartient à Gros-Jean, et César n'a
rien à y réclamer. Le médecin de province, et surtout
le médecin de campagne, est presque toujours un
homme qui touche à la famille de son malade par
quelque lien d'amitié, de parenté ou de connais-

sance; ses rapports sociaux le rapprochent continuellement de celui qu'il sera, un jour ou l'autre, appelé à médicamenter; il le voit, l'observe et l'étudie involontairement; il sait par cœur ses habitudes, ses passions, son fort et son faible; son tempérament lui est familier, ses prédispositions lui sont connues; de sorte que, lorsqu'il est convoqué au chevet d'un nouveau malade, il sait, dans la plupart des cas, d'avance, quel est le mal qu'il va avoir à combattre. Alors, il n'est pas mû seulement par le sordide appât du gain; (il fait payer ses visites, cela me paraît juste: il vit de la lancette, comme le prêtre vit de l'autel, et l'avocat de son bavardage); mais du moins il sait effacer sous les dehors d'un intérêt tendrement amical, tout ce qu'il y a de blessant dans cette idée: que soigner son semblable qui souffre est une action qu'on doive payer, comme la commande d'un habit ou d'une paire de bottes.

— Et puis, ajouta Gaston, n'est-il pas juste de rémunérer les immenses études auxquelles le médecin a dû se livrer pour arriver à obtenir son titre de docteur?...

— Immenses études! ... s'écria le baron en éclatant de rire; eh! cher ami, je ne crains pas de me tromper en vous affirmant que, sur cent docteurs qui viennent de passer leur thèse, il y en a quatre-vingt-dix-neuf qui n'en savent pas le quart de ce que sait une pauvre petite sœur de la Charité: *La médecine*, a dit Portal, *c'est l'expérience, pas autre chose*; ce n'est donc qu'a-

près un long exercice, que le docteur arrive à lire,
que dis-je?... à épeler dans le grand livre de la nature; sachez qu'en quittant les bancs, le plus fort
élève en botanique aurait bien du mal à distinguer la
guimauve du salsifis; que le premier prix de chimie
vous donnerait de l'arsenic pour du sel de cuisine, et
qu'il n'est pas rare de voir un premier accessit de
phlébologie, lorsqu'il est appelé à faire sa première
saignée, vous piquer l'artère radiale au lieu de la
veine cubitale : c'est l'histoire de tous les prix de
thème grec ou latin, qui, en sortant du collège, sont
généralement l'honneur et la consolation de leur famille, mais aussi presque inévitablement des crétins
et des imbéciles... Et comment en serait-il autrement?... Il n'y a qu'à jeter un coup d'œil sur cette
immense ruche qu'on nomme le *quartier latin*, et il
sera facile de constater jusqu'à quel point les *stu-
dieuses* abeilles qui y bourdonnent s'occupent du soin
de recueillir le miel de l'avenir... Voyons les fleurs
qu'elles y butinent... Le médecin sort du carabin,
comme le papillon sort de la chrysalide, a dit un profond philosophe; or, étudier le carabin, c'est se préparer à la connaissance du futur docteur; c'est juger
la fleur d'après le bouton, l'étalon d'après le poulain.

— Qu'entendez-vous donc par le mot *carabin?* demanda Gaston.

— Le carabin est un vigoureux rejeton de l'arbre
social : il a végété longtemps, sous le titre de collé-
gien, dans un des nombreux potagers universitaires,

où le pédantisme cultive plus de concombres que de
lauriers verts ; à l'âge de dix-neuf printemps et lorsque la barbe... je veux dire la feuille... commence à
lui pousser, il s'élance en jets luxuriants vers le grand
verger qu'on nomme Paris ; il aime le bord de l'eau,
ce qui fait qu'il prend racine préférablement sur la
rive gauche de la Seine ; loin d'être une plante cryp-
togame, il a une grande affinité avec une autre espèce d'ombellifère, que les botanistes ont classée
dans le genre *grisette* : c'est pour cette raison qu'il se
trouve fréquemment entrelacé à cette liane flexible
qui croît sur les plus hauts sommets du jardin latin.
Ces sortes de mariages floraux, qui vivent généralement ce que vivent les roses, s'accomplissent dans
les régions élevées ; ces jeunes fleurs sont, en botanique, ce que les hirondelles sont en ornithologie :
elles perchent sous les toits et s'épanouissent à l'ombre des cheminées du sixième étage.

— Je confesse, dit Gaston, que le prolongement
de cette métaphore déroute singulièrement la per-
spicacité de ma faible intelligence.

— Parlons donc en prose, fit le baron... Un jeune
paysan étant donné, et ce pieux enfant ayant reconnu que la charrue héréditaire de son vénérable
père pouvait tout au plus lui procurer l'aisance, l'honneur, le repos et le bonheur tranquille, il s'est dit, en
sortant de rhétorique : « — Que vais-je faire ?... la
blouse paternelle me séduit médiocrement ; le bonnet
rond de ma sensible mère tourne au suranné ; je pré-

fère l'habit noir pour moi et le chapeau à plumes
pour ma future épouse : comme laboureur, mon père
a passé une partie de sa vie à nourrir ses semblables ;
faisons le contraire, tuons notre prochain, c'est un
moyen de vivre honorablement : la lancette est moins
lourde que le soc, et une once de quinquina pèse
moins lourd qu'un tombereau de fumier... » Alors,
il a pris le coche, la rotonde ou la troisième classe du
chemin de fer et a enfilé le pont Neuf, passage naturel du Rubicon de la jeunesse bohême. Le lendemain, il s'est présenté au secrétariat de l'École de
médecine, au fronton de laquelle brille cette magnifique inscription : — NOSTRA ARTE TOLLITUR MALUM,
ce qui signifie : — *Notre art enlève le malade...* Là,
on l'a prié d'exhiber ses diplômes de bachelier ès-
lettres et ès-sciences : le grand prix de thème avait
oublié ce léger détail ; mais Paris est un magnifique
seigneur qui n'abandonne pas ses hôtes pour si peu ;
de même qu'il vend des cigares et de l'amour, il procure, à un taux honnête, des certificats d'érudition ;
moyennant cent francs et un dîner à quarante sous,
plus le café et le petit verre, notre futur Dupuytren
s'est fait substituer, dans ses examens, par un honnête petit filou qui lui a conféré, sans déplacement,
le double grade qui lui manquait.

— Que dites-vous là ! s'écria Gaston ; est-ce que
l'on peut obtenir ces titres scientifiques par procuration ?

— Rien de plus facile et de plus ordinaire : il

existe ici quelque chose comme une centaine de savants modestes qui se chargent, moyennant salaire, de vous éviter le désagrément des études préalables et des refus subséquents : un habit noir, une cravate blanche et une solide connaissance du manuel du baccalauréat suffisent à la mise en scène, et je connais tel entrepreneur de ce genre qui a déjà conquis soixante ou quatre-vingts diplômes sans avoir gardé pour lui-même le titre qu'il abandonne à d'autres.

— Et cette fraude est tolérée !

— Non pas ! Il y a prison et amende pour ceux qui sont pris en flagrant délit de faux en écriture publique ; mais le moyen de constater le délit !...Vous voulez obtenir votre diplôme, par exemple : un entrepreneur de baccalauréat se rend, en votre lieu et place, à la salle d'examen ; à l'appel de votre nom , il répond : présent ! feint la timidité ou la frayeur ; ses examinateurs le rassurent, l'encouragent ; il explique Cicéron et Démosthènes, résout Burnouf et Francœur, commente Orfila et Thénard : Bravo !... *dignus est intrare* ; on lui confère le bienheureux diplôme sous votre nom, il vous l'apporte, vous dînez ensemble, vous vous grisez à la santé de la Sorbonne , et vous voici orné du baccalauréat, dont l'étymologie ne signifie pas autre chose que *laurier de Bacchus*, ce qui vous autorise à prendre vos inscriptions , et à reboire du punch..

A compter de ce jour, notre homme passe *étudiant*,

ce qui n'implique, en aucune façon, la nécessité d'étudier ; non. Un étudiant a le droit de porter un béret allemand sur le coin de l'oreille, de laisser pousser sa barbe et ses cheveux comme un monarque mérovingien, de fumer dans une pipe de Nuremberg, de dîner à quinze sous chez Flicoteaux, et de dépenser quinze francs, qu'il n'a pas, au café Procope ; son brave homme de père lui donne à grand' peine une centaine de francs par mois, et il est rare que les premiers quinze jours n'aient pas lestement absorbé le premier trimestre. Alors, il se trouve généralement un fils d'Israël qui, en sa qualité de juif, lui avance quelques louis, en lui faisant souscrire un billet représentant le double de la somme prêtée, et la bonne mère, qui est restée au village, finit toujours, à force d'économie sur le beurre et les œufs, par payer, avec intérêt, à l'échéance. Puis, viennent les farces à Romainville, les excentricités de la Grande-Chaumière, le rendez-vous sous les ombrages du Luxembourg, les cabales de l'Odéon, les orgies du sixième étage, les infidélités à Clarisse, Amanda, Louise et Paméla ; puis les raccommodements, les brouilles, les rapprochements et les divorces définitifs : tout cela demande du temps et exige du travail ; c'est l'ordinaire itinéraire qui conduit au doctorat.

— Mais l'étude de la médecine ?... demanda Gaston.

— Oh !... quant à cela, le papa a donné ce qu'il fallait pour acheter les ingrédients nécessaires: il a

fourni de quoi se procurer la *Physiologie* de Riche-
raud, la *Nosologie* de Pinel et les *Maladies cutanées*
d'Alibert. Ces savants ouvrages ont été dévorés con-
sciencieusement... sous forme de poulardes, ou
analysés sous figure de punch au rhum, manière de
faire de la chimie; la *pathologie* de Marjolin a payé
les cigares, et la *médecine légale* d'Orfila a soldé les
chapeaux roses de Mlle Clara... Au bout de quatre
années *d'études*, il a passé son examen, soutenu sa
thèse et il obtient le droit imprescriptible de *saignare*,
purgare et, ma foi, *clysterium ordonnare*; il est
docteur...

— Ah çà, mais!... s'écria Gaston, comment a-t-il
pu subir les examens de la thèse dont vous parlez?...

— Demandez au papillon d'où viennent les roses;
à la lune, qui l'empêche de tomber sur les tours de
Notre-Dame ;... demandez, mon cher, tout ce que
vous voudrez ; mais ne forcez point l'étudiant à vous
expliquer comme quoi et pourquoi il est docteur;
c'est une charade dont il ignore le premier mot : il
l'est, donc il l'est; voilà le plus clair de son affaire...
Alors, vient le revers de la médaille : il faut planter
sa tente dans quelque coin de département; Arthur
dit un éternel adieu aux Clarisses du quartier latin,
il coupe sa moustache, achète une canne à corbin, se
voue aux besicles à perpétuité, se courbe à la façon
des plus vieux praticiens, se procure un tableau représentant Hippocrate refusant les présents d'Ar-
taxercès et même une pendule Ruolz surmontée d'un

Esculape accosté du coq et du serpent emblématiques. Dès ce moment, il peut espérer une clientèle et, pour peu qu'à trente ans il sache épiler son front et obtenir une calvitie prématurée, il a la chance de devenir médecin des hospices et quelquefois accoucheur de môssieu le maire !

— Mais tout ceci est aussi impossible qu'invraisemblable ! interrompit Gaston : ce sont des histoires faites à plaisir, qu'on entend raconter, qui font rire, mais qu'on n'a jamais vues soi-même...

— Voulez-vous, fit le baron, que je vous parle de ce que j'ai vu, de mes propres yeux vu, ce qui s'appelle vu ? c'est très-facile ; allumons un nouveau cigare et marchons, car l'air du matin commence à devenir piquant, malgré les fourrures qui nous enveloppent.

CHAPITRE XXIX.

Intérieur d'hôpital. — La science et l'alcool.

— C'était par un beau jour d'été, mon régiment rentrait de la manœuvre...

— Mille pardons, interrompit Gaston, mais vous avez donc été militaire ?

— J'ai été tout et bien autre chose, répondit le baron, vous vous en convaincrez lorsque nous aurons passé quelques heures ensemble... Donc, nous rentrions de la manœuvre, lorsqu'on vint nous annoncer la mort d'un officier de nos amis, qu'une courte maladie retenait depuis quelques semaines à l'hôpital. Une députation fut aussitôt dépêchée vers l'hospice militaire, pour y réclamer, au nom de notre état-major, le corps du malheureux défunt. J'étais forcé de porter la parole comme étant le plus ancien lieutenant de la compagnie.

Quand nous arrivâmes à l'hôpital, les sous-aides

18

auxquels il fallait nous adresser étaient réunis dans le cabinet de service, et nous y pénétrâmes en dépit d'une épaisse vapeur de pipes et de cigares, dont ces enfants d'Esculape faisaient un usage plus que considérable... Tout militaires et fumeurs que nous fussions, il nous parut difficile d'établir une comparaison tant soit peu équivalente entre cette atmosphère peu scientifique et celle des corps de garde les plus enfumés. Autour d'une longue table chargée de tasses et de bouteilles, étaient couchés, plutôt qu'assis, huit ou dix jeunes gens, dont la pétulante hilarité attestait une préalable et copieuse consommation alcoolique... A notre entrée, l'un d'eux interrompit un couplet bachique, au grand regret de ses commensaux qui tous en répétaient le bruyant refrain.

— Pardon, messieurs, dis-je en entrant, suivi de mes deux compagnons, peut-être nous sommes-nous trompés. Est-ce ici qu'il faut nous adresser pour obtenir la remise du corps d'un de nos camarades mort ce matin?

— Ah! ah! répondit un des sous-aides un peu plus enluminé que les autres, je sais ce que c'est. Vous parlez du numéro 14 qui a pris sa feuille de route sur les six heures et demie; taille : 1 mètre 70, cheveux bruns; signes particuliers: une cicatrice de coup de sabre sur la clavicule droite, et une lentille au bas des reins. Bon! connu, et vous voudriez récupérer le susdit ex?...

— Oui, monsieur, nous désirons lui rendre les honneurs militaires, et...

— Ce n'est pas possible, mon ancien.

— Comment ? pas possible ! fis-je, passablement étonné de l'accueil étourdissant de ce jeune médecin.

— Non, par saint Hippocrate !... c'est-à-dire pourtant, entendons-nous : êtes-vous parent du susdit cadavre demandé ?

— Non, ma foi !... nous sommes ses amis, ses confrères.

— Alors, pour lors, comme j'avais celui de vous l'objecter, physiquement et métaphysiquement impossible, vu que le règlement nous accorde et nous octroie les cadavres, passés, présents et futurs de tout ce qui meurt entre nos mains, et, voyez-vous, c'est dans l'intérêt de la science ; car, comme dit Paracelse, axiome 34 : *dissecare et tranchare, si vis medicare.*

— Sous-entendu *oportet* ! hurla un des convives du bout de la table.

Toute la troupe partit d'un long éclat de rire, et malgré mon sang-froid militaire, je fus sur le point de perdre contenance, tant la mystification me paraissait flagrante.

— Messieurs, repris-je toutefois, en tâchant de conserver ma modération, la chose peut vous paraître plaisante, et je conçois qu'à travers la vapeur

joyeuse qui vous enveloppe, vos yeux ne voient pas
tout à fait comme les nôtres ; mais permettez-moi
de vous dire qu'il m'est parfois arrivé de me moquer
des autres, et jamais de souffrir qu'on l'entreprît à
mon égard.

— Parbleu ! s'écria un tout petit jeune homme
blond et rose, à moitié caché par les bouteilles dont
il dépassait à peine les goulots, parbleu ! vous êtes
l'hiéroglyphe que je cherche depuis longtemps ! *te
ipsum quero* ! comme dit feu Lhomond ; je me
moque généralement du monde et je ne permets pas
que le monde me le rende. Topez là, ajouta-t-il en
s'avançant et en brisant deux ou trois flacons qui se
trouvaient dans la perpendiculaire de son coude,
topez là !

— D'autant plus volontiers, dis-je, que je pense
que c'est une provocation que vous me faites l'honneur de m'adresser !...

— Comment l'entendez-vous ? répondit le petit
jeune homme, pas de doute que je vous provoque !
à tout ce que vous voudrez, depuis le sabre jusqu'à
la lancette, depuis le pistolet jusqu'à la seringue, au
canon, à la couleuvrine, à cinq cents mètres ou à
bout portant, à pied comme à cheval, en wagon, en
ballon, les yeux bandés ou bien avec un télescope !...
Qu'est-ce que ça me fait à moi Martial-Napoléon de
Saint-Maur !...

A une telle conclusion, et malgré son excentricité,
il n'y avait qu'une seule confirmation raisonnable :

il fallait répondre par un soufflet à M. Martial-Napoléon de Saint - Maur, lorsqu'un des sous-aides, qui se
trouvait près de moi, s'élança entre nous deux et,
me saisissant le bras avec assez de douceur, me dit,
du ton le plus sérieux du monde :

— Pourquoi êtes-vous venu ici, lieutenant?

— Parbleu !... je l'ai dit assez, ce me semble, et je
suis fort étonné qu'on se permette...

— Un instant ! ne nous écartons pas de la question
préalable... Vous voulez le cadavre dont s'agit ?... Eh
bien ! croyez-vous que ce soit à coups d'épée ou de
pistolet...

— Ou de lancette, ou de couleuvrine ! cria le jeune
homme.

— Tais-toi !... continua l'autre... Croyez-vous que
ce soit par la violence que vous l'obtiendrez?...Non!..
Par le fémur de saint Christophe, non!... Asseyez-
vous, parlons raisonnablement et voyons si nous pou-
vons nous entendre. Vous comprenez bien qu'ils sont
ivres, ajouta-t-il en se penchant à mon oreille; demain ils vous accorderont tout ce que vous voudrez.
Aujourd'hui, tout votre régiment à cheval, en colonne
ou en bataille, n'aurait le cadavre que par morceaux;
voyons, mettez-vous à table, cédez à la circonstance,
et, dans une demi-heure, vous verrez la chose du
bon côté; quand vous aurez cassé l'épaule ou le tho-
rax à tout ce qui est là, croyez-vous que vous en
auriez le cadavre plus vite?... Non, non ! les cara-

bins sont comme les vautours : ce qu'ils ne peuvent dévorer, ils le déchirent.

Puis, se tournant vers la table :

— Messieurs, dit-il, on ne doit pas déranger l'honnête homme qui dîne; admettez-vous le principe ?

— A l'unanimité !... hurlèrent les médecins en herbe.

— Or, continua-t-il, nous dînons. Admettez-vous les prémisses ?...

— Admis! crièrent les voix.

— Donc, je propose de continuer de boire, quitte à arranger l'affaire demain. Admettez-vous la conséquence ?... Ces messieurs nous font l'honneur d'accepter un verre.

— Admis, admis, le syllogisme! répliquèrent tous ces fous étranges.

— Adopté le raisonnement, ajouta M. Martial-Napoléon de Saint-Maur, et passant subitement du dernier degré de l'insolence à la plus aimable courtoisie, il s'empara de mon bras et me supplia de m'asseoir à ses côtés.

— Quand je dis *verre*, continua le pacificateur, entendons-nous, messieurs, nous n'avons pas de ces ustensiles dans l'intérieur de l'établissement : cela est trop fragile et résiste moins au hasard des chutes et des chocs, que cette tasse que j'ai l'honneur de vous offrir, à moins que vous ne préfériez ce crâne humain culotté avec du rhum de la Jamaïque; ce serait plus scandinave et plus romantique.

— Allons donc! fit un autre en s'emparant de la boîte osseuse que me présentait très-sérieusement notre amphitryon. Honneur aux étrangers! ces messieurs ne sont pas habitués; peut-être ne boiraient-ils pas de bon cœur là-dedans. Voici une tasse de choix, presque neuve, puisque son propriétaire n'a passé ici que vingt-quatre heures.

— Ah! oui; il est mort du choléra, dit un autre. Mais rassurez-vous; on peut la laver, si vous y tenez. Du reste, il n'y a pas le moindre danger, car le choléra, voyez-vous, n'est pas contagieux : c'est connu, et, comme l'a fort bien dit et prouvé Broussais, dans son mémoire *sur les affections transmissibles...*

— A bas le pédant! cria toute l'assemblée... A l'amende! à l'amende!

Celui qui occupait le centre de la table frappa sur une bouteille avec le scalpel qui lui servait de couteau, de sonnette, de tire-bouchon, de cure-dent et d'instrument à dissection, et il se fit un grand silence, dont il profita pour parler en ces termes :

— Vu l'article 35 du réglement, ainsi conçu : « Tout sous-aide qui prononcera à table un seul mot tendant directement ou indirectement à rappeler les soporifiques principes de la science médicale, sera puni d'une amende de cinq litres d'alcool première

qualité, *vulgo* eau-de-vie. » Vu également le 5ᵉ paragraphe du chapitre III qui dit que « l'amende doit
être payée, servie et absorbée immédiatement, *illico,* » condamnons le délinquant à faire arriver, sous
dix minutes, les cinq litres sus-indiqués ; enjoignons
par le fait, *re ipsá*, aux assistants de consommer la
chose sans désemparer.

— Vive le président !... Vive la Constitution !...
répéta l'assistance.

Et ce fut un tumulte épouvantable, que pouvait
seule dominer la chute des vases et des chaises roulant sur et sous les convives, qui hurlaient d'ivresse
et de bonheur : c'était, pour moi, comme un vertige,
une hallucination, comme une de ces nuits fantas-
tiques, dont Shakspeare et Anne Ratcliff seuls nous
ont transcrit les étranges peintures. Je croyais assister
à un conte d'Hoffmann, à une orgie de truands et de
bohêmes, et je finis par me persuader que c'était tout
simplement un rêve...

Un infirmier entra, son bonnet de laine grise à la
main, et demanda le médecin de garde.

— Présent !... cria celui qui s'était interposé
entre le soufflet et M. Martial-Napoléon de Saint-
Maur.

— Mon lieutenant, lui dit l'infirmier... (car il est
bon que vous sachiez que, dans l'armée, on donne le
titre militaire à tout ce qui porte ou lancette ou
épée) mon lieutenant, il y a le numéro 15 de la salle

Saint-Côme, qui crie comme un écorché; le major lui a ordonné une saignée ce matin; on a oublié de la faire, et... ma foi! je crois qu'il étouffe.

— Ça pourrait bien être; on y va, dit le sous-aide en se débarrassant de l'énorme tas de banquettes qui encombraient le parquet; je l'avais oublié! Messieurs, je suis à vous dans cinq minutes, si le sujet vit encore, et dans deux, s'il a tourné la prunelle vers les contrées septentrionales de l'Élysée antique ou du Paradis moderne.

Et il partit, en fredonnant le refrain bachique.

J'étais fort surpris de cette façon d'envisager les choses, et je dis à mon voisin:

— Est-ce que, véritablement, la vie peut dépendre d'une saignée retardée de quelques minutes?

— Corbleu! je le crois bien!... Lorsqu'il y a principe de congestion, les molécules sanguines qui se précipitent avec violence dans les vaisseaux capillaires du cerveau produisent immédiatement l'engorgement, la phlétore, l'aimalgie, l'apoplex...

— A l'ordre! à l'ordre!... interrompit l'assistance, et le président frappa de nouveau sur sa bouteille, prononça d'après l'article 35 du règlement, cita le 5e paragraphe du chapitre III, et, cinq minutes après, dix litres furent intronisés sur la table, comme si la magique baguette d'une fée les eût fait surgir de dessous les dalles humides que nous avions sous les pieds.

Celui qui s'était absenté pour faire la saignée, rentra un instant après, en essuyant sa lancette.

— Eh bien! ton numéro 15? demandèrent plusieurs voix.

— Trop tard: *ad patres!* j'ai fait une saignée blanche: le numéro est à louer.

— A moi le cadavre, cette fois! s'écria un des convives, en se frottant les mains; c'est mon tour, je pense.

— On verra le contrôle, répondit le président, en avalant une tasse d'eau-de-vie. Et il alluma un cigare.

— Ah ça, messieurs, continua l'homme à la saignée blanche, tout en repliant la lame de son instrument, je crois qu'avant de dévirginiser ce flacon, il serait bon de discuter la question et la demande de ces messieurs; car, dans un quart d'heure, la question sera difficile...

— J'espère qu'elle sera impossible, cria M. Martial-Napoléon.

— Dans l'ancienne Rome, continua le premier, le Sénat s'assemblait à jeun; dans la nouvelle, il n'est pas permis aux cardinaux d'introduire seulement un centimètre de macaroni dans le Conclave, et, bien que nos Lycurgues modernes votent, en France, après le déjeuner et non loin de la buvette, je vote, moi pour qu'on ouvre la délibération avant boire... et, comme nous voici, d'ailleurs, maintenant possesseurs de deux cadavres...

— Adopté! cria-t-on, mais soyez bref.

— Lorsqu'un grand homme mourait à Athènes...

— Au fait!.. au fait!... hurla l'auditoire.

— Alors, je descends de quelques siècles... Lorsque l'empire romain tomba au pouvoir de Constancius Chlorus et de Galerius, deux nouveaux Césars furent créés, en leur place, par les empereurs qui se dépossédaient; les Gaules, l'Espagne et la Grande-Bretagne...

— Au fait!... aux voix!... la clôture!... à bas le Montesquieu!

Le président frappa sur sa bouteille et dit, en s'adressant à moi :

— Vous demandez l'enveloppe mortelle de votre ami?... Répondez oui ou non.

— Oui!

— Pour lui rendre ce que vous appelez les honneurs funèbres?

— Oui!

— La *Cour* va délibérer; passez dans la pièce à côté.

— J'aime mieux ça! dit M. Martial-Napoléon de Saint-Maur.

Je vous avoue, cher ami, que je ne pus m'empêcher de rire, en me demandant si c'était ainsi que cette insoucieuse jeunesse se préparait au grand art de guérir l'humanité; mais on ouvrit une porte qui se referma sur nous : nous nous trouvions dans l'amphithéâtre de dissection, *dans la salle des morts...*

— Qu'est-ce que cela ? fit Gaston, en laissant tomber son cigare.

— Vous allez le savoir, répondit le baron, en lui présentant un autre panatellas.

———

CHAPITRE XXX.

Manière de ressusciter les morts et de faire mourir les ressuscités.
Le meilleur médecin. — Temps d'arrêt.

— Le jour entrait à peine dans cette espèce de ca-
veau humide, qu'une odeur pénétrante de sang et
quelques lambeaux épars de chair humaine faisaient
ressembler au hideux charnier d'un abattoir. Des cadavres d'hommes et de femmes gisaient étendus sur
des tables ensanglantées, et je me rappellerai toujours l'impression que produisit sur mon esprit, déjà
excité par les scènes précédentes, la vue d'un énorme
rat qui s'enfuit, à notre brusque entrée, en traînant
un débris sanglant, reste informe que son ancien
possesseur aura bien du mal à récupérer, lors de la
grande revue de la vallée de Josaphat...

Et vrai, mon cher ami!... la position était étrange,
excentrique. Là, à côté, des éclats de la plus stri-
dente gaieté ; ici, le silence éternel, la tristesse morne

19

et sans écho ; là, là vie avec ses rayonnements
d'ivresse, de folie, de jeunesse et de mouvement ; ici,
la mort avec son muet linceul, ses sombres et ternes
reflets, ses froids et pesants attributs !...

Nous contemplâmes, un instant, cet émouvant
spectacle : sur une table de pierre, je remarquai un
cadavre ; c'était celui de notre ami, celui que nous
venions réclamer ; il était intact et le scalpel avait
épargné ses suprêmes insultes à ce pauvre jeune
homme moissonné avant l'âge ; ses yeux, à demi
fermés, n'avaient rien de ce mat horrible qui glace le
glauque regard des morts ; sa moustache brune tombait sur ses lèvres décolorées, et je reconnus la place
où mon épée, il y avait bien longtemps déjà, avait
imprimé une cicatrice sur la poitrine, ce qui nous
avait faits amis jusqu'à la mort... hélas ! et plus loin
encore, comme vous le voyez... Et, malgré l'horreur
du spectacle, — étrange mystère que le cœur humain ! — nous nous mîmes tous à rire, en pensant
au contraste établi entre les deux chambres adja-
centes... Qu'est-ce que la mort ? nous disions-nous,
en admirant le calme peint sur le visage du cadavre...
La mort, c'est le plus doux, le plus paisible sommeil
que l'homme puisse goûter ; c'est la cessation de
toutes les douleurs physiques et morales... et, que
sont, après tout, les regrets, les larmes dont on ho-
nore, dont on étourdirait peut-être, s'il pouvait les
ouïr, l'homme qui en est l'objet ? Tout cela, néant et
dérision ! néant, comme tout ce qui est !... heureux

et raisonnables sont ceux qui, comme ces jeunes fous, rient et chantent sur les tombes, boivent et s'enivrent sur les cadavres ; car la mort est un épouvantail dont on n'a peur que par préjugé, que par tradition : qu'on s'accoutume à l'idée de mourir, comme à celle de boire et de dormir, et...

— Et voilà le *hic* ! me fit judicieusement observer un de mes camarades.

— Et cependant, m'écriai-je, il nous faut ce cadavre !

— Vous l'aurez ! cria, en entrant, un des carabins qui venait nous chercher.

Nous rentrâmes dans la première pièce... Encore une fois, le président frappa sur sa bouteille et dit, avec le plus grand sérieux du monde :

— Considérant que la demande des officiers ici présents est basée sur un sentiment noble et généreux ; considérant que l'amitié est aussi, chez nous, le lien sacré qui nous unit dans nos réunions bachiques et que, si l'un de nous faisait la sottise de se laisser mourir, nous ne serions pas fâchés de l'inhumer honnêtement, ne fût-ce que pour faire une dernière et pieuse libation à sa santé, comme c'est l'antique usage ; considérant, d'autre part, que les carabins sont frères du soldat, puisque tous ont été organisés pour tuer régulièrement et légalement ; accordons le cadavre demandé, aux conditions suivantes : — 1º Les demandeurs resteront avec nous, toute la journée, afin d'aider leurs juges à consommer

.le produit des amendes présentes et futures, en se conformant eux-mêmes au règlement qui les soumet aux peines prononcées par l'article 35, s'ils y contreviennent... 2º Comme toute *marchandise* mérite échange, ils payeront un punch à la société, après quoi ils seront maîtres du susdit cadavre... Fait et délibéré dans la salle de service et voté à l'unanimité... J'ai dit ; *dixi*.

— Voilà, pensai-je, d'étranges originaux ! où diable nous sommes-nous fourrés ! qu'importe ! la situation est neuve et piquante... Aussi, répondis-je, après avoir consulté du regard mes camarades qui riaient de tout leur cœur :

— Accepté à l'unanimité !

— Garçon ! cria M. Martial-Napoléon de Saint-Maur, du ton d'un homme qui demande une demi-tasse au *Café de Paris* ; garçon, le cadavre demandé !

— Voilà ! répondit une voix qui partait du fond de l'auditoire.

Ce fut alors un tumulte, un conflit, un horrible mélange de vociférations et de hurlements de joie. En un instant, le bruit des verres, (quand je dis *verres* !...) couvrit les voix que repercutaient les sombres échos de la salle des morts. Le punch écumait dans les tasses qu'on remplissait et qu'on vidait avec une effrayante rapidité : et puis, des chansons bachiques ou sérieuses, grivoises ou sentimentales, des couplets d'un patriotisme effréné retentirent sous les voussures des plus longs corridors, allant porter jusqu'aux lits des malades et des mourants de l'hôpital, le bruyant témoignage de la sollicitude des médecins attachés à leur garde. C'était la première fois que nous nous rencontrions, et, cependant, déjà tous nous nous tutoyions. L'orgie, comme vous voyez, était arrivée à ce point où, à travers les vapeurs de l'ivresse, l'œil affaibli a perdu la puissance d'intuition rétrospective et celle de plonger dans l'avenir, conservant juste assez de force pour contempler le présent, qu'il ne peut plus comparer, ni juger... Il y eut un des convives qui se mit à déclamer les fureurs d'Oreste et qui, pour mieux se conformer sans doute aux intentions du poëte, ne brisa pas moins d'une demi-douzaine de bouteilles, dans son invocation aux filles d'enfer... Un autre, du ton le plus sentimental, nous récita la déclaration d'Orosmane et, croyant se précipiter aux pieds de Zaïre, (Zaïre était l'infirmier qu'on avait fait rester pour servir,) eut toute la peine imaginable à se relever, tout soutenu qu'il fût par deux de ces messieurs passablement déguisés en musulmans, au moyen de serviettes dont ils s'étaient affublés en guise de turbans... Un autre encore, plus ivre que ses co-déclamants, ouvrit la porte de la salle des morts et, étendant la main vers le cadavre, s'écria en pleurant tout de bon :

Du plus grand des Romains, voilà ce qui nous reste !

et acheva toute la suite du long discours d'Antoine sur le corps de César : il y eut alors un moment qui fut horrible et la stupeur fut générale ; mais on apporta un nouveau bol de punch.

— Un cadavre pour un punch ! s'écria un des convives : avouez, seigneur officier, que c'est bien bon marché ; combien coûte ce punch, savez-vous ?...

— Mais, huit ou dix francs à peu près, répondis-je.

— Dix francs un cadavre ! c'est donné ! On n'en a pas aujourd'hui à l'École-pratique à moins de quinze, et encore, quels cadavres !... maigres, rachitiques, sans muscles, sans tissu cellulaire : de vrais squelettes ; il faut mettre un louis pour avoir quelque chose. Aussi, est - ce un cadeau que nous vous faisons.

M. Martial-Napoléon de Saint-Maur me tira par le bras et me dit tout bas :

— Dites donc : j'aurais une marque d'amitié à vous demander ; mais, notez que c'est une pure faveur, une complaisance que je réclame, car le cadavre est maintenant bien à vous et je n'ai rien à y prétendre ; mais je dois passer, ces jours-ci, mon examen de névrologie et je serai fort embarrassé si je n'ai pas de sujet pour étudier ma matière. Vous avez l'air bon enfant : cédez-moi un bras de votre ami ; ça ne s'apercevra pas.

J'allais répondre à cette étrange demande, lorsqu'un autre me tira à part et me dit :

— Pardon, monsieur, vous m'inspirez assez de

confiance pour que je vous accorde la mienne ; aussi vais-je droit au but : je fais imprimer ma thèse la semaine prochaine, et elle roule sur les maladies de foie. J'aurais pu facilement enlever ce viscère, recoudre avec soin l'enveloppe abdominale et vous n'y auriez rien vu ; mais, ajouta-t-il en riant de cet affreux calembour, j'ai moi-même trop de *foi*, pour m'emparer de *celui* qui vous appartient. Cédez-moi donc cette faible portion du cadavre et je vous enverrai un exemplaire de ma thèse touchant les *hépatites*, sur grand vélin satiné : ça vous va-t-il ?

J'étais muet de stupeur ; je regardais mon interlocuteur avec des yeux effrayés, lorsqu'un troisième survint et me demanda *un pied*, pour étudier, disait-il, l'articulation tarsienne et métatarsienne... Je me rappelai la comparaison des carabins aux vautours et lui représentai que, pour peu que les demandes continuassent, je me voyais sur le point de laisser le cadavre par pièces et par morceaux, et qu'alors mon punch devenait *garantie commerciale* illusoire.

— Ah ! mon cher, s'écria ce dernier : lisez Pope, Voltaire, Boerhaave, Newton, Descartes, Lucrèce, Gall, Richerand, Magendie, et vous verrez clairement que le siége de la sensibilité est dans le cerveau ; que l'âme est dans les replis, dans les cryptes de la membrane cervicale, pie-mère et dure-mère. L'homme, c'est la tête, *homo caput*, a dit Ovide : la preuve, c'est que, lorsque la justice civile veut tuer et déshonorer un coupable, elle lui coupe cette intéressante partie de son individu; eh donc! pourvu que la tête vous reste, vous avez l'homme; aussi, nous sommes-nous bien gardés de vous parler de cet organe : mon raisonnement est juste et conséquent comme une proposition d'Euclide; c'est syllogique et irrécusable.

Et toute sa troupe partit d'un bruyant éclat de rire.

Ces rires avaient pour moi quelque chose de surnaturel, d'inexplicable, dans une telle circonstance; il me semblait que ces hommes, vivant au milieu des amphithéâtres et des charniers humains, interrogeant les causes et les effets de la putréfaction, plongeant la main dans les plaies purulentes des cadavres, exhumant des corps à moitié rongés, reconstituant les diverses parties des squelettes; il me semblait, dis je, que de tels hommes devaient avoir quelque chose de sombre et de sinistre, comme les lieux qu'ils fréquentaient, comme la mort dont ils étudient les causes, dont ils analysent les restes... Eh bien, ces hommes riaient de bon cœur, faisaient de l'érudition, de l'esprit et des calembours sur un cadavre; comme cet empereur romain qui faisait de l'illumination et du feu de joie avec des chrétiens vifs, dont il garnissait les allées de son parc en guise de lampions et de flammes de Bengale.

Tout à coup un silence effrayant, étrange, succéda à cette hilarité échevelée : la porte de la salle des morts roula lentement sur ses gonds rouillés et criards, et une figure pâle, horriblement blafardée des affres de la mort, s'avança vers nous... C'était le cadavre ! c'était celui que nous venions réclamer !... Les traits de son visage étaient contractés par un sentiment et une sensation inexplicables : telle dut être l'ombre de Banquo apparaissant à la table du festin ; et la main invisible et mystérieuse traçant les caractères prophétiques aux murs de Balthazar, jeta moins de terreur au cœur de ses convives... L'ivresse avait cessé.

Ce silence dura quelques secondes ; puis le cadavre s'arrêta et, d'une voix faible et tremblante :

— Où suis-je ? dit-il.

Personne ne répondit.

— Qui êtes-vous ? poursuivit le revenant et, s'avançant vers un des sous-aides qui tremblait d'effroi :

— N'est-ce pas vous qui m'avez saigné avant-hier ?

— Oui... murmura le médecin.

— Comment se fait-il donc que je sois là, tout nu, sur une pierre humide ? est-ce un rêve ?... oh ! j'ai froid... est-ce que je dormais ?

— Il était en léthargie !... cria un des assistants.

— En catalepsie !... riposta un autre.

A la terreur générale succéda une scène d'un tout autre genre : on courait, on s'empressait, on se heurtait, et chacun apportant le tribut de son expérience médicale, indiquait le moyen de réveiller, dans ce corps débilité, le feu presque éteint de la vie. On eût discuté trop longtemps, et je trouvai de suite, en

19.

ma qualité de militaire, le remède simple et puissant que voulait, tout à l'heure, employer le maître d'armes que vous avez vu ; je fis avaler un grand verre de punch au ressuscité, et, peu à peu, la chaleur vitale succéda dans ses veines à ce froid de mort qui y avait glacé le sang.

En un instant, on composa un costume au nouveau convive, qui déclara se trouver parfaitement capable de rester avec nous, et, comme on n'avait sous la main ni habit ni pantalon, on le drapa avec une couverte de lit, et une serviette lui servit de bonnet : il était vraiment aussi gai que nous et fut le premier à proposer un toast à sa résurrection.

Le bruit de cette guérison, qui vous semble invraisemblable, se répandit bientôt dans l'hôpital, et cette nouvelle, franchissant les murs, annonça au régiment l'incroyable aventure du jeune officier.

— Cela ne fait pas l'affaire de ma thèse ! murmura l'homme aux maladies de foie, qui voyait sa quote-part de cadavre qui lui échappait.

— Je n'aurai pas *mon bras* pour repasser ma névrologie ! se disait l'homme à l'examen, en remarquant, avec quelque regret, que son *sujet* se servait admirablement de son avant-bras pour manier la cuillère à punch.

— Comment disséquer mon articulation tibio-tarsienne ? continuait le troisième à part lui.

— Et moi, pensai-je ; heureusement, j'en suis quitte pour mon punch !

Tout à coup, une jeune fille se précipita au milieu de la salle : un rayon de joie douce et intime, joie mêlée de larmes et de sourires, inondait ses joues roses et blanches ; les boucles de sa blonde chevelure tombaient, en flocons ondoyants, sur ses épaules, que recouvrait une gaze transparente ; elle était belle et jolie tout à la fois ; c'était une seconde apparition plus aimable, mais non moins surprenante que la première.

Le petit jeune homme, porteur du nom de Martial-Napoléon de Saint-Maur, se leva et courut vers la jeune fille, la prit par la main et la força à recevoir un baiser... A cette vue, le ressuscité, surgissant de sa place comme un lion auquel on arracherait ses lionceaux, s'écria :

— Cette femme est à moi ! c'est ma maîtresse !...

— Tant mieux ! répliqua le jeune homme ivre ; je l'en estime d'autant plus, et un second baiser va prouver la force de mon assertion.

— Je vous en défie ! hurla l'officier d'une voix de tonnerre.

Deux sons se firent simultanément entendre : le bruit d'un baiser et celui d'un soufflet...

. . . .

Le lendemain, à la pointe du jour, quatre jeunes gens se dirigèrent vers la vallée qui entoure la ville : une heure après, trois seulement revenaient ; le quatrième fut rapporté à l'hôpital sur une civière que portaient des infirmiers, et, deux jours après, une jeune fille en pleurs venait réclamer le corps d'un officier, son amant, tué en duel par un sous-aide de l'hospice nommé Martial-Napoléon de Saint-Maur. ╲

— Il est trop tard, lui répondit le portier : ces messieurs ont passé leurs examens.

Et moi, je reçus sous enveloppe une thèse touchant les maladies de foie ou hépatites, imprimée *in-folio* sur vélin satiné.

— Voilà, dit le baron en jetant le bout de son cigare, comment la médecine s'apprend généralement ; sur cent docteurs, ne craignez pas de dire hardiment que quatre-vingt-dix-neuf sont dans ce cas : tous vous soutiendront le contraire, rien de plus naturel ; mais, croyez-moi, si vous tenez à la santé, ne la confiez jamais qu'à de vieux médecins, qui guérissent non parce qu'ils sont docteurs, mais parce que l'expérience leur a appris leur art, comme elle apprend à faire des bottes ou à faire la barbe.

— Mais, s'écria Gaston, qui avait religieusement écouté cette longue anecdote ; à vous entendre, rien ne serait plus dangereux que la médecine.

— Tenez, cher enfant, fit le vieillard en déployant de nouveau son journal du soir, lisez cet article, et profitez-en.

Gaston prit la feuille et lut :

« Vient de mourir à Résina (État de Naples) Francesco Faënge, âgé de cent neuf ans ; il passait sa vie à la campagne, dormait peu et se promenait beaucoup ; il mangeait rarement de la viande, buvait peu de vin, *ne lisait jamais de journaux* et N'AVAIT PAS DE MÉDECIN. »

— Ce qui prouve, s'écria Gaston en riant, que la meilleure façon de choisir un médecin, c'est de n'en point avoir.

— Précisément ! fit le baron ; et d'ailleurs, mon brave ami, la pauvre humanité n'a vraiment pas un énorme besoin de la science et des diplômes, pour arriver au terme fatal, qu'on nomme *la mort*. Sans être médecins, nous avons su, tous tant que nous sommes, raccourcir la distance qui sépare le berceau de la tombe.

— Hélas ! dit Gaston, je sais que le poignard et le pistolet n'ont pas été inventés pour rester oisifs.

— Pourquoi recourir aux voleurs de grand chemin pour cela ?... Cartouche et Mandrin ne sont pas tellement indispensables, qu'on ne puisse s'en passer. Il y a mille moyens de diminuer la liste des vivants et, en ceci, la créature sait admirablement contrebalancer l'inépuisable fécondité du Créateur.

— Oh !... *l'auri sacra fames* entraîne à tous les crimes ?

— Pas même besoin de si puissants motifs... On assassine très-bien sans qu'il y ait un sac de mille francs ou une liasse de billets de banque au bout du poignard. Tenez, ajouta le baron, en déployant une lettre qu'il lut à haute voix ; voici ce qu'on m'écrit de Munich ; et ne croyez pas que ce soit là un de ces faits inventés à plaisir :

« La direction générale de la police de Munich vient de publier un avis qui a produit ici une profonde et douloureuse sensation, car il révèle la perpétration, dans notre capitale, d'un genre de délit encore inconnu en Allemagne. Cet avis annonce que des bonnes d'enfants, soit pour se livrer à leurs amusements, soit pour jouir d'un sommeil tranquille pendant la nuit, administrent aux enfants confiés à leur garde des boissons soporifiques, notamment du sirop de diacode ou une décoction de capsules de pavots, boissons qui, prises hors certains cas de maladies, exercent une influence pernicieuse sur la santé, et entraînent parfois la mort.

» Dans son avis, la direction générale de la police exhorte les pères et mères de famille à surveiller continuellement et rigoureusement leurs bonnes d'enfants, et en même temps elle avertit ces dernières que la loi prononce pour ce délit des peines sévères, lesquelles, pour des personnes étrangères à la ville de Munich, se trouvent encore aggravées par l'expulsion à perpétuité de cette capitale, quand elles n'ordonnent pas une condamnation plus terrible.

» En Angleterre, les ouvrières pauvres qui ont des enfants en bas âge leur donnent ordinairement, le matin, des aliments opiacés, parce qu'elles sont obligées de les abandonner pour aller passer la journée entière dans leurs ateliers. C'est là une pratique sans doute fort répréhensible, mais ces malheureuses femmes ont toujours pour excuse la nécessité où elles se trouvent de gagner leur vie, excuse que n'ont pas des servantes payées exprès pour soigner les enfants, et qui ainsi, en compromettant la santé de ceux-ci et en trahissant la confiance de leurs maîtres, se rendent coupables d'un délit doublement grave. »

— Votre correspondant, dit Gaston, me paraît fort indulgent. Quoi ! il trouve une excuse au crime, dans *la nécessité de gagner sa vie* !

— Bah !... il y a des circonstances où le crime peut devenir une vertu... dans l'opinion du criminel.

— Comment cela ?

— Mais, cela dépend du point de vue où l'on se place pour envisager la chose... Tenez, je vais vous raconter ce qui est arrivé à un de mes amis, et certes le héros de l'aventure crut avoir trouvé une excellente excuse dans les motifs de son crime :

Le général D... revenait chez lui à une heure fort avancée dans la nuit, lorsqu'il fut attaqué par un individu qui lui demanda la bourse ou la vie. Le général, doué d'une force herculéenne, ne se troubla nullement ; il sauta sur son adversaire et le prenant à la gorge :

— Misérable, lui dit-il, suis-moi ou je t'étrangle sur place!

Le bandit tremblant s'empressa d'obéir. Arrivé sous un bec de gaz, le général put distinguer le visage de son prisonnier.

— Parbleu! drôle, s'écria-t-il, je te connais depuis longtemps!

— Quoi! mon général, c'est vous!

— Oui, moi-même, que tu as jadis si indignement volé en Afrique, dans ma tente, pendant mon sommeil... cinq cents francs en or.

— Ah! mon général, si vous saviez! on m'avait écrit d'Europe *que ma pauvre vieille mère était dangereusement malade*, et je voulais lui envoyer quelques secours. Mon général, je vous en conjure, ayez pitié de ma faiblesse, rendez-moi à la liberté! Je vous fais le serment le plus solennel, mon général, que, si vous m'accordez ma grâce, je consacrerai le reste de mes jours à racheter mes fautes passées!...

Le général D... est excellent. Le repentir du misérable, qui appartenait, il le savait, à une honnête famille de laboureurs, lui parut si sincère, qu'il consentit enfin à le laisser partir.

Le général vient de recevoir une boîte dans laquelle il y avait vingt-cinq louis accompagnés de ce billet :

« Cette restitution, général, vous prouve toute la

sincérité de mon repentir. Pour me procurer cette
somme que je m'étais engagé à vous rendre, il m'a
fallu assommer deux personnes, forcer trois secré-
taires et fracturer la porte de deux maisons de campagne inhabitées. Vous voyez, général, qu'un bienfait n'est jamais perdu. »

— Or donc, fit le baron en riant, il est évident
que cet honnête voleur crut accomplir un double
devoir, en tentant d'assassiner son général, pour
aider *sa vieille mère dangereusement malade*, puis en
assommant deux personnes, en forçant trois secré-
taires, et en volant avec effraction pour s'acquitter
envers son général... Je ne vous parle pas des mille
variétés de crimes qui émaillent les sentiers de la civilisation parisienne, comme les paquerettes émaillent le velours vert des herbages de notre belle Nor-
mandie ; il faudrait un million de volumes in-folio
pour arriver à traiter, par *à peu près*, la moitié des
détails de ce grand drame qui a nom : *la vie*.

— Et vous seul, ajouta Gaston, seriez capable d'ap-
profondir un tel sujet ?

— Pas plutôt moi qu'un autre ! répondit modestement le baron ; seulement j'ai, de plus que bien des
gens, l'expérience des choses et des sentiments ; j'ai
tant vécu, qu'à mes yeux rien n'apparaît qu'avec sa
véritable forme et ses réelles couleurs ; je vois vrai,
et voilà tout ; et voici pourquoi, voulant vous habi-
tuer vous-même, cher enfant, à ne rien juger sur la

simple apparence extérieure, je me suis attaché,
dans notre conversation de cette nuit, à tout vous
présenter sous une forme paradoxale : le paradoxe
est la plus utile figure de rhétorique ; c'est un trope
que je vous recommande, parce que, pour l'esprit
qui raisonne, il n'a rien de dangereux ; ainsi, en parlant de ce qu'il y a de plus sacré, de plus saint et de
plus respectable, en parlant de *Dieu lui-même*, je me
suis servi de paroles rudes, abruptes, frisant l'incrédulité et parfois l'athéisme : or, l'athéisme et l'incrédulité n'ont de chances de prosélytisme et de succès, que lorsqu'ils nous apparaissent habilement déguisés : ôtez le masque à Tartufe, et Molière, — le
grand Molière lui-même, — aura manqué son effet.

— Quoi ! vous avez la foi ! s'écria Gaston.

— Et pourquoi pas ?

— Mais... moi, je vous demanderai plutôt pourquoi ?

— Mon cher, je suis comme Polyeucte : — Je
crois, parce que je crois... Mais voici le grand
jour, ajouta-t-il en montrant le ciel qui s'empour-
prait de toutes les teintes d'une magnifique aurore ;
la course et les émotions variées de cette longue nuit
ont dû nous fatiguer. Je vous offre quelques instants
de repos, après quoi nous reprendrons notre *steeple
chase* à travers les plaines de la civilisation.

— D'autant plus volontiers, répondit Gaston, que
je ne serais pas fâché de savoir où je me trouve en
ce moment.

— Mais vous êtes chez moi, cher ami, fit le baron
en lui montrant, à travers les glaces, la façade d'un
splendide hôtel, dont ils traversaient la grande cour.

La voiture s'arrêta, un valet de pied ouvrit la portière, et Gaston se trouva sur la première marche
d'un large perron qu'ombrageait une magnifique
marquise bronze et or.

Le petit vieillard lui prit le bras et tous deux mon-
tèrent au premier étage, par un escalier monumental
que des caisses d'arbustes et des fleurs garnissaient
de haut en bas. Une chaleur de printemps régnait
dans cette atmosphère embaumée de toutes les plus
suaves senteurs des jardins : une sévère, mais gracieuse élégance donnait à toute cette belle habitation
un cachet de noblesse et d'aristocratique splendeur...
C'était certes là un des plus grands hôtels du faubourg Saint-Germain, et Gaston le devina, bien qu'il
ignorât le nom même de la rue où s'était arrêtée sa
longue pérégrination nocturne.

Lorsque nos deux héros arrivèrent au sommet de
l'escalier, Gaston, comme s'il se fût éveillé d'un rêve,
s'arrêta tout à coup et s'écria :

— Mais nous oublions que nous avons promis
d'être au rendez-vous du comte de Silly, à la pointe
du jour.

— Vous oubliez aussi le coup de fleuret qu'il a
reçu cette nuit ?... répondit le baron, en le faisant
entrer dans une vaste antichambre où veillaient
quatre heiduques en grande tenue.

— Qu'importe!... répliqua Gaston, nous devons du moins aller nous mettre à la disposition de ses témoins.

Un huissier, vêtu de noir et portant la chaîne d'argent, vint présenter une lettre sur un plateau de vermeil ; le vieillard, après l'avoir décachetée, lut à Gaston :

« Monsieur le baron, un événement tout à fait imprévu, arrivé cette nuit même, empêchera M. le comte de Silly de se rendre aux ordres de M. Gaston de Chavrières ; et je viens vous prier de vouloir bien remettre à huit jours la rencontre qui devait avoir lieu ce matin. Une perte douloureuse force M. de Silly à partir à l'instant même, et nous nous empresserons de vous informer de son retour qui ne peut tarder... Veuillez agréer, monsieur le baron... etc... etc... »

— Une perte douloureuse!... exclama Gaston.

— Parbleu! fit le baron, en riant du jeu de mots dont il n'était pas coutumier... *Une perte de sang* est toujours douloureuse, et le cher comte, pas plus que ses témoins, ne se doutent pas que nous avons été acteurs dans l'événement *tout à fait imprévu*... Au reste, je me félicite de ce retard ; il m'autorise à vous offrir l'hospitalité et à vous proposer de reprendre, tout à l'heure, notre étude qui est plus philosophique que vous ne pensez. Tant de choses nous restent à voir et à observer, que ce ne sera pas trop du jour que je vous prie de passer avec moi.

Au total, Gaston avait trouvé un homme dont la gaieté égalait la raison; on lui offrait une hospitalité princière, de nouveaux moyens de s'instruire en s'amusant; il y avait profit pour son cœur comme pour son esprit; il ne résista point au sourire provocateur de son hôte, et répondit: — J'accepte!

Si mes lecteurs sont de l'avis de M. Gaston de Chavrières, nous reprendrons bientôt notre course, et je crois pouvoir leur affirmer que la suite du voyage ne manquera pas d'un certain intérêt.

En attendant, je termine comme Calderón et Lopez de Vega à la fin des pièces espagnoles, et je salue humblement, en disant, pour aujourd'hui, dans la prévision de demain:

Daignez excuser les fautes de l'auteur.

FIN

TABLE

TABLE 549

CHAPITRE XIV.

CHAPITRE XV.

CHAPITRE XVI.

CHAPITRE XVII.

CHAPITRE XVIII.

CHAPITRE XIX.

CHAPITRE XX.

CHAPITRE XXI.

CHAPITRE XXII.

CHAPITRE XXIII.

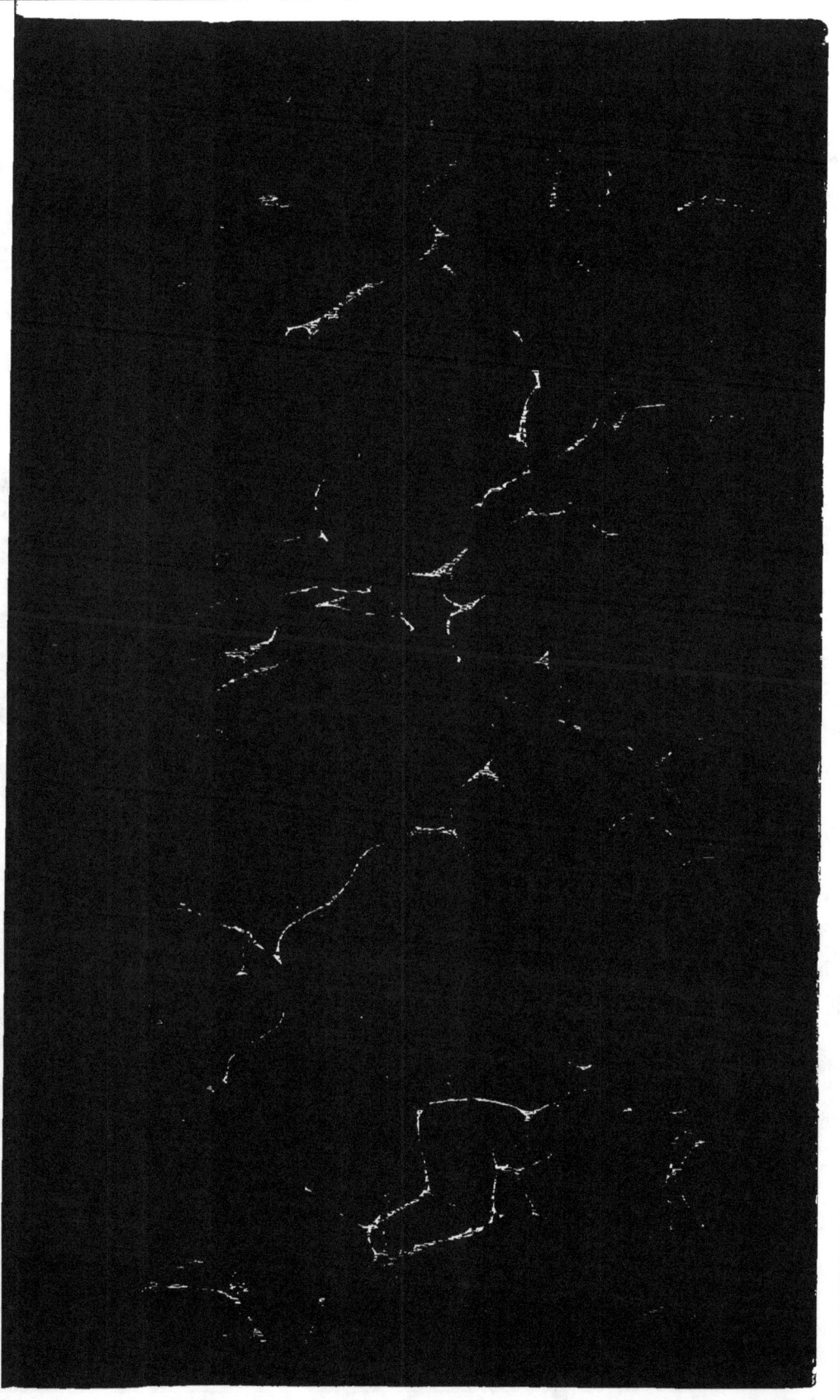